La luna e i falò

La luna e i falò

CESARE PAVESE

EDITED BY

Mark Musa
INDIANA UNIVERSITY

Appleton-Century-Crofts

DIVISION OF MEREDITH CORPORATION / NEW YORK

La luna e i falò, © 1950 by Giulio Einaudi Editore, is reprinted by arrangement with Giulio Einaudi Editore spa, Turin.

INDICE

INTRODUZIONE

Il diario di Pavese è stato trovato alla morte dell'autore tra le sue carte in una sbiadita cartella verde, su cui è scritto a matita rossa e blu:

IL MESTIERE

DI

VIVERE

DI

CESARE PAVESE.

Accompagna la vita dello scrittore dal 6 ottobre 1935 al 18 agosto 1950 ed è la fonte piú ricca di notizie sulla sua formazione culturale ed umana. Nato in un piccolo paese delle Langhe, Santo Stefano Belbo, il 9 settembre 1908, a quel paese sarà solito ritornare durante le vacanze estive sino al 1916, anno della morte del padre.

Questo paese della sua infanzia rimarrà vivo in lui come elemento della sua formazione umana e come inesauribile fonte e stimolo ad un approfondimento delle radici della vita paesana.

Svolse i suoi studi a Torino. Nonostante l'ambiente piemontese in cui sono racchiusi i suoi primi interessi, essi si allargano e si diramano in direzioni lontane in rispondenza ad uno stimolo formativo, culturale ed umano. Nel giugno del 1930 si laurea in Lettere con una tesi "Sull'interpretazione della poesia di Walt Whitman": il suo interesse per la letteratura americana si svolgerà ulteriormente in una serie di traduzioni e di saggi.

Fu verso il 1930 che Pavese cominciò ad interessarsi alla letteratura americana, in particolare ai classici del 1800. Nel 1932 uscí la sua mirabile traduzione di *Moby Dick* di Herman Melville. Tradusse anche Anderson, la Stein, Faulkner, Dos Passos, oltre che diversi autori inglesi come Joyce, Dickens e Defoe.

L'America fu per Pavese in un primo tempo "la terra dei sogni," benché non l'avesse mai veduta; piú tardi rappresentò per lui l'immagine di un falso paradiso senza amore ma pieno soltanto di alienazione e scontentezza. Pavese, sopra tutti gli

1

altri scrittori del suo tempo, aiutò a far conoscere la letteratura americana all'Italia, all'Italia fascista.

Dopo la morte della madre avvenuta nel 1931 Pavese vivrà con la sorella Maria, con cui resterà per il resto della sua vita. Inizierà nel '31 la sua attività d'insegnante, ma per non aver aderito al partito fascista, si dovrà limitare alle scuole serali e private. Nel '33 diverrà collaboratore della casa editrice Einaudi, e nel '34 sostituirà Leone Ginzburg alla direzione della "Cultura." Il 13 maggio del 1935 verrà arrestato: sebbene non fosse mai stato un attivista in politica, vi era stato coinvolto da un'amica, un'insegnante di matematica ch'era legata al partito comunista clandestino. Verrà arrestato di nuovo in quell'occasione Leone Ginzburg (già era stato arrestato nel 1934), e la "Cultura" verrà soppressa.

Il confino politico a Brancaleone in Calabria, ch'era seguito a qualche mese di carcere, durerà meno di un anno, sino al marzo del 1936; avrà tuttavia un'importanza fondamentale nell'approfondimento della sua coscienza di scrittore e di uomo. È in questo periodo che lo scrittore comincia ad affidare ad un diario i suoi pensieri e le sue riflessioni e allo stesso tempo si avvia verso lo stile prosastico piú consono ad un'arte che fosse conoscenza e ricerca e meno suscettibile della poesia, specie nei suoi aspetti lirici, ad un'arte d'evasione.

La sua attività di scrittore, iniziatasi come quella di poeta, saggista e traduttore, si svolge d'ora in poi anche nel senso d'una ricca produzione di racconti e romanzi. Nel 1936 pubblica la sua prima raccolta di poesie sotto il titolo di *Lavorare stanca,* a cui segue solo nel 1941 una seconda opera, il romanzo *Paesi tuoi.* Ha scritto nel frattempo altre opere che saranno pubblicate piú tardi e la sua coscienza di uomo e di scrittore s'è venuta approfondendo attraverso una varietà di letture che non escludono antropologia, etnologia, psicoanalisi. È attraverso la lettura di Frazer, che risale già al 1933, che egli viene approfondendo i legami che lo avvincono alla vita paesana e il fascino ch'essa esercita sul suo spirito.

Durante la guerra Pavese continuerà il suo lavoro presso la casa editrice Einaudi, pubblicherà il romanzo *La spiaggia* (1942) e una nuova edizione di *Lavorare stanca* (1943).

Dopo l'armistizio dell'8 settembre abbandonerà Torino, dove si trovava in quel momento, e si rifugerà con la famiglia della sorella a Serralunga di Crea nel Monferrato, dove ritrova in parte i paesaggi della sua fanciullezza e dove è stimolato ad una nuova riflessione sulla teoria del mito. Trascorre nel 1944 un periodo relativamente sereno insegnando presso dei padri Somaschi a Casale; dopo la Liberazione ritorna a Torino, dove resterà, fatta eccezione per qualche breve soggiorno a Roma e a Milano, sino alla sua morte. Già alla fine della guerra s'era appassionatamente interessato alla lotta condotta dai partigiani sulle colline piemontesi contro i nazisti; dopo la fine della guerra parteciperà all'ansia di giustizia e di rinnovamento del momento, ma pur avendo aderito al partito comunista, nel seno delle idee precostituite del partito rimarrà un isolato e presto sarà fatto oggetto di critiche aspre. Nel 1946 aveva pubblicato una raccolta di racconti scritta tra il '41 e il '44, *Feria d'agosto*; nel '47 un ciclo di poesie *La terra e la morte*, *Dialoghi con Leucò*, *Il compagno*. Del 1949 sono *Prima che il gallo canti* e *La bella estate*, che gli varrà nel giugno del 1950 il Premio Strega.

Tra il settembre e il novembre del '49 scriverà il romanzo *La luna e i falò*, che sarà pubblicato nel 1950. È del 1950, oltre alcuni saggi e il Diario le cui annotazioni si spingono sino al 18 agosto, un ciclo di dieci poesie *Verrà la morte e avrà i tuoi occhi*, che verrà pubblicato postumo nel 1951.[1]

Il 27 agosto del 1950 Pavese si ucciderà in una camera d'albergo, ingerendo una dose eccessiva di sonniferi.

Nel diario del 30 novembre 1937 leggiamo:

. . . non riesco a pensare una volta alla morte senza tremare a quest'idea: verrà la morte necessariamente, per cause ordinarie, preparata da tutta una vita, infallibile tant'è vero che sarà avvenuta. Sarà un fatto naturale come il cadere d'una pioggia. E a questo non mi

[1] Altre pubblicazioni postume sono:
La letteratura americana e altri saggi, Torino, Einaudi, 1951.
Il mestiere di vivere (Diario 1935–50), Torino, Einaudi, 1952.
Notte di festa (Racconti 1936–38), Torino, Einaudi.
Fuoco Grande (con la partecipazione di Bianca Garufi, 1946), Torino, Einaudi, 1959.
Racconti (Feria d'agosto, Notte di festa e inediti), ivi, 1960.
Poesie edite e inedite, Torino, Einaudi, 1962.

rassegno: perché non si cerca la morte volontaria, che sia affermazione di libera scelta, che esprima qualcosa? Invece di *lasciarsi* morire? Perché? _____ Perché insomma — parlo di me — si pensa che ci sarà sempre tempo. E verrà il giorno della morte naturale. E avremo perso
5 la grande occasione di fare *per una ragione* l'atto piú importante di tutta la vita.

La riflessione sul suicidio è un motivo che accompagna Pavese durante tutta la sua vita: la sua morte è però accidentalmente legata ad una vicenda d'amore, l'amore per una giovane attrice
10 americana, Constance Dawling, cui è dedicato il suo ultimo romanzo *La luna e i falò*.

La luna e i falò

Alcune riflessioni di Pavese, che risalgono al periodo del suo confino, possono introdurci al tema di questo romanzo.
Si tratta di riflessioni su un paesaggio, un paesaggio che è
15 nuovo per lui e che non ha nulla a che fare col suo passato; scrive:

Perché non posso trattare io delle rocce rosse lunari? Ma perché esse non riflettono nulla di mio, tranne uno scarno turbamento paesistico, quale non dovrebbe mai giustificare una poesia. Se queste rocce fossero
20 in Piemonte, saprei bene però assorbirle in un'immagine e dar loro un significato. Che viene a dire come il primo fondamento della poesia sia l'oscura coscienza del valore dei rapporti, quelli biologici magari, che già vivono una larvale vita d'immagine nella coscienza prepoetica.[2]

25 Il motivo del ritorno è quello che domina il romanzo e come motivo esterno e come motivo interno: il protagonista, dopo aver fatto fortuna in America, ritorna al suo paese. Questo ritorno, che ha pure un suo significato materiale di ritorno ad un luogo determinato e come tale costituisce la struttura esterna
30 della narrazione, è un ritorno del protagonista alle sue origini, un tentativo di conoscere se stesso approfondendo le proprie radici.

C'è una ragione perché sono tornato in questo paese, qui e non invece a Canelli, a Barbaresco o in Alba. Qui non ci sono nato, è quasi certo. . . .

[2] Cesare Pavese, *Il mestiere di vivere* (Torino, Einaudi, 1962), p. 12 (10 ott. '35).

Potremmo dire che la ragione di questo ritorno è già implicita in quel commento del '35 ad un paesaggio che gli era estraneo. Il suo ritorno non è ritorno al paese natale, ma al luogo le cui immagini si sono impresse nel suo animo con valore esemplare e formativo. E' il ritorno ad un paese in cui ha vissuto le stagioni della sua formazione, ma con cui non ha piú continuità di vita. Le immagini della fanciullezza e dell'adolescenza si sono fissate in lui in una loro staticità priva di svolgimento: è questa staticità d'immagini del passato, ch'è alla radice dello sgomento che prende Anguilla, questo è il soprannome con cui è ricordato in paese, di fronte alla scomparsa dei noccioli di Gaminella. Nuto è l'amico della sua giovinezza, ma è anche colui che non ha mai realmente lasciato il paese; colui che alla morte del padre, *posato il clarino*, s'è dedicato al mestiere di questi. Nuto è colui per cui v'è continuità tra le immagini della giovinezza e quelle della maturità: pur cercando di rendersi ragione di ogni cosa, le misteriose e solide credenze della vita paesana fan parte del suo io, e in questa vita s'è inserito operosamente. Il protagonista vorrebbe ma non riesce a trovare se stesso in Nuto, che, piuttosto che scappare in paesi lontani alla ricerca della felicità e di uno scopo di vita, ha preferito cercarli nella miseria e nella sofferenza della sua gente, nel suo partito. Nuto possiede qualcosa e appartiene a qualcosa, ed attraverso tutto il romanzo Nuto viene ammirato dal protagonista, che fa ogni sforzo per aver fede nel suo amico — Nuto è l'uomo che il protagonista avrebbe voluto essere, l'uomo che riesce a credere ancora nella luna e nei falò. Il protagonista vede se stesso in Cinto, il ragazzo zoppo del villaggio, e vorrebbe disperatamente poter vedere ancora il mondo con gli occhi di Cinto ma anche con la sua attuale conoscenza ed esperienza della vita. Nel capitolo diciannovesimo dice:

Cos'avrei dato per vedere ancora il mondo con gli occhi di Cinto, ricominciare in Gaminella come lui, con quello stesso padre, magari con quella gamba — adesso che sapevo tante cose e sapevo difendermi.

Ma una volta passati bruscamente dall'adolescenza alla maturità, non si può piú ritornare indietro. La vita si muove e si svolge con un unico scopo: nasciamo, e nel momento stesso della nascita cominciamo a morire. "Ripeness is all." Solo la natura, le stagioni e le vigne posseggono ciò che il protagonista cerca invano: un continuo movimento di rinascita, un periodo fisso nel tempo, un'eternità che abbia valore.

Come ritorno al passato *La luna e i falò,* ha uno sviluppo particolarissimo, che s'impernia sul ritmo di questo ricordare, che si riporta alla ricerca stessa che il protagonista, Anguilla, fa di se stesso. Si svolgono così nell'ambito del ricordare le vicende del passato: i ricordi di Gaminella, a cui si rapportano soprattutto l'infanzia e la prima adolescenza, e quelli della Mora, cui sono legate le sue esperienze di adolescente e le sue prime esperienze di uomo che lavora.

La narrazione della storia della famiglia è quella che si svolge in modo piú continuo. Ma potremmo dire che il tessuto connettivo della narrazione non sia data dalla sua continuità esterna, quanto da questo riscoprire ed individuare le esperienze del passato, ritorno che non è un puro ricordare, ma è un rivivere conoscendo. Ritorno ad un passato ch'è personale solo nella misura in cui fatti e persone si sono coloriti di una propria importanza ed individualità nel rapporto con la persona soggetto dell'esperienza, ma che ha una vita propria ciclica, in cui il tempo è la rotazione delle stagioni, e dove in rispondenza al carattere atemporale che lo contrassegna, cose e persone acquistano un carattere di fissità quasi di simboli.

Due vicende tragiche segnano il culmine e il punto di dissoluzione di due storie, quella della Mora e quella del Valino. Una, l'uccisione di Santa appartiene al passato; l'altra si svolge durante il soggiorno del protagonista nel paese. Entrambe intervengono associate all'immagine del fuoco e piú prescisamente del falò, e si presentano come conclusioni di situazioni divenute estreme.

L'immagine del falò che ha bruciato il corpo di Santa chiude il libro, e come quella del fuoco in cui trovan sbocco *le cose nere* che avvenivano nella casa del Valino, ha in sé un significato purificatore e rigeneratore, a somiglianza di quei falò, cui i paesani attribuivano una funzione rigeneratrice della vita dei campi.

La peculiarità dello stile narrativo e dell'unità dell'opera è nella rievocazione d'un mondo che non è linearmente ricostruito secondo una tendenza descrittiva, ma evocato, e in quanto tale conosciuto, in rispondenza ad un ch'è ritorno al paese e ritorno alle immagini mitiche del periodo della formazione.

Queste immagini del passato cui il protagonista ritorna, affondano le loro radici in una vita piú ampia di quella individuale, vita ch'è intessuta delle solide e misteriose credenze paesane, di cui la luna e i falò sembrano sintetizzare il significato arcano e necessario in realtà quotidiane.

Lo stile, che s'arricchisce dell'apporto vivificante del dialetto, risponde, come i simboli stessi realizzati in immagini che son parte della vita di paese, ai significati di quella vita che cercano espressione nel corso della narrazione. Le stesse parole di Pavese nel suo Diario (11 ottobre, 1935), che rifiutano alle sue opere il titolo di *letteratura dialettale* e tanto meno *bozzettistica,* ci aiutano ad intendere il significato che l'apporto dialettale avrebbe dovuto avere per lui rispetto alla lingua e alle sue possibilità espressive. "Il problema è inventare (frequentativo da *invenire*) una nuova vivacità . . ." scriverà Pavese nel suo diario del 5 ottobre 1943.

Il passaggio dal dialetto alla lingua, avvenuto in nome della poesia, ha portato secondo lo scrittore ad un impoverimento delle possibilità espressive della lingua italiana:

Il nerbo dialettale vige quando si ricerca sì la "retorica dignità," ma questa non si contrappone al parlar materno. Si potrebbe addirittura arrischiare che Italia e Inghilterra hanno avuto grandi poeti perché vi si tentò poesia prima ancora di definire la lingua, e la Francia no perché, per molte circostanze, gli ambiziosi poeti si provarono dopo che si seppe che cos'era lingua ('600). Ecco un motivo della forza degli americani ora e dei Russi nell'800. I primi hanno la fortuna di una lingua referementata e rifiorita in una nuova società, un dialetto; i secondi ignorarono, per loro ragioni di coscienza, che cosa fosse lingua letteraria e tirarono piú popolarmente.[3]

In questo senso chiarito dallo stesso Pavese nel suo diario, il dialetto che talvolta è introdotto in forme ancor crude nel corso della narrazione porta ad un rinnovamento e irrobustimento della lingua, che pur non essendo letteraria nel senso tradizionale della parola, è tanto piú adeguato mezzo d'espressione artistica per il

[3] Pavese, *Diario, loc. cit.,* p. 246.

legame intimo che possiede con l'oggetto espresso. Pavese è ben lontano da un realismo basato sull'osservazione del particolare: l'uso del dialetto non conduce in lui ad una letteratura dialettale e bozzettistica, ma ad una particolare curvatura della lingua 5 stessa in rapporto ad una funzione espressiva.

Nella prefazione alla sua traduzione del romanzo di Sherwood Anderson, *Riso nero* (Dark Laughter), pubblicato nel 1932, Pavese disse ". . . questa per Anderson è l'arte: portare ordine e disegno dove è il caos." Proprio queste parole potrebbero ben 10 servire a descrivere il movente principale del *La luna e i falò* — la forza che muove il protagonista del romanzo.

La luna e i falò

1

C'è una ragione perché[1] sono tornato in questo paese, qui e non invece a Canelli, a Barbaresco o in Alba.[2] Qui non ci sono nato, è quasi certo; dove son nato non lo so; non c'è da queste parti una casa né un pezzo di terra né delle ossa ch'io possa dire «Ecco cos'ero prima di nascere». Non so se vengo dalla collina o dalla valle, dai 5 boschi o da una casa di balconi. La ragazza che mi ha lasciato sugli scalini, del duomo di Alba, magari non veniva neanche dalla campagna, magari era la figlia dei padroni di un palazzo, oppure mi ci hanno portato in un cavagno da vendemmia due povere donne da Monticello, da Neive o perché no da Cravanzana.[3] Chi può dire di 10 che carne sono fatto?[4] Ho girato abbastanza il mondo da sapere che tutte le carni sono buone[5] e si equivalgono, ma è per questo che uno si stanca e cerca di mettere radici, di farsi terra e paese, perché

[1] *C'è una ragione perché* Espressione in nocciolo, attraverso un tono ch'è quello del discorso frammentario, della ricerca ch'è alle radici del racconto. Ricerca d'una continuità nella vita, continuità fatta di cose che divengono valori: ... *è per questo che uno si stanca e cerca di mettere radici, di farsi terra e paese, perché la sua carne valga e duri qualcosa di piú che un comune giro di stagione.*

[2] *a Canelli, a Barbaresco o in Alba* Canelli e Barbaresco sono piccoli paesi non distanti dalla cittadina di Alba, nella regione montuosa del Monferrato (Piemonte).

[3] *Monticello...Cravanzana* Altri piccoli paesi vicini ad Alba.

[4] *Chi può ... fatto?* Chi può dire da quale categoria di persone provengo.

[5] *tutte le carni sono buone* ogni categoria di persone ha un valore positivo [proverbio popolare]

11

la sua carne valga e duri qualcosa di più che un comune giro di stagione.[6]

Se sono cresciuto in questo paese, devo dir grazie alla Virgilia, a Padrino, tutta gente che non c'è più, anche se loro mi hanno 5 preso e allevato soltanto perché l'ospedale di Alessandria gli passava la mesata.[7] Su queste colline quarant'anni fa c'erano dei dannati che per vedere uno scudo d'argento si caricavano un bastardo[8] dell'ospedale, oltre ai figli che avevano già. C'era chi prendeva una bambina per averci poi[9] la servetta e comandarla 10 meglio; la Virgilia volle me perché di figlie ne aveva già due, e quando fossi un po' cresciuto speravano di aggiustarsi in una grossa cascina e lavorare tutti quanti e star bene. Padrino aveva allora il casotto di Gaminella — due stanze e una stalla — la capra e quella riva dei noccioli. Io venni su con[10] le ragazze, ci rubavamo 15 la polenta, dormivamo sullo stesso saccone, Angiolina la maggiore aveva un anno più di me; e soltanto a dieci anni, nell'inverno quando morí la Virgilia, seppi per caso che non ero suo fratello. Da quell'inverno Angiolina guidiziosa dovette smettere di girare con noi per la riva e per i boschi; accudiva alla casa, faceva il 20 pane e le robiole, andava lei a ritirare in municipio il mio scudo; io mi vantavo con Giulia di valere cinque lire, le dicevo che lei non fruttava niente e chiedevo a Padrino perché non prendevamo altri bastardi.[11]

Adesso sapevo ch'eravamo dei miserabili, perché soltanto i 25 miserabili allevano i bastardi dell'ospedale. Prima, quando cor-

---

[6] *giro di stagione*   cambio di stagione

[7] *la mesata*   lo stipendio di un mese

[8] È introddotta qui la denominazione *bastardo* (*un bastardo dell'ospedale*), che già offre una risposta, quella della gente, alla domanda espressa all'inizio del libro (*Chi può dire di che carne sono fatto?*). La specificazione *dell'ospedale* indica una provenienza determinata: dall'ospedale, fonte di illegittimi, in quanto molte paesane non maritate cercano nell'anonimìa dell'ospedale un rifugio materiale e uno schermo morale alla disgrazia che è in genere nella vita di un paese italiano, l'avere un figlio senza padre.

[9] *per averci poi*   La forma pronominale *ci*, usata qui in riferimento a bambina, è adoperata al modo di *ci* e *vi* avverbi di luogo ed è di derivazione dialettale.

[10] *Io venni su con*   Crebbi con.

[11] La parola *bastardo* acquista un preciso significato nell'animo del fanciullo in rapporto a quello scudo mensile, che coinvolge nella categoria di *miserabili* tutti i membri della famiglia che l'ha raccolto.

rendo a scuola gli altri mi dicevano bastardo, io credevo che fosse
un nome come vigliacco o vagabondo e rispondevo per le rime.[12]
Ma ero già un ragazzo fatto[13] il municipio non ci pagava piú
lo scudo, che io ancora non avevo ben capito che non essere
figlio di Padrino e della Virgilia voleva dire non essere nato in
Gaminella,[14] non essere sbucato da sotto i noccioli o dall'orecchio
della nostra capra come le ragazze.[15]

L'altr'anno, quando tornai la prima volta in paese, venni quasi
di nascosto a rivedere i noccioli. La collina di Gaminella, un
versante lungo e ininterrotto di vigne e di rive, un pendío cosí
insensible che alzando la testa non se ne vede la cima — e in
cima, chi sa dove, ci sono altre vigne, altri boschi, altri sentieri —
era come scorticata dall'inverno, mostrava il nudo della terra e
dei tronchi. La vedevo bene, nella luce asciutta, digradare
gigantesca verso Canelli dove la nostra valle finisce. Dalla stra-
duccia che segue il Belbo[16] arrivai alla spalliera del piccolo ponte
e al canneto. Vidi sul ciglione la parete del casotto di grosse
pietre annerite, il fico storto, la finestretta vuota, e pensavo a
quegli inverni terribili.[17] Ma intorno gli alberi e la terra erano
cambiati; la macchia dei noccioli sparita, ridotta una stoppia di
meliga. Dalla stalla muggí un bue, e nel freddo della sera sentii
l'odore del letame. Chi adesso stava nel casotto non era dunque
piú cosí pezzente come noi. M'ero sempre aspettato qualcosa
di simile, o magari che il casotto fosse crollato; tante volte m'ero
immaginato sulla spalletta del ponte a chiedermi com'era stato
possibile passare tanti anni in quel buco, su quei pochi sentieri,
pascolando la capra e cercando le mele rotolate in fondo alla

---

[12] *rispondere per le rime* rispondere a qualcuno nel suo stesso tono di
discorso
[13] *un ragazzo fatto* un ragazzo pienamente sviluppato
[14] *Gaminella* Un piccolissimo paese vicino al paese di Canelli. Gaminella
è il paese menzionato all'inizio del libro: *C'è una ragione perché sono
tornato in questo paese...*
[15] Sospeso il sussidio mensile di cinque lire, non v'è piú vanto nell'essere
bastardo, ma solo lentamente subentra nell'animo del ragazzo la coscienza
dell'ignoranza delle proprie origini.
[16] *Belbo* Un fiume che scorre attraverso Canelli.
[17] *quegli inverni terribili* L'aggettivo dimostrativo *quegli* usato in rifer-
mento a qualcosa di non specificamente menzionato, allontana e dà rilievo
al termine di riferimento.

riva, convinto che il mondo finisse alla svolta dove la strada
strapiombava sul Belbo. Ma non mi ero aspettato di non trovare
piú i noccioli.[18] Voleva dire ch'era tutto finito. La novità mi
scoraggiò al punto che non chiamai, non entrai sull'aia. Capii
5   lí per lí che cosa vuol dire non essere nato in un posto, non
averlo nel sangue, non starci già mezzo sepolto insieme ai vecchi,
tanto che un cambiamento di colture non importi. Certamente,
di macchie di noccioli ne restavano sulle colline, potevo ancora
ritrovarmici; io stesso, se di quella riva fossi stato padrone, l'avrei
10   magari roncata e messa a grano, ma intanto adesso mi faceva
l'effetto di quelle stanze di città dove si affitta, si vive un giorno
o delgi anni, e poi quando si trasloca restano gusci vuoti, dis-
ponibili, morti.

Meno male che quella sera voltando le spalle a Gaminella
15   avevo di fronte la collina del Salto, oltre Belbo, con le creste,
coi grandi prati che sparivano sulle cime. E piú in basso anche
questa era tutta vigne spoglie, tagliate da rive, e le macchie
degli alberi, i sentieri, le cascine sparse erano come li avevo
veduti giorno per giorno, anno per anno, seduto sul trave dietro
20   il casotto o sulla spalletta del ponte. Poi, tutti quegli anni fino
alla leva, ch'ero stato servitore alla cascina della Mora nella
grassa piana oltre Belbo, e Padrino, venduto il casotto di Gaminella, se n'era andato con le figlie a Cossano, tutti quegli anni
bastava che alzassi gli occhi dai campi per vedere sotto il cielo
25   le vigne del Salto, e anche queste digradavano verso Canelli, nel
senso della ferrata, del fischio del treno che sera e mattina correva
lungo il Belbo facendomi pensare a meraviglie, alle stazioni e
alle città.

Cosí questo paese, dove non sono nato, ho creduto per molto
30   tempo che fosse tutto il mondo. Adesso che il mondo l'ho visto
davvero e so che è fatto di tanti piccoli paesi, non so se da
ragazzo mi sbagliavo poi di molto. Uno gira per mare e per terra,
come i giovanotti dei miei tempi andavano sulle feste[19] dei paesi

---

[18] La scomparsa dei *noccioli* è la scomparsa di un elemento di quell'immagine di vita infantile che nel suo animo aveva acquistato la solidità di
valore, attraverso un processo di mitizzazione o astrazione dal tempo, ch'è
implicitamente riconosciuto dal protagonista con quel: *...io stesso se di
quella riva fossi stato padrone, l'avrei magari roncata e messa a grano....*

[19] *Feste* Celebrazioni, di solito con connotati religiosi, che hanno luogo
all'aperto con musica, danze e processioni *andavano sulle feste* espressione
di origine dialettale, non accettabile in italiano (sulle = alle).

intorno, e ballavano, bevevano, si picchiavano, portavano a casa
la bandiera e i pugni rotti. Si fa l'uva[20] e la si vende a Canelli;
si raccolgono i tartufi e si portano in Alba. C'è Nuto, il mio
amico del Salto,[21] che provvede di bigonce e di torchi tutta la
valle fino a Camo. Che cosa vuol dire? Un paese ci vuole, non
fosse che per il gusto di andarsene via. Un paese vuol dire non
essere soli, sapere che nella gente, nelle piante, nella terra c'è
qualcosa di tuo, che anche quando non ci sei resta ad aspettarti.[22]
Ma non è facile starci tranquillo. Da un anno che lo tengo
d'occhio[23] e quando posso ci scappo[24] da Genova, mi sfugge di
mano. Queste cose si capiscono col tempo e l'esperienza. Possibile
che a quarant'anni, e con tutto il mondo che ho visto, non sappia
ancora che cos'è il mio paese?

C'è qualcosa che non mi capacita. Qui tutti hanno in mente
che sono tornato per comprarmi una casa, e mi chiamano l'Americano, mi fanno vedere le figlie. Per uno che è partito senza
nemmeno averci un nome, dovrebbe piacermi, e infatti mi piace.
Ma non basta.[25] Mi piace anche Genova, mi piace sapere che il
mondo è rotondo e avere un piede sulle passerelle.[26] Da quando,
ragazzo, al cancello della Mora mi appoggiavo al badile e ascoltavo le chiacchiere dei perdigiorno di passaggio sullo stradone, per

[20] *Si fa l'uva* Si raccoglie l'uva.

[21] La vita di paese come microcosmo che rispecchia la vita d'un mondo. Il
microcosmo qui è il paese italiano. L'interna vitalità del paese è espressa
attraverso poche frasi che esprimono funzioni fondamentali di quella vita,
piú o meno direttamente in rapporto a quelli del luogo e che spesso s'in-
carnano in una persona determinata: *C'è Nuto, il mio amico del Salto...*

[22] Il paesano, in quanto profondamente inserito in una rete di rapporti
piú vasta di quella familiare, appartiene ad un organismo che vive indi-
pendentemente da lui: *Un paese vuol dire non esser soli.*

[23] *lo tengo d'occhio* lo sorveglio

[24] *Ci scappo* Provincialismo.

[25] *Ma non basta* Le possibilità che si offrono ora al protagonista, com-
prarsi una casa e sposare qualcuno del paese (lui *bastardo*), non sono una
risposta all'ansia che l'ha ricondotto al paese. Su questo piano, quello
cioè dello sposarsi e dell'avere una casa, *ritornare al paese* è equivalente a
vagare per il mondo (*...mi piace...avere un piede sulle passerelle*), anche
se poi questo stesso vagare per il mondo risponde ad un'immagine mittizzata
(*...le collinette di Canelli sono la porta del mondo*). Immagine questa del
mondo infantile che si chiarische nel riferimento e a quello spingersi *oltre
Canelli* di cui Nuto era stato capace da giovanotto e a quel significato di
radice mitica di una personalità, che il paese sembra avere acquistato nella
formazione del protagonista.

[26] *avere un piede sulle passerelle* poter sempre partire (modo di dire
popolare)

me le collinette di Canelli sono la porta del mondo. Nuto che, in confronto con me, non si è mai allontanato dal Salto, dice che per farcela a vivere in questa valle non bisogna mai uscirne. Proprio lui che da giovanotto è arrivato a suonare il clarino in banda oltre Canelli, fino a Spigno, fino a Ovada,[27] dalla parte dove si leva il sole. Ne parliamo ogni tanto, e lui ride.

[27] *Spigno, Ovada* Cittadine all'incirca a mezza strada tra Genova e Canelli.

2

Quest'estate sono sceso all'albergo dell'Angelo, sulla piazza del paese, dove piú nessuno mi conosceva, tanto sono grand'e grosso. Neanch'io in paese conoscevo nessuno; ai miei tempi ci si veniva di rado, si viveva sulla strada, per le rive, nelle aie. Il paese è molto in su nella valle, l'acqua del Belbo passa davanti alla chiesa 5 mezz'ora prima di allargarsi sotto le mie colline.

Ero venuto per riposarmi un quindici giorni e capito che è la Madonna d'agosto.[1] Tanto meglio, il va e vieni della gente forestiera, la confusione e il baccano della piazza, avrebbero mimetizzato anche un negro. Ho sentito urlare, cantare, giocare al 10 pallone; col buio, fuochi e mortaretti; hanno bevuto, sghignazzato, fatto la processione; tutta la notte per tre notti sulla piazza è andato il ballo,[2] e si sentivano le macchine, le cornette, gli schianti dei fucili pneumatici. Stessi rumori, stesso vino, stesse facce di una volta. I ragazzotti che correvano tra le gambe alla 15 gente erano quelli;[3] i fazzolettoni, le coppie di buoi, il profumo, il sudore, le calze delle donne sulle gambe scure, erano quelli. E le allegrie, le tragedie, le promesse in riva a Belbo. C'era di

[1] *Madonna d'agosto* Il quindici d'agosto, festa dell'assunzione della Beata Vergine.

[2] *sulla piazza è andato il ballo* Espressione d'origine dialettale.

[3] *erano quelli* Il pronome dimostrativo *quelli* assume nel contesto il significato particolare di *quelli stessi di una volta* (vedi anche: *i fazzolettoni, …erano quelli*).

nuovo che una volta,[4] coi quattro soldi del mio primo salario in
mano, m'ero buttato nella festa, al tiro a segno, sull'altalena,
avevamo fatto piangere le ragazzine dalle trecce, e nessuno di
noialtri sapeva ancora perché uomini e donne, giovanotti impo-
matati e figliole superbe, si scontravano, si prendevano, si ridevano in faccia e ballavano insieme. C'era di nuovo che adesso lo
sapevo, e quel tempo era passato. Me n'ero andato dalla valle
quando appena cominciavo a saperlo. Nuto che c'era rimasto, Nuto
il falegname del Salto, il mio complice delle prime fughe a
Canelli, aveva poi per dieci anni suonato il clarino su tutte le
feste, su tutti i balli della vallata.[5] Per lui il mondo era stato una
festa continua di dieci anni, sapeva[6] tutti i bevitori, i saltimbanchi,
le allegrie dei paesi.

Da un anno tutte le volte che faccio la scappata[7] passo a trovarlo. La sua casa è a mezza costa sul Salto, dà sul libero stradone;
c'è un odore di legno fresco, di fiori e di trucioli che, nei primi
tempi della Mora, a me che venivo da un casotto e da un'aia
sembrava un altro mondo: era l'odore della strada, dei musicanti,
delle ville di Canelli dove non ero mai stato.

Adesso Nuto è sposato, un uomo fatto, lavora e dà lavoro, la
sua casa è sempre quella[8] e sotto il sole sa di gerani e di leandri,
ne ha delle pentole alle finestre e davanti. Il clarino è appeso
all'armadio; si cammina sui trucioli; li buttano a ceste nella riva
sotto il Salto — una riva di gaggíe, di felci e di sambuchi, sempre
asciutta d'estate.

Nuto mi ha detto che ha dovuto decidersi — o falegname o
musicante — e cosí dopo dieci anni di festa ha posato il clarino

---

[4] *C'era...volta...* La consapevolezza che accompagna il ripensamento
del passato affetta nel ricordo lo stesso passato. Così abbiamo: *C'era di
nuovo che una volta, coi quattro soldi del mio primo salario...e poi*
quella spiegazione: *C'era di nuovo che adesso lo sapevo...che* viene a
distinguere dall'esperienza passata la consapevolezza che il protagonista ne
ha ora.

[5] *aveva...suonato il clarino su tutte le feste, su tutti i balli della vallata*
Suonare...su Espressione d'origine dialettale, non accettabile in italiano
(su = a).

[6] *sapeva* Uso dialettale che non ha riscontro in italiano, del verbo *sapere*,
nel significato di *conoscere*.

[7] *faccio la scappata* faccio un breve viaggio (provincialismo)

[8] *quella* quella stessa d'una volta

alla morte del padre. Quando gli raccontai dov'ero stato, lui disse
che ne sapeva già qualcosa da genti di Genova e che in paese
ormai raccontavano che prima di partire avevo trovato una pen-
tola d'oro soto la pila del ponte. Scherzammo.— Forse adeso, —
dicevo, — salterà fuori anche mio padre.   5
— Tuo padre, — mi disse, — sei tu.
— In America, — dissi, — c'è di bello che sono tutti bastardi.[9]
— Anche questa, — fece Nuto, — è una cosa da aggiustare.
Perché ci dev'essere chi non ha nome né casa? Non siamo tutti
uomini?   10
— Lascia le cose come sono. Io ce l'ho fatta, anche senza nome.
— Tu ce l'hai fatta, — disse Nuto, — e piú nessuno osa parlar-
tene; ma quelli che non ce l'hanno fatta? Non sai quanti meschini
ci sono ancora su queste colline. Quando giravo con la musica,[10]
dappertutto davanti alle cucine si trovava l'idiota, il deficiente, il   15
venturino. Figli di alcoolizzati e di serve ignoranti, che li riducono
a vìvere di torsi di cavolo e di croste. C'era anche chi li scherzava.[11] Tu ce l'hai fatta, — disse Nuto, — perché bene o male hai
trovato una casa; mangiavi poco dal Padrino, ma mangiavi. Non
bisogna dire, gli altri ce la facciano, bisogna aiutarli.   20
A me piace parlare con Nuto; adesso siamo uomini e ci cono-
sciamo; ma prima, ai tempi della Mora, del lavoro in cascina, lui
che ha tre anni piú di me sapeva già fischiare e suonare la chitarra, era cercato e ascoltato, ragionava coi grandi, con noi ragazzi,
strizzava l'occhio alle donne. Già allora gli andavo dietro e alle   25
volte scappavo dai beni per correre con lui nella riva o dentro il
Belbo, a caccia di nidi. Lui mi diceva come fare per essere rispet-
tato alla Mora; poi la sera veniva in cortile a vegliare con noi nella
cascina.
E adesso mi raccontava della sua vita di musicante. I paesi   30
dov'era stato li avevamo intorno a noi, di giorno chiari e boscosi
sotto il sole, di notte nidi di stelle nel cielo nero. Coi colleghi di

[9] *sono tutti bastardi* non hanno né padre né madre (in senso figurato),
perché le origini di ognuno in genere rimangono nell'ombra (*in America*)
[10] *musica* Musicanti (Uso dialettale — non accettabile in italiano — del
nome astratto in sostituzione al nome riferentesi a persona.)
[11] *chi li scherzava* chi li prendeva in giro (Uso transitivo — di origine
dialettale e non ammissibile in italiano — del verbo *scherzare*.)

banda che istruiva lui sotto una tettoia il sabato sera alla Stazione, arrivavano sulla festa[12] leggeri e spediti; poi per due tre giorni non chiudevano piú la bocca né gli occhi — via il clarino il bicchiere. via il bicchiere la forchetta, poi di nuovo il clarino, la cornetta, la tromba, poi un'altra mangiata, poi un'altra bevuta e l'assolo, poi la merenda, il cenone, la veglia fino al mattino. C'erano feste, processioni, nozze; c'erano gare con le bande rivali. La mattina del secondo, del terzo giorno scendevano dal palchetto stralunati, era un piacere cacciare la faccia in un sechio d'acqua e magari buttarsi sull'erba di quei prati tra i carri, i birocci e lo stallatico dei cavalli e dei buoi.— Chi pagava? — dicevo. I communi, le famiglie, gli ambiziosi, tutti quanti. E a mangiare, diceva, erano sempre gli stessi.

Che cosa mangiavano, bisognava sentire. Mi tornavano in mente le cene di cui si raccontava alla Mora, cene d'altri paesi e d'altri tempi. Ma i piatti erano sempre gli stessi, e a sentirli mi pareva di rientrare nella cucina della Mora, di rivedere le donne grattugiare, impastare, farcire, scoperchiare e far fuoco, e mi tornava in bocca quel sapore, sentivo lo schiocco dei sarmenti rotti.

— Tu ci avevi la passione, — gli dicevo.— Perché hai smesso? Perché è morto tuo padre?

E Nuto diceva che, prima cosa, suonando se ne portano a casa pochi,[13] e poi che tutto quello spreco e non sapere mai bene chi paga, alla fine disgusta.— Poi c'è stata la guerra, — diceva.— Magari alle ragazze prudevano ancora le gambe,[14] ma chi le faceva piú ballare? La gente si è divertita diverso,[15] negli anni di guerra.

— Però la musica mi piace, — continuò Nuto ripensandoci, — c'è soltanto il guaio ch'è un cattivo padrone... Diventa un vizio, bisogna smettere. Mio padre diceva ch'è meglio il vizio delle donne...[16]

---

[12] *sulla festa* alla festa (Uso non accettabile in italiano di *su* invece di *a*.)
[13] *se ne portano a casa pochi* si portano a casa pochi soldi
[14] *alle ragazze prudevano ancora le gambe* le ragazze erano ancora ansiose di ballare
[15] *diverso* diversamente
[16] *il vizio delle donne* correre dietro alle donne

— Già, — gli dissi, — come sei stato con le donne? Una volta ti piacevano. Sul ballo ci passano tutte.[17]

Nuto ha un modo di ridere fischiettando, anche se fa sul serio.[18]

— Non hai fornito[19] l'ospedale di Alessandria?

— Spero di no, — disse lui.— Per uno come te, quanti meschini.   5
Poi mi disse che, delle due, preferiva la musica. Mettersi in gruppo — a volte succedeva — le notti che rientravano tardi, e suonare, suonare, lui, la cornetta, e il mandolino, andando per lo stradone nel buio, lontano dalle case, lontano dalle donne e dai cani che rispondono da matti, suonare cosí.— Serenate non ne   10
ho mai fatte, — diceva, — una ragazza, se è bella, non è la musica che cerca. Cerca la sua soddisfazione davanti alle amiche, cerca l'uomo. Non ho mai conosciuto una ragazza che capisse cos'è suonare...

Nuto s'accorse che ridevo e disse subito: — Te ne conto una.   15
Avevo un musicante, Arboreto, che suonava il bombardino. Faceva tante serenate che di lui dicevamo: Quei due non si parlano mica, si suonano...

Questi discorsi li facevamo sullo stradone, o alla sua finestra bevendo un bicchiere, e sotto avevamo la piana del Belbo, le   20
albere[20] che segnavano quel filo d'acqua, e davanti la grossa collina di Gaminella, tutta vigne e macchie di rive. Da quanto tempo non bevevo di quel vino?

— Te l'ho già detto, — dissi a Nuto, — che il Cola vuol vendere?

— Soltanto la terra? — disse lui.— Stai attento che ti vende   25
anche il letto.

— Di sacco o di piuma? — dissi tra i denti.— Sono vecchio.

— Tutte le piume diventano sacco, — disse Nuto. Poi mi fa: — Sei già andato a dare un'occhiata alla[21] Mora?

Difatti. Non c'ero andato. Era a due passi dalla casa del Salto   30
e non c'ero andato. Sapevo che il vecchio, le figlie, i ragazzi, i servitori, tutti erano dispersi, spariti, chi morto, chi lontano.

---

[17] *Sul ballo ci passano tutte* Al ballo son tutte avvicinabili. (Uso non accettabile in italiano della preposizione *su* invece della preposizione *a*.)

[18] *anche se fa sul serio* anche se è serio in quel momento

[19] *fornito* fornito di bastardi

[20] *le albere* = gli alberi

[21] *dare un'occhiata alla* dare uno sguardo a

Restava soltanto Nicoletto, quel nipote scemo che mi aveva gridato tante volte bastardo pestando i piedi, e metà della roba[22] era venduta.

Dissi: — Un giorno ci andrò. Sono tornato.

[22] *roba* = proprietà

3

Di Nuto musicante avevo avuto notizie fresche addirittura in
America — quanti anni fa? — quando ancora non pensavo a tornare, quando avevo mollato[1] la squadra ferrovieri e di stazione in
stazione ero arrivato in California e vedendo quelle lunghe colline
sotto il sole avevo detto: «Sono a casa». Anche l'America finiva   5
nel mare, e stavolta era inutile imbarcarmi ancora, cosí m'ero
fermato tra i pini e le vigne. «A vedermi la zappa in mano, —
dicevo, — quelli di casa riderebbero». Ma non si zappa in California. Sembra di fare i giardinieri, piuttosto. Ci trovai dei
piemontesi e mi seccai: non valeva la pena aver traversato tanto   10
mondo, per vedere della gente come me, che per giunta mi guardava di traverso.[2] Piantai[3] le campagne e feci il lattaio a Oakland.
La sera, traverso il mare della baia, si vedevano i lampioni di
San Francisco. Ci andai, feci un mese di fame[4] e, quando uscii
di prigione, ero al punto che invidiavo i cinesi. Adesso mi chie-   15
devo se valeva la pena di traversare[5] il mondo per vedere chiunque. Ritornai sulle colline.

Ci vivevo da un pezzo e m'ero fatto una ragazza che non mi
piaceva piú da quando lavorava con me nel locale sulla strada del

---

[1] *mollato*   mollare = lasciare bruscamente (provincialismo)
[2] *che per giunta mi guardava di traverso*   che per di piú mi guardava
sospettosamente
[3] *Piantai*   Lasciai.
[4] *feci un mese di fame*   vissi molto stentatamente per un mese
[5] *se valeva la pena di traversare*   se v'era vantaggio nel traversare (il
mondo)

Cerrito. A forza di venire a prendermi sull'uscio, s'era fatta
assumere come cassiera, e adesso tutto il giorno mi guardava
attraverso il banco, mentre friggevo il lardo e riempivo bicchieri.
La sera uscivo fuori e lei mi raggiungeva correndo sull'asfalto coi
5   tacchetti, mi prendeva a braccio e voleva che fermassimo una
macchina per scendere al mare, per andare al cinema. Appena
fuori della luce del locale, si era soli sotto le stelle, in un baccano
di grilli e di rospi. Io avrei voluto portarmela in quella campagna,
tra i meli, i boschetti, o anche soltanto l'erba corta dei ciglioni,
10   rovesciarla su quella terra, dare un senso a tutto il baccano sotto
le stelle. Non voleva saperne. Strillava come fanno le donne,
chiedeva di entrare in un altro locale. Per lasciarsi tocarre —
avevamo una stanza in un vicolo di Oakland — voleva essere
sbronza.

15   Fu una di quelle notti che sentii raccontare di Nuto. Da un
uomo che veniva da Bubbio. Lo capii dalla statura e dal passo,
prima ancora che aprisse bocca. Portava un camion di legname
e, mentre fuori gli facevano il pieno della benzina,[6] lui mi chiese
una birra.

20   — Sarebbe meglio una bottiglia, — dissi in dialetto, a labbra
strette.

Gli risero gli occhi e mi guardò. Parlammo tutta la sera, fin che
da fuori non sfiatarono il clacson. Nora, dalla cassa, tendeva l'orecchio, si agitava, ma Nora non era mai stata nell'Alessandrino e non
25   capiva. Versai perfino al mio amico una tazza di whisky proibito.
Mi raccontò che lui a casa aveva fatto il conducente, i paesi dove
aveva girato, perché era venuto in America.— Ma se sapevo che si
beve questa roba... Mica da dire, riscalda, ma un vino da pasto non
c'è...

30   — Non c'è niente, — gli disi, — è come la luna.

Nora, irritata, si aggiustava i capelli. Si girò sulla sedia e aprí la
radio sui ballabili. Il mio amico strinse le spalle, si chinò e mi disse
sul banco facendo cenno all'indietro con la mano: — A te queste
donne ti piacciono?

35   Passai lo straccio sul banco.— Colpa nostra, — dissi.— Questo
paese è casa loro.

Lui stette zitto, ascoltando la radio. Io sentivo sotto la musica,

---

[6] *facevano il pieno dello benzina* riempivano il suo serbatoio di benzina

uguale, la voce dei rospi. Nora, impettita, gli guardava la schiena
con disprezzo.

— È come questa musichetta, — disse lui.— C'è confronto? Non
sanno mica suonare...

E mi raccontò della gara di Nizza l'anno prima, quando erano   5
venute le bande di tutti i paesi, da Cortemilia, da San Marzano, da
Canelli, da Neive, e avevano suonato suonato, la gente non si
muoveva piú, s'era dovuta rimandare la corsa dei cavalli, anche il
parroco ascoltava i ballabili, bevevano soltanto per farcela, a mezzanotte suonavano ancora, e aveva vinto il Tiberio, la banda di   10
Neive. Ma c'era stata discussione, fughe, bottiglie in testa, e
secondo lui meritava il premio quel Nuto del Salto...

— Nuto? ma lo conosco.

E allora l'amico disse a me chi era Nuto e che cosa faceva.
Raccontò che quella stessa notte, per farla vedere agli ignoranti,   15
Nuto s'era messo sullo stradone e avevano suonato senza smettere
fino a Calamandrana. Lui li aveva seguiti in bicicletta, sotto la
luna, e suonavano cosí bene che dalle case le donne saltavano giú
dal letto e battevano le mani e allora la banda si fermava e cominciava un altro pezzo. Nuto, in mezzo, portava tutti col clarino.   20

Nora gridò che facessi smettere il clacson. Versai un'altra tazza
al mio amico e gli chiesi quando tornava a Bubbio.

— Anche domani, — disse lui, — se potessi.

Quella notte, prima di scendere a Oakland, andai a fumare
una sigaretta sull'erba, lontano dalla strada dove passavano le   25
macchine, sul ciglione vuoto. Non c'era luna ma un mare di
stelle, tante quante le voci dei rospi e dei grilli. Quella notte, se
anche Nora si fosse lasciata rovesciare sull'erba, non mi sarebbe
bastato. I rospi non avrebbero smesso di urlare, né le automobili
di buttarsi per la discesa accelerando, né l'America di finire con   30
quella strada, con quelle città illuminate sotto la costa. Capii nel
buio, in quell'odore di giardino e di pini, che quelle stelle non
erano le mie, che come Nora e gli avventori mi facevano paura.
Le uova al lardo, le buone paghe, le arance grosse come angurie,
non erano niente, somigliavano a quei grilli e a quei rospi. Valeva   35
la pena esser venuto? Dove potevo ancora andare? Buttarmi dal
molo?

Adesso sapevo perché ogni tanto sulle strade si trovava una

ragazza strangolata in un'automobile, o dentro una stanza o in fondo a un vicolo. Che anche loro, questa gente, avesse voglia di buttarsi sull'erba, di andare d'accordo coi rospi, di esser padrona di un pezzo di terra quant'è lunga una donna, e dormirci davvero, senza paura? Eppure il paese era grande, ce n'era per tutti. C'erano donne, c'era terra, c'era denari. Ma nessuno ne aveva abbastanza, nessuno per quanto ne avesse si fermava, e le campagne, anche le vigne, sembravano giardini pubblici, aiuole finte come quelle delle stazioni, oppure incolti, terre bruciate, montagne di ferraccio. Non era un paese che uno potesse rassegnarsi, posare la testa e dire agli altri: «Per male che vada mi conoscete.[7] Per male che vada lasciatemi vivere». Era questo che faceva paura. Neanche tra loro non si conoscevano; traversando quelle montagne si capiva a ogni svolta che nessuno lí si era mai fermato, nessuno le aveva toccate con le mani. Per questo un ubriaco lo caricavano di botte, lo mettevano dentro,[8] lo lasciavano per morto. E avevano non soltanto la sbornia, ma anche la donna cattiva. Veniva il giorno che uno per toccare qualcosa, per farsi conoscere, strozzava una donna, le sparava nel sonno, le rompeva la testa con una chiave inglese.

Nora mi chiamò dalla strada, per andare in città. Aveva una voce, in distanza, come quella dei grilli. Mi scappò da ridere,[9] all'idea se avesse saputo quel che pensavo. Ma queste cose non si dicono a nessuno, non serve. Un bel mattino non mi avrebbe piú visto, ecco tutto. Ma dove andare? Ero arrivato in capo al mondo, sull'ultima costa, e ne avevo abbastanza. Allora cominciai a pensare che potevo ripassare le montagne.

---

[7] *Per male che vada mi conoscete.* Dramma del paesano, che allontanato dalla propria terra vede svanire, non piú rilevati nell'anonimia della sua nuova vita, quei fattori d'individuazione che nell'intreccio di rapporti della vita del paese facevano di lui una persona determinata.

[8] *lo caricavano di botte, lo mettevano dentro* lo battevano, lo mettevano in prigione

[9] *Mi scappò da ridere* Risi senza volerlo

4

Nemmeno per la Madonna d'agosto Nuto ha voluto imboccare il clarino — dice che è come nel fumare, quando si smette bisogna smettere davvero. Di sera veniva all'Angelo e stavamo a prendere il fresco sul poggiolo della mia stanza. Il poggiolo dà sulla piazza e la piazza era un finimondo, ma noi guardavamo di là dai tetti le vigne bianche sotto la luna.

Nuto che di tutto vuol darsi ragione[1] mi parlava di che cos'è questo mondo, voleva sapere da me quel che si fa e quel che si dice, ascoltava col mento poggiato sulla ringhiera.

— Se sapevo suonare come te, non andavo in America, — dissi.— Sai com'è a quell'età. Basta vedere una ragazza, prendersi a pugni con uno,[2] tornare a casa sotto il mattino.[3] Uno vuol fare, esser qualcosa, decidersi. Non ti rassegni a far la vita di prima. Andando sembra piú facile. Si sentono tanti discorsi. A quell'età una piazza come questa sembra il mondo. Uno crede che il mondo sia cosí...

Nuto taceva e guardava i tetti.

— ...Chi sa quanti dei ragazzi qui sotto, — dissi, — vorrebbero prendere la strada di Canelli...

— Ma non la prendono, — disse Nuto.— Tu invece l'hai presa. Perché?

Si sanno queste cose? Perché alla Mora mi dicevano anguilla?

---

[1] *darsi ragione*   comprendere ogni cosa
[2] *prendersi a pugni con uno*   battersi con qualcuno
[3] *sotto il mattino*   al mattino

Perché un mattino sul ponte di Canelli avevo visto un'automobile investire quel bue? Perché non sapevo suonare neanche la chitarra?

Dissi: — Alla Mora stavo troppo bene. Credevo che tutto il mondo fosse come la Mora.

— No, — disse Nuto, — qui stanno male ma nessuno va via. È perché c'è un destino. Tu a Genova, in America, va' a sapere,[4] dovevi far qualcosa, capire qualcosa che ti sarebbe toccato.

— Proprio a me? Ma non c'era bisogno di andare fin là.

— Magari è qualcosa di bello, — disse Nuto, — non hai fatto i soldi?[5] Magari non te ne sei neanche accorto. Ma a tutti succede qualcosa.

Parlava a testa bassa, la voce usciva storta contro la ringhiera. Fece scorrere i denti sulla ringhiera. Sembrava che giocasse. A un tratto alzò la testa.— Un giorno o l'altro ti racconto delle cose di qui, — disse.— A tutti qualcosa tocca. Vedi dei ragazzi, della gente che non è niente, non fanno nessun male, ma viene il giorno che anche loro...

Sentivo che faceva fatica. Trangugiò la saliva. Da quando ci eravamo rivisti non mi ero ancora abituato a considerarlo diverso da quel Nuto scavezzacollo e tanto in gamba che c'insegnava a tutti quanti e sapeva sempre dir la sua.[6] Mai che mi ricordassi che adesso l'avevo raggiunto e che avevamo la stessa esperienza. Nemmeno mi sembrava cambiato; era soltanto un po' piú spesso, un po' meno fantastico, quella faccia da gatto era piú tranquilla e sorniona. Aspettai che si facesse coraggio e si levasse quel peso.[7] Ho sempre visto che la gente, a lasciarle tempo, vuota il sacco.[7]

Ma Nuto quella sera non vuotò il sacco. Cambiò discorso.

Disse: — Sentili, come saltano e come bestemmiano. Per farli venire a pregar la madonna il parroco bisogna che li lasci sfogare. E loro per potersi sfogare bisogna che accendano i lumi alla madonna. Chi dei due frega l'altro?

— Si fregano a turno, — dissi.

---

[4] *va' a sapere* chissà

[5] *non hai fatto i soldi?* non hai messo insieme un gruzzolo? (provincialismo)

[6] *sapeva sempre dir la sua* poteva esprimere una sua opinione in ogni occasione

[7] *vuotare il sacco* esprimere apertamente i propri pensieri

— No no, — disse Nuto, — la vince il parroco. Chi è che paga l'illuminazione, i mortaretti, il priorato e la musica? E chi se la ride l'indomani della festa? Dannati, si rompono la schiena per quattro palmi di terra, e poi se li fanno mangiare.

— Non dici che la spesa piú grossa tocca alle famiglie ambiziose?

— E le famiglie ambiziose dove prendono i soldi? Fan lavorare il servitore, la donnetta, il contadino. E la terra, dove l'han presa? Perché dev'esserci chi ne ha molta e chi niente?

— Cosa sei? comunista?

Nuto mi guardò tra storto e allegro. Lasciò che la banda si sfogasse, poi sbirciandomi sempre borbottò: — Siamo troppo ignoranti in questo paese. Comunista non è chi vuole. C'era uno, lo chiamavano il Ghigna, che si dava del comunista e vendeva i peperoni in piazza. Beveva e poi gridava di notte. Questa gente fa piú male che bene. Ci vorrebbero dei comunisti non ignoranti, che non guastassero il nome. Il Ghigna han fatto presto a fregarlo, piú nessuno gli comprava i peperoni. Ha dovuto andar via quest'inverno.

Gli dissi che aveva ragione ma dovevano muoversi nel' 45 quando il ferro era caldo. Allora anche il Ghigna sarebbe stato un aiuto.— Credevo tornando in Italia di trovarci qualcosa di fatto. Avevate il coltello dal manico...[8]

— Io non avevo che una pialla e uno scalpello, — disse Nuto.

— Della miseria ne ho vista dappertutto, — dissi.— Ci sono dei paesi dove le mosche stanno meglio dei cristiani. Ma non basta per rivoltarsi. La gente ha bisogno di una spinta. Allora avevate la spinta e la forza... C'eri anche tu sulle colline?

Non gliel'avevo mai chiesto. Sapevo di diversi del paese — giovanotti venuti al mondo quando noi non avevamo vent'anni — che c'erano morti, su quelle strade, per quei boschi. Sapevo molte cose, gliele avevo chieste, ma non se lui avesse portato il fazzoletto rosso e maneggiato un fucile. Sapevo che quei boschi s'erano riempiti di gente di fuori, renitenti alla leva, scappati di città, teste calde — e Nuto non era di nessuno di questi. Ma Nuto è Nuto sa meglio di me quel che è giusto.

— No, — disse Nuto, — se ci andavo, mi bruciavano la casa.

[8] *Avevate il coltello dal manico* Eravate in una posizione di controllo

Nella riva del Salto Nuto aveva tenuto nascosto dentro una
tana un partigiano ferito e gli portava da mangiare di notte. Me
lo aveva detto sua mamma. Ci credevo. Era Nuto. Soltanto ieri
per strada incontrando due ragazzi che tormentavano una lucer-
5   tola gli aveva preso la lucertola. Vent'anni passano per tutti.

— Se il sor Matteo ce l'avesse fatto a noi quando andavamo
nella riva, — gli avevo detto — cos'avresti risposto? Quante nidiate
hai fatto fuori[9] a quei tempi?

Sono gesti da ignoranti, — aveva detto.— Facevamo male tutt'e
10   due. Lasciale vivere le bestie. Soffrono già la loro parte in inverno.

— Dico niente. Hai ragione.

— E poi, si comincia cosí, si finisce con scannarsi e bruciare i
paesi.

[9] *hai fatto fuori*   hai distrutto, hai ucciso.

5

Fa un sole su questi bricchi, un riverbero di grillaia e di tufi che mi ero dimenticato. Qui il caldo piú che scendere dal cielo esce da sotto — dalla terra, dal fondo tra le viti che sembra si sia mangiato ogni verde per andare tutto in tralcio. È un caldo che mi piace, sa un odore:[1] ci sono dentro anch'io a quest'odore, ci sono dentro tante vendemmie e fienagioni e sfogliature, tanti sapori e tante voglie che non sapevo piú d'avere addosso. Cosí mi piace uscire dall'Angelo e tener d'occhio le campagne; quasi quasi vorrei non aver fatto la mia vita, poterla cambiare; dar ragione alle ciance di quelli che mi vedono passare e si chiedono se sono venuto a comprar l'uva o che cosa. Qui nel paese piú nessuno si ricorda di me, piú nessuno tiene conto che sono stato servitore e bastardo. Sanno che a Genova ho dei soldi. Magari c'è qualche ragazzo, servitore com'io sono stato, qualche donna che si annoia dietro le persiane chiuse, che pensa a me com'io pensavo alle collinette di Canelli, alla gente di laggiú, del mondo, che guadagna, se la gode, va lontano sul mare.

Di cascine, un po' per scherzo un po' sul serio, già diversi me n'hanno offerte. Io sto a sentire, con le mani dietro la schiena, non tutti sanno che me ne intendo — mi dicono dei gran raccolti di questi anni ma che adesso ci vorrebbe uno scasso, un muretto,

---

[1] *sa un odore* sa di un odore (La preposizione *di*, richiesta in questa espressione dal verbo *sapere*, è tralasciata, in un'espressione che è una sorta di identificazione di due diverse sensazioni fisiche: *caldo e odore*.)

un trapianto, e non possono farlo.— Dove sono questi raccolti? —
gli dico, — questi profitti? Perché non li spendete nei beni?
  —I concimi...
  Io che i concimi li ho venduti all'ingrosso, taglio corto.[2] Ma il
discorso mi piace. E piú mi piace quando andiamo nei beni,
quando traversiamo un'aia, visitiamo una stalla, beviamo un
bicchiere.
  Il giorno che tornai al casotto di Gaminella, conoscevo già il
vecchio Valino. L'aveva fermato Nuto in piazza in mia presenza
e gli aveva chiesto se mi conosceva. Un uomo secco e nero, con
gli occhi da talpa, che mi guardò circospetto, e quando Nuto gli
disse ridendo ch'ero uno che gli aveva mangiato del pane e bevuto
del vino, restò lí senza decidersi, torbido. Allora gli chiesi se era
lui che aveva tagliato i noccioli e se sopra la stalla c'era sempre
quella spalliera di uva passera. Gli dicemmo chi ero e di dove
venivo; Valino non cambiò quella faccia scura, disse soltanto
che la terra della riva era magra[3] e tutti gli anni la pioggia ne
portava via un pezzo. Prima di andarsene mi guardò, guardò Nuto
e gli disse: — Vieni una volta su di là. Voglio farti vedere quella
tina che perde.
  Poi Nuto mi aveva detto: — Tu in Gaminella non mangiavi
tutti i giorni... — Non scherzava piú, adesso.— Eppure non vi toccava spartire. Adesso il casotto l'ha comprato la madama della
Villa e viene a spartire i raccolti con la bilancia... Una che ha già
due cascine e il negozio. Poi dicono i villani ci rubano, i villani
sono gente perversa...
  Da solo ero tornato su quella strada e pensavo alla vita che
poteva aver fatto il Valino in tanti anni — sessanta? forse nemmeno — che lavorava da mezzadro. Da quante case era uscito, da
quante terre, dopo averci dormito, mangiato, zappato col sole e
col freddo, caricando i mobili su un carretto non suo, per delle
strade dove non sarebbe ripassato. Sapevo ch'era vedovo, gli era
morta la moglie nella cascina prima di questa e dei figli i piú
vecchi erano morti in guerra — non gli restava che un ragazzo e
delle donne. Che altro faceva in questo mondo?
  Dalla valle del Belbo non era mai uscito. Senza volerlo mi

---

[2] *taglio corto* interrompo il discorso
[3] *la terra... era magra* la terra non era fertile

fermai sul sentiero pensando che, se vent'anni prima non fossi scappato, quello era pure il mio destino. Eppure io per il mondo, lui per quelle colline, avevamo girato girato, senza mai poter dire: «Questi sono i miei beni. Su questa trave invecchierò. Morirò in questa stanza». 5

Arrivai sotto il fico, davanti all'aia, e rividi il sentiero tra i due rialti erbosi. Adesso ci avevano messo delle pietre per scalini. Il salto dal prato alla strada era come una volta — erba morta sotto il mucchio delle fascine, un cesto rotto, delle mele marce e schiacciate. Sentii il cane di sopra scorrere lungo il filo di ferro. 10

Quando sporsi la testa dagli scalini, il cane impazzí. Si buttò in piedi, ululava, si strozzava. Seguitai a salire, e vidi il portico, il tronco del fico, un rastrello appoggiato all'uscio — la stessa corda col nodo pendeva dal foro dell'uscio. La stessa macchia di verderame intorno alla spalliera sul muro. La stessa pianta di rosmarino sull'angolo della casa. E l'odore, l'odore della casa, della riva, di mele marce, d'erba secca e di rosmarino. 15

Su una ruota stesa per terra era seduto un ragazzo, in camicino e calzoni strappati, una sola bretella, e teneva una gamba divaricata, scostata in un modo innaturale. Era un gioco quello? 20
Mi guardò sotto il sole, aveva in mano una pelle di coniglio secca, e chiudeva le palpebre magre per guadagnar tempo.

Io mi fermai, lui continuava a batter gli occhi; il cane urlava e strappava il filo. Il ragazzo era scalzo, aveva una crosta sotto l'occhio, le spalle ossute e non mouoveva la gamba. D'improvviso 25
mi ricordai quante volte avevo avuto i geloni, le croste sulle ginocchia, le labbra spaccate. Mi ricordai che mettevo gli zoccoli soltanto d'inverno. Mi ricordai come la mamma Virgilia strappava la pelle ai conigli dopo averli sventrati. Mossi la mano e feci un cenno. 30

Sull'uscio era comparsa una donna, due donne, sottane nere, una decrepita e storta, una piú giovane e ossuta, mi guardavano. Gridai che cercavo il Valino. Non c'era, era andato su per la riva.

La meno vecchia gridò al cane e prese il filo e lo tirò, che rantolava. Il ragazzo si alzò dalla ruota — si alzò a fatica, puntando 35
la gamba per traverso, fu in piedi e strisciò verso il cane. Era zoppo, rachitico, vidi il ginocchio non piú grosso del suo braccio, si tirava il piede dietro come un peso. Avrà avuto dieci anni, e

vederlo su quell'aia era come vedere me stesso. Al punto che diedi
un'occhiata sotto il portico, dietro il fico, alle melighe, se com-
parissero Angiolina e Giulia. Chi sa dov'erano? Se in qualche
luogo erano vive, dovevano avere l'età di quella donna.

5   Calmato il cane, non mi dissero niente e mi guardavano.

6

Allora io dissi che, se il Valino tornava, lo aspettavo. Risposero insieme che delle volte tardava.

Delle due quella che aveva legato il cane — era scalza e cotta dal sole e aveva addirittura un po' di pelo sulla bocca — mi guardava con gli occhi scuri e circospetti del Valino. Era la cognata, quella che adesso dormiva con lui; standogli insieme era venuta a somigliargli.

Entrai nell'aia (di nuovo il cane si avventò), dissi ch'io su quell'aia c'ero stato bambino. Chiesi se il pozzo era sempre là dietro. La vecchia, seduta adesso sulla soglia, borbottò inquieta; l'altra si chinò e raccolse il rastrello caduto davanti all'uscio, poi gridò al ragazzo di guardare dalla riva se vedeva il Pa.[1] Allora dissi che non ce n'era bisogno, passavo là sotto e mi era venuta voglia di rivedere la casa dov'ero cresciuto, ma conoscevo tutti i beni, la riva fino al noce, e potevo girarli da solo, trovarci uno.

Poi chiesi: — E cos'ha questo ragazzo? è caduto su una zappa?

Le due donne guardarono da me a lui, che si mise a ridere — rideva senza far voce e serrò subito gli occhi. Conoscevo questo gioco anch'io.

Dissi: — Cos'hai? come ti chiami?

Mi rispose la magra cognata. Disse che il medico aveva guardato la gamba di Cinto quell'anno ch'era morta Mentina, quando stavano ancora all'Orto — Mentina era in letto che esclamava e il dottore il giorno prima che morisse le aveva detto che questo

[1] *il Pa* il padre

35

qui non aveva le ossa buone per colpa di lei. Mentina gli aveva
risposto che gli altri figli ch'eran morti soldati erano sani, ma che
questo era nato cosí, lei lo sapeva che quel cane arrabbiato che
voleva morderla le avrebbe fatto perdere anche il latte. Il dottore
5 l'aveva strapazzata, aveva detto che non era mica il latte, ma le
fascine, andare scalza nella pioggia, mangiare ceci e polenta, portar
ceste. Bisognava pensarci prima, aveva detto il dottore, ma adesso
non c'era piú tempo. E Mentina aveva detto che intanto[2] gli
altri erano venuti sani, e l'indomani era morta.

10   Il ragazzo ci ascoltava appoggiato al muro, e mi accorsi che
non era che ridesse — aveva le mascelle sporgenti e i denti radi e
quella crosta sotto l'occhio — sembrava che ridesse, e stava invece
attento.

Dissi alle donne: — Allora vado a cercare il Valino —. Volevo
15 starmene solo. Ma le donne gridarono al ragazzo: — Muoviti.
Va' a vedere anche tu.

Cosí mi misi per il prato e costeggiai la vigna, che tra i filari
adesso era a stoppia di grano, cotta dal sole. Per quanto dietro
la vigna, invece dell'ombra nera dei noccioli, la costa fosse una
20 meliga bassa, tanto che l'occhio ci spaziava, quella campagna era
ben minuscola, un fazzoletto. Cinto mi zoppicava dietro e in un
momento fummo al noce. Mi parve impossibile di averci tanto
girato e giocato, di lí alla strada, di esser sceso nella riva a cercare
le noci o le mele cadute, aver passato pomeriggi interi con la
25 capra e con le ragazze su quell'erba, avere aspettato nelle giornate
d'inverno un po' di sereno per poterci tornare — neanche se
questo fosse stato un paese intiero, il mondo. Se di qui non fossi
uscito per caso a tredici anni, quando Padrino era andato a
stare a Cossano, ancor adesso farei la vita del Valino, o di Cinto.
30 Come avessimo potuto cavarci da mangiare,[3] era un mistero.
Allora rosicchiavamo delle mele, delle zucche, dei ceci. La Virgilia
riusciva a sfamarci. Ma adesso capivo la faccia scura del Valino
che lavorava lavorava e ancora doveva spartire. Se ne vedevano
i frutti — quelle donne inferocite, quel ragazzo storpio.
35   Chiesi a Cinto se i noccioli li aveva ancora conosciuti. Piantato

2 *che intanto* che nonostante che il dottore parlasse cosí, gli altri figli
erano nati sani (anche se lei aveva sempre vissuto in quel modo)
3 *Come avessimo potuto cavarci da mangiare* Come avessimo potuto trarre
da quella terra il necessario per sostentarci

sul piede sano, mi guardò incredulo, e mi disse che in fondo alla riva ce n'era ancora qualche pianta. Voltandomi a parlare, avevo visto sopra le viti la donna nera che ci osservava dall'aia. Mi vergognai del mio vestito, della camicia, delle scarpe. Da quanto tempo non andavo piú scalzo? Per convincere Cinto che un tempo ero stato anch'io come lui, non bastava che gli parlassi cosí di Gaminella. Per lui Gaminella era il mondo e tutti gliene parlavano cosí. Che cosa avrei detto ai miei tempi se mi fosse comparso davanti un omone come me e io l'avessi accompagnato nei beni? Ebbi un momento l'illusione che a casa mi aspettassero le ragazze e la capra e che a loro avrei raccontato glorioso il grande fatto.

Adesso Cinto mi veniva dietro interessato. Lo portai fino in fondo alla vigna. Non riconobbi piú i filari; gli chiesi chi aveva fatto il trapianto. Lui cianciava, si dava importanza, mi disse che la madama della Villa era venuta solo ieri a raccogliere i pomodori.— Ve ne ha lasciati? — chiesi.— Noi li avevamo già raccolti, — mi disse.

Dov'eravamo, dietro la vigna, c'era ancora dell'erba, la conca fresca della capra, e la collina continuava sul nostro capo. Gli feci dire chi abitava nelle case lontane, gli raccontai chi ci stava una volta, quali cani avevano, gli dissi che allora eravamo tutti ragazzi. Lui mi ascoltava e mi diceva che qualcuno ce n'era ancora. Poi gli chiesi se c'era sempre quel nido dei fringuelli sull'albero che spuntava ai nostri piedi dalla riva. Gli chiesi se andava mai nel Belbo a pescare con la cesta.

Era strano come tutto fosse cambiato eppure uguale. Nemmeno una vite era rimasta delle vecchie, nemmeno una bestia; adesso i prati erano stoppie e le stoppie filari, la gente era passata, cresciuta, morta; le radici franate, travolte in Belbo — eppure a guardarsi intorno, il grosso fianco di Gaminella, le stradette lontane sulle colline del Salto, le aie, i pozzi, le voci, le zappe, tutto era sempre uguale, tutto aveva quell'odore, quel gusto, quel colore d'allora.

Gli feci dire se sapeva i paesi intorno. Se era mai stato a Canelli. C'era stato sul carro quando il Pa era andato a vendere l'uva da Gancia. E certi giorni traversavano Belbo coi ragazzi del Piola e andavano sulla ferrata a veder passare il treno.

Gli raccontai che ai miei tempi questa valle era piú grande, c'era gente che la girava in carrozza e gli uomini avevano la catena d'oro al gilè e le donne del paese, della Stazione, portavano il parasole. Gli raccontai che facevano delle feste — dei matrimoni, dei battesimi, delle Madonne[4] — e venivano da lontano, dalla punta delle colline, venivano i suonatori, i cacciatori, i sindaci. C'erano delle case — palazzine, come quella del Nido sulla collina di Canelli — che avevano delle stanze dove stavano in quindici, in venti, come all'albergo dell'Angelo, e mangiavano, suonavano tutto il giorno. Anche noi ragazzi in quei giorni facevamo delle feste sulle aie, e giocavamo, d'estate, alla settimana; d'inverno, alla trottola sul ghiaccio.[5] La settimana si faceva saltando su una gamba sola, come stava lui,[6] su delle righe di sassolini senza toccare i sassolini. I cacciatori dopo la vendemmia giravano le colline, i boschi, andavano su da Gaminella, da San Grato, da Camo, tornavano infangati, morti, ma carichi di pernici, di lepri, di selvaggina. Noi dal casotto li vedevamo passare e poi fino a notte, nelle case del paese, si sentiva far festa,[7] e nella palazzina del Nido laggiú — allora si vedeva, non c'erano quegli alberi — tutte le finestre facevano luce, sembrava il fuoco, e si vedevano passare le ombre degli invitati fino al mattino.

Cinto ascoltava a bocca aperta, con la sua crosta sotto l'occhio, seduto contro la sponda.

— Ero un ragazzo come te, — gli dissi, — e stavo qui con Padrino, avevamo una capra. Io la portavo in pastura. D'inverno quando non passavano piú i cacciatori era brutto, perché non si poteva neanche andare nella riva, tant'acqua e galaverna che c'era, e una volta — adesso non ci sono piú — da Gaminella scendevano i lupi che nei boschi non trovavano piú da mangiare, e la mattina vedevamo i loro passi sulla neve. Sembrano di cane ma sono piú profondi. Io dormivo nella stanza là dietro con le ragazze e sentivamo di notte il lupo lamentarsi che aveva freddo nella riva...

— Nella riva l'altr'anno c'era un morto, — disse Cinto.

---

[4] *delle Madonne* Feste religiose in onore della Madonna.
[5] *giocavamo... ghiaccio: alla settimana, alla trottola sul ghiaccio* giochi popolari ("hopscotch"; "top-spinning on the ice")
[6] *come stava lui* come Cinto che stava in piedi su un solo piede
[7] *far festa* spassarsela, di solito celebrando qualche occasione

Mi fermai. Chiesi che morto.

— Un tedesco, — mi disse.— Che l'avevano sepolto i partigiani in Gaminella. Era tutto scorticato...

— Cosí vicino alla strada? — dissi.

— No, veniva da lassú, nella riva. L'acqua l'ha portato in basso e il Pa l'ha trovato sotto il fango e le pietre...

7

Intanto dalla riva veniva lo schianto di una roncola contro il
legno, e a ogni colpo Cinto batteva le ciglia.

— È il Pa, — disse, — è qui sotto.

Io gli chiesi perché prima teneva chiusi gli occhi mentre io lo
guardavo e le donne parlavano. Subito li richiuse, d'istinto, e
negò di averlo fatto. Mi misi a ridere e gli dissi che facevo
anch'io questo gioco quand'ero ragazzo — cosí vedevo solamente
le cose che volevo e quando poi riaprivo gli occhi mi divertivo a
ritrovare le cose com'erano.

Allora scoprí i denti contento e disse che facevano cosí anche
i conigli.

— Quel tedesco, — dissi, — sarà stato tutto mangiato dalle
formiche.

Un urlo della donna dall'aia, che chiamava Cinto, voleva
Cinto, malediceva Cinto, ci fece sorridere. Si sente spesso questa
voce sulle colline.

— Non si capiva piú come l'avevano ammazzato, — disse lui.— È
stato sottoterra due inverni...

Quando franammo tra le foglie grasse, i rovi e la menta del
fondo, il Valino alzò appena la testa. Stava troncando con la
roncola sul capitozzo i rami rossi d'un salice. Come sempre,
mentre fuori era agosto, quaggiú faceva freddo, quasi scuro. Qui
la riva una volta portava dell'acqua, che d'estate faceva pozza.

Gli chiesi dove metteva i salici a stagionare, quest'anno ch'era
cosí asciutto. Lui si chinò a far su il fastello, poi cambiò idea.

40

Rimase a guardarmi, rincalzando col piede i rami e attaccandosi dietro i calzoni la roncola. Aveva quei calzoni e quel cappello inzaccherati, quasi celesti, che si mettono per dare il verderame.

— C'è un'uva bella quest'anno, — gli dissi, — manca solo un po' d'acqua.

— Qualcosa manca sempre, — disse il Valino.— Aspettavo Nuto per quella tina. Non viene?

Allora gli spiegai ch'ero passato per caso da Gaminella e avevo voluto rivedere la campagna. Non la conoscevo piú, tant'era stata lavorata. La vigna era nuova di tre anni, no? E in casa — gli chiesi — anche in casa ci avevano lavorato? Quando ci stavo io, c'era il camino che non tirava piú — l'avevano poi rotto quel muro?

Il Valino mi disse che in casa stavano le donne. Loro, ci devono pensare. Guardò su per la riva in mezzo alle foglioline delle albere.[1] Disse che la campagna era come tutte le campagne, per farla fruttare ci sarebbero volute delle braccia che non c'erano piú.

Allora parlammo della guerra e dei morti. Dei figli non disse niente. Borbottò. Quando parlai dei partigiani e dei tedeschi, alzò le spalle. Disse che allora stava all'Orto, e aveva visto bruciare la casa del Ciora. Per un anno piú nessuno aveva fatto niente in campagna, e se tutti quegli uomini se ne fossero invece tornati a casa — i tedeschi a casa loro, i ragazzi sui beni — sarebbe stato un guadagno. Che facce, che gente — tanta gente forestiera non s'era mai vista, neanche sulle fiere di quand'era giovanotto.

Cinto stava a sentirci, a bocca aperta. Chi sa quanti, dissi, ce n'erano ancora sepolti nei boschi.

Il Valino mi guardò con la faccia scura — gli occhi torbidi, duri.— Ce n'è, — disse, — ce n'è. Basta aver tempo di cercarli —. Non mise disgusto nella voce, né pietà. Sembrava parlasse di andare a[2] funghi, o a fascine. Si animò per un momento, poi disse: — Non hanno fruttato da vivi. Non fruttano da morti.

Ecco, pensai, Nuto gli darebbe dell'ignorante, del tapino, gli chiederebbe se il mondo dev'essere sempre com'era una volta. Nuto che aveva visto tanti paesi e sapeva le miserie di tutti qui

---

[1] *albere*   Forma piemontese per pioppi bianchi.
[2] *andare a funghi, o a fascine*   andare a raccogliere funghi, o a raccogliere fascine

intorno, Nuto non avrebbe mai chiesto se quella guerra era servita
a qualcosa. Bisognava farla, era stato un destino cosí. Nuto l'ha
molto quest'idea che una cosa che deve succedere interessa a
tutti quanti, che il mondo è mal fatto e bisogna rifarlo.

5   Il Valino non mi disse se salivo con lui a bere un bicchiere.
Raccolse il fastello dei salici e chiese a Cinto se era andato a far
l'erba. Cinto, scostandosi, guardava a terra e non rispose. Allora
il Valino fece un passo e con la mano libera menò un salice a
frustata e Cinto saltò via e il Valino incespicò e si drizzò. Cinto,
10   in fondo alla riva, adesso lo guardava.
       Senza parlare, il vecchio s'incamminò per la costa, coi salici in
braccio. Non si voltò nemmeno quando fu in cima. Mi parve
d'essere un ragazzo venuto a giocare con Cinto, e che il vecchio
avesse menato a[3] lui non potendo prendersela con me. Io e Cinto
15   ci guardammo ridendo, senza parlare.
       Scendemmo la riva sotto la volta fredda degli alberi, ma
bastava passare nelle pozze scoperte, al sole, per sentire l'afa e il
sudore. Io studiavo la parete di tufo, quella di fronte al nostro
prato, che sosteneva la vigna del Morone. Si vedevano in cima,
20   sopra i rovi, sporgere le prime viti chiare e un bell'albero di pesco
con certe foglie già rosse come quello che c'era ai miei tempi e
qualche pesca cadeva allora nella riva e ci sembrava piú buona
delle nostre. Queste piante di mele, di pesche, che d'estate hanno
foglie rosse o gialle, mi mettono gola[4] ancora adesso, perché la
25   foglia sembra un frutto maturo e uno si fa sotto,[5] felice. Per me
tutte le piante dovrebbero essere a frutto; nella vigna è cosí.
       Con Cinto parlavamo dei giocatori di pallone, poi di quelli
di carte; e arrivammo alla strada, sotto il muretto della riva, in
mezzo alle gaggíe. Cinto aveva già visto un mazzo di carte in
30   mano a uno che teneva banco in piazza, e mi disse che aveva a
casa un due di picche e un re di cuori che qualcuno aveva perduto
sullo stradone. Erano un po' sporche ma buone e se avesse poi
trovato anche le altre potevano servire. Io gli dissi che c'era di
quelli che giocavano per vivere e si giocavano le case e le terre.

---

[3] *menato a*   picchiato
[4] *mi mettono gola*   mi tentano
[5] *si fa sotto*   farsi sotto, accingersi con entusiasmo a qualcosa (in questo
caso: a mangiare)

Ero stato in un paese, gli dissi, dove si giocava con la pila dei
marenghi d'oro sul tavolo e la pistola nel gilè. E anche da noi
una volta, quand'ero ragazzo, i padroni delle cascine, quando
avevano venduta l'uva o il grano, attaccavano il cavallo e partivano
sul fresco, andavano, a Nizza, a Acqui, coi sacchetti di marenghi
e giocavano tutta la notte, giocavano i marenghi, poi i boschi,
poi i prati, poi la cascina, e il mattino dopo li trovavano morti
sul letto dell'osteria, sotto il quadro della Madonna e il ramulivo.
Oppure partivano sul biroccino e piú nessuno ne sapeva niente.
Qualcuno si giocava anche la moglie, e cosí i bambini restavano
soli, li cacciavano di casa, e sono questi che si chiamano i bastardi.

— Il figlio del Maurino, — disse Cinto, — è un bastardo.

— C'è chi li raccoglie, — gli dissi, — è sempre la povera gente che
raccoglie i bastardi. Si vede che il Maurino aveva bisogno di un
ragazzo...

— Se glielo dicono, s'arrabbia, — disse Cinto.

— Non devi dirglielo. Che colpa hai tu se tuo padre ti dà via?
Basta che hai voglia di lavorare. Ho conosciuto dei bastardi che
hanno comprato delle cascine.

Eravamo sbucati dalla riva e Cinto, trottandomi avanti, s'era
seduto sul muretto. Dietro le albere dall'altra parte della strada
c'era il Belbo. Era qui che uscivamo a giocare, dopo che la capra
ci aveva portati in giro tutto il pomeriggio per le coste e le rive.
I sassolini della strada erano ancora gli stessi, e i fusti freschi
delle albere avevano odore d'acqua corrente.

— Non vai a fare[6] l'erba per i conigli? — dissi.

Vinto mi disse che ci andava. Allora m'incamminai e fino alla
svolta mi sentii quegli occhi addosso dal canneto.

[6] *fare* = raccogliere

8

Al casotto di Gaminella decisi di tornare soltanto con Nuto, perché il Valino mi lasciasse entrare in casa. Ma per Nuto questa strada è fuori mano. Io invece ci passavo sovente e capitava che Cinto mi aspettava sul sentiero o sbucava dalle canne. Si appoggiava al muretto con la gamba divaricata e mi lasciava discorrere.

Ma dopo quei primi giorni, finita la festa e il torneo di pallone, l'albergo dell'Angelo si rifece tranquillo e quando, nel brusío delle mosche, prendevo il caffè alla finestra guardando la piazza vuota, mi trovai come un sindaco che guarda il paese dal balcone del municipio. Non l'avrei detto, da ragazzo. Lontano da casa si lavora per forza, si fa fortuna senza volerlo — far fortuna vuol dire appunto essere andato lontano e tornare cosí, arricchito, grand'e grosso, libero. Da ragazzo non lo sapevo ancora, eppure avevo sempre l'occhio alla strada, ai passanti, alle ville di Canelli, alle colline in fondo al cielo. È un destino cosí, dice Nuto — che in confronto con me non si è mosso. Lui non è andato per il mondo, non ha fatto fortuna. Poteva succedergli come succede in questa valle a tanti — di venir su come una pianta, d'invecchiare come una donna o un caprone, senza sapere che cosa succede di là dalla Bormida, senza uscire dal giro della casa, della vendemmia, delle fiere. Ma anche a lui che non si è mosso è toccato qualcosa, un destino — quella sua idea che le cose bisogna capirle, aggiustarle, che il mondo è mal fatto e che a tutti interessa cambiarlo.

Capivo che da ragazzo, anche quando facevo correre la capra, quando d'inverno rompevo con rabbia le fascine mettendoci il piede sopra, o giocavo, chiudevo gli occhi per provare se riaprendoli la collina era scomparsa[1] — anche allora mi preparavo al mio destino, a vivere senza una casa, a sperare che di là dalle colline ci fosse un paese piú bello e piú ricco. Questa stanza dell'Angelo — allora non c'ero mai stato — mi pareva di[2] aver sempre saputo che un signore, un uomo con le tasche piene di marenghi, un padrone di cascine, quando partiva sul biroccio per vedere il mondo, una bella mattina si trovava in una stanza cosí, si lavava le mani nel catino bianco, scriveva una lettera sul vecchio tavolo lucido, una lettera che andava in città, andava lontano, e la leggevano dei cacciatori, dei sindaci, delle signore con l'ombrellino. Ed ecco che adesso succedeva. La mattina prendevo il caffè e scrivevo delle lettere a Genova, in America, maneggiavo dei soldi, mantenevo della gente. Forse fra un mese sarei di nuovo stato in mare, a correr dietro alle mie lettere.

Il caffè lo presi un giorno col Cavaliere, sotto, davanti alla piazza scottante. Il Cavaliere era il figlio del vecchio Cavaliere, che ai miei tempi era il padrone delle terre del Castello e di diversi mulini e aveva perfino gettato una diga nel Belbo quand'io ancora dovevo nascere. Passava qualche volta sullo stradone nella carrozza a tiro doppio guidata dal servitore. Avevano una villetta in paese, con un giardino cintato e piante strane che[3] nessuno sapeva il loro nome. Le persiane della villa erano sempre chiuse quand'io d'inverno correvo a scuola e mi fermavo davanti al cancello.

Adesso il Vecchio era morto, e il Cavaliere era un piccolo avvocato calvo che non faceva l'avvocato: le terre, i cavalli, i mulini, se li era consumati da scapolo in città; la gran famiglia del Castello era scomparsa; gli era rimasta una piccola vigna,

---

[1] *o giocavo...era scomparsa* Attitudine fanciullesca di fuga dalla realtà, in cui si rispecchia il *destino*, la disposizione cioè dell'adulto che non accetta il mondo circostante con un impegno di rinnovamento (Nuto), ma fugge dalla realtà in cui è inserito alla ricerca d'una vita migliore.

[2] *Questa stanza... pareva di* Anacoluto; figura sintattica non infrequente nel linguaggio parlato.

[3] *piante strane che* piante tanto strane che (Omissione non accettabile in italiano)

degli abiti frusti, e girava il paese con un bastone dal pomo d'argento. Con me attaccò discorso civilmente; sapeva di dove venivo; mi chiese se ero stato anche in Francia, e beveva il caffè scostando il mignolo[4] e piegandosi avanti.

5 Si soffermava tutti i giorni davanti all'albergo e discorreva con gli altri avventori. Sapeva molte cose, piú cose dei giovani, del dottore e di me, ma erano cose che non quadravano con la vita che faceva adesso — bastava lasciarlo dire e si capiva che il Vecchio era morto a tempo.[5] Mi venne in mente ch'era un po'
10 come quel giardino della villa, pieno di palme, di canne esotiche, di fiori con l'etichetta. A modo suo anche il Cavaliere era scappato dal paese, era andato per il mondo, ma non aveva avuto fortuna. I parenti l'avevano abbandonato, la moglie (una contessa di Torino) era morta, il figlio, l'unico figlio, il futuro
15 Cavaliere, s'era ammazzato per un pasticcio di donne e di gioco prima ancora di andar militare. Eppure questo vecchio, questo tapino che dormiva in un tinello coi contadini della sua ultima vigna, era sempre cortese, sempre in ordine, sempre signore, e incontrandomi ogni volta si toglieva il cappello.
20 Dalla piazza si vedeva la collinetta dove aveva i suoi beni, dietro il tetto del municipio, una vigna mal tenuta, piena d'erba, e sopra, contro il cielo, un ciuffo di pini e di canne. Nel pomeriggio il gruppo di sfaccendati che prendevano il caffè, lo burlavano sovente su quei suoi mezzadri, che erano i padrini di mezzo
25 San Grato e gli stavano in casa soltanto per la comodità di esser vicino al paese ma neanche si ricordavano di zappargli la vigna. Ma lui, convinto, rispondeva che sapevano loro, i mezzadri, di che cosa ha bisogno una vigna e che del resto c'era stato un tempo che i signori, i padroni di tenuta, lasciavano in gerbido
30 una parte dei beni per andarci a caccia, o anche per capriccio.
Tutti ridevano all'idea che il Cavaliere andasse a caccia, e qualcuno gli disse che avrebbe fatto meglio a piantarci dei ceci.
— Ho piantato degli alberi, — disse lui con uno scatto e un calore improvvisi, e gli tremò la voce. Cosí civile com'era, non
35 sapeva difendersi, e allora entrai anch'io a dir qualcosa, per

---

[4] *scostando il mignolo* Presunto segno di distinzione in piccoli ambienti sociali.
[5] *era morto a tempo* era morto al momento giusto

cambiare discorso. Il discorso cambiò, ma si vede che il Vecchio
non era morto del tutto, perché quel tapino mi aveva capito.
Quando mi alzai mi pregò di una parola e ci allontanammo per
la piazza sotto gli occhi degli altri. Mi raccontò ch'era vecchio e
troppo solo, casa sua non era un luogo da riceverci nessuno,   5
tutt'altro, ma se salivo a fargli una visita, con mio comodo,
sarebbe stato ben lieto. Sapeva ch'ero stato da altri a veder terre;
dunque, se avevo un momento... Di nuovo mi sbagliai: sta' a
vedere, mi dissi, che anche questo vuol vendere. Gli risposi che
non ero in paese per fare affari.— No no, — disse subito, — non   10
parlo di questo. Una semplice visita... Voglio mostrarle, se
permette, quegli alberi...
    Ci andai subito, per levargli il disturbo di prepararmi l'ac-
coglienza, e per la stradetta sopra i tetti scuri, sui cortili delle
case, mi raccontò che per molte ragioni non poteva vendere la   15
vigna — perch'era l'ultima terra che portasse il suo nome, perché
altrimenti sarebbe finito in casa d'altri, perché ai mezzadri conveniva cosí, perché tanto era solo...
    — Lei, — mi disse, — non sa che cos'è vivere senza un pezzo di
terra in questi paesi. Lei, dove ha i suoi morti?   20
    Gli dissi che non lo sapevo. Tacque un momento, si interessò,
si stupí, scosse il capo.
    — Mi rendo conto,[6] — disse piano.— È la vita.
    Lui purtroppo aveva un morto recente al cimitero del paese.
Da dodici anni e gli sembrava ieri. Non un morto com'è umano   25
averne, un morto che ci si rassegna,[7] che ci si pensa con fiducia.—
Ho fato molti stupidi errori, — mi disse, — se ne fanno nella vita.
I veri acciacchi dell'età sono i rimorsi. Ma una cosa non mi
perdono. Quel ragazzo...
    Eravamo arrivati al gomito della strada, sotto le canne. Si   30
fermò e balbettò: — Lei sa com'è morto?
    Feci cenno di sí. Parlava con le mani strette al pomo del
bastone.— Ho piantato questi alberi, — disse. Dietro le canne
si vedeva un pino.— Ho voluto che qui in cima alla collina la
terra fosse sua, come piaceva a lui, libera e selvatica come il   35
parco dov'è stato ragazzo...

----

[6] *Mi rendo conto* Capisco
[7] *un morto che ci si rassegna* un morto tale che ci si rassegna

Era un'idea. Quella macchia di canne e, dietro, i pini rossastri e l'erba sotto, rigogliosa, mi ricordavano la conca in cima alla vigna di Gaminella. Ma qui c'era di bello ch'era la punta della collina e tutto finiva nel vuoto.

5 — In tutte le campagne, — gli dissi, — ci vorrebbe un pezzo di terra cosí, lasciato incolto... Ma la vigna lavorarla,[8] — dissi.

Ai nostri piedi si vedevano quei quattro filari disgraziati. Il Cavaliere fece una smorfia spiritosa e scosse il capo.— Sono vecchio, — disse.— Villani.

[8] *Ma la vigna lavorarla* Ma la vigna bisognerebbe lavorarla (forma colloquiale di omissione)

9

Adesso bisognava scendere nel cortile della casa e dargli quel
piacere. Ma sapevo che avrebbe dovuto sturarmi una bottiglia e
poi la bottiglia pagarla ai mezzadri. Gli dissi ch'era tardi, ch'ero
atteso in paese, che a quell'ora non prendevo mai niente. Lo
lasciai nel suo bosco, sotto i pini.

Ripensai a questa storia le volte che passavo per la strada di
Gaminella, al canneto del ponte. Qui ci avevo giocato anch'io
con Angiolina e Giulia, e fatto l'erba per i conigli. Cinto si trovava
sovente al ponte, perché gli avevo regalato degli ami e del filo
di lenza e gli raccontavo come si pesca in alto mare e si tira ai
gabbiani. Di qui non si vedevano né San Grato né il paese. Ma
sulle grandi schiene di Gaminella e del Salto, sulle colline piú
lontane oltre Canelli, c'erano dei ciuffi scuri di piante, dei canneti,
delle macchie — sempre gli stessi — che somigliavano a quello del
Cavaliere. Da ragazzo fin lassú non c'ero mai potuto salire; da
giovane lavoravo e mi accontentavo delle fiere e dei balli. Adesso,
senza decidermi, rimuginavo che doveva esserci qualcosa lassú, sui
pianori, dietro le canne e le ultime cascine sperdute. Che cosa
poteva esserci? Lassú era incolto e bruciato dal sole.

— Li hanno fatti quest'anno i falò? — chiesi a Cinto.— Noi li
facevamo sempre. La notte di San Giovanni tutta la collina era
accesa.

— Poca roba, — disse lui.— Lo fanno grosso alla Stazione, ma
di qui non si vede. Il Piola dice che una volta ci bruciavano delle
fascine.

49

Il Piola era il suo Nuto, un ragazzotto lungo e svelto. Avevo visto Cinto corrergli dietro nel Belbo, zoppicando.

— Chi sa perché mai, — dissi, — si fanno questi fuochi.

Cinto stava a sentire.— Ai miei tempi, — dissi, — i vecchi dicevano che fa piovere... Tuo padre l'ha fatto il falò? Ci sarebbe bisogno di pioggia quest'anno... Dappertutto accendono il falò.

— Si vede che fa bene alle campagne, — disse Cinto.— Le ingrassa.

Mi sembrò di essere un altro. Parlavo con lui come Nuto aveva fatto con me.

— Ma allora com'è che lo si accende sempre fuori dai coltivi? — dissi.— L'indomani trovi il letto del falò sulle strade, per le rive, nei gerbidi...

— Non si può mica bruciare la vigna, — disse lui ridendo.

— Sí, ma invece il letame lo metti nel buono...

Questi discorsi non finivano mai, perché quella voce rabbiosa lo chiamava, o passava un ragazzo dei Piola o del Morone, e Cinto si tirava su, diceva, come avrebbe detto suo padre: — Allora andiamo un po' a vedere — e partiva. Non mi lasciava mai capire se con me si fermava per creanza o perché ci stesse volentieri. Certo, quando gli raccontavo cos'è il porto di Genova e come si fanno i carichi e la voce delle sirene delle navi e i tatuaggi dei marinai e quanti giorni si sta in mare, lui mi ascoltava con gli occhi sottili. Questo ragazzo, pensavo, con la sua gamba sarà sempre un morto di fame in campagna. Non potrà mai dare di zappa o portare i cavagni. Non andrà neanche soldato e cosí non vedrà la città. Se almeno gli mettessi la voglia.[1]

— Questa sirena dei bastimenti, — lui mi disse, quel giorno che ne parlavo, — è come la sirena che suonavano a Canelli quando c'era la guerra?

— Si sentiva?

— Altroché. Dicono ch'era piú forte del fischio del treno. La sentivano tutti. Di notte uscivano per vedere se bombardavano Canelli. L'ho sentita anch'io e ho visto gli aeroplani...

— Ma se ti portavano ancora in braccio...

— Giuro che mi ricordo.

---

[1] *Se almeno... voglia.* Potessi almeno suscitare in lui il desiderio. (*voglia* = desiderio che urge)

Nuto, quando gli dissi quel raccontavo al ragazzo, sporse il
labbro come per imboccare il clarino e scosse il capo con forza.—
Fai male, — mi disse. — Fai male. Cosa gli metti delle voglie?
Tanto se le cose non cambiano sarà sempre un disgraziato...

— Che almeno sappia quel che perde. 5

— Cosa vuoi che se ne faccia. Quand'abbia visto che nel mondo
c'è chi sta meglio e chi sta peggio, che cosa gli frutta? Se è capace
di capirlo, basta che guardi suo padre. Basta che vada in piazza
la domenica, sugli scalini della chiesa c'è sempre uno che chiede,
zoppo come lui. E dentro ci sono i banchi per i ricchi, col nome 10
d'ottone...

— Piú lo svegli, — dissi, — piú capisce le cose.

— Ma è inutile mandarlo in America. L'America è già qui.
Sono qui i milionari e i morti di fame.

Io dissi che Cinto avrebbe dovuto imparare un mestiere e per 15
impararlo doveva uscire dalle grinfie del padre.— Sarebbe meglio
fosse nato bastardo, — dissi.— Doversene andare e cavarsela. Finché
non va in mezzo alla gente, verrà su[2] come suo padre.

— Ce n'è delle cose da cambiare, — disse Nuto.

Allora gli dissi che Cinto era sveglio e che per lui ci sarebbe 20
voluta una cascina come la Mora era stata per noi.— La Mora
era come il mondo, — dissi.— Era un'America, un porto di mare.
Chi andava chi veniva, si lavorava e si parlava... Adesso Cinto è
un bambino, ma poi cresce. Ci saranno le ragazze... Vuoi mettere[3]
quel che vuol dire conoscere delle donne sveglie? Delle ragazze 25
come Irene e Silvia?...

Nuto non disse niente. M'ero già accorto che della Mora non
parlava volentieri. Con tanto che mi aveva raccontato degli anni
di musicante, il discorso piú vecchio, di quando eravamo ragazzi,
lo lasciava cadere. O magari lo cambiava a suo modo, attaccando 30
a discutere. Stavolta stette zitto, sporgendo le labbra, e soltanto
quando gli raccontai di quella storia dei falò nelle stoppie, alzò
la testa.— Fanno bene sicuro, — saltò.— Svegliano la terra.

— Ma, Nuto, — dissi, — non ci crede neanche Cinto.

Eppure, disse lui, non sapeva cos'era, se il calore o la vampa o 35
che gli umori si svegliassero, fatto sta che tutti i coltivi dove

---

[2] *verrà su* = crescerà
[3] *Vuoi mettere* Vuoi paragonare (provincialismo)

sull'orlo si accendeva il falò davano un raccolto piú succoso, piú vivace.

— Questa è nuova, — dissi.— Allora credi anche nella luna?

— La luna, — disse Nuto, — bisogna crederci per forza. Prova a tagliare a luna piena un pino, te lo mangiano i vermi. Una tina la devi lavare quando la luna è giovane. Perfino gli innesti, se non si fanno ai primi giorni della luna, non attaccano.

Allora gli dissi che nel mondo ne avevo sentite di storie, ma le piú grosse erano queste. Era inutile che trovasse tanto da dire sul governo e sui discorsi dei preti se poi credeva a queste superstizioni come i vecchi di sua nonna. E fu allora che Nuto calmo calmo mi disse che superstizione è soltanto quella che fa del male, e se uno adoperasse la luna e i falò per derubare i contadini e tenerli all'oscuro, allora sarebbe lui l'ignorante e bisognerebbe fucilarlo in piazza. Ma prima di parlare dovevo ridiventare campagnolo. Un vecchio come il Valino non saprà nient'altro ma la terra la conosceva.

Discutemmo come cani arrabbiati un bel po', ma lo chiamarono in segheria e io discesi sullo stradone ridendo. Ebbi una mezza tentazione di passare dalla Mora, ma poi faceva caldo. Guardando verso Canelli (era una giornata colorita, serena), prendevo in un'occhiata sola la piana del Belbo, Gaminella di fronte, il Salto di fianco, e la palazzina del Nido, rossa in mezzo ai suoi platani, prolifilata sulla costa dell'estrema collina. Tante vigne, tante rive, tante coste bruciate, quasi bianche, mi misero voglia di essere ancora in quella vigna della Mora, sotto la vendemmia, e veder arrivare le figlie del sor Matteo col cestino. La Mora era dietro quegli alberi verso Canelli, sotto la costa del Nido.

Invece traversai Belbo, sulla passerella, e mentre andavo rimuginavo che non c'è niente di piú bello di una vigna ben zappata, ben legata, con le foglie giuste e quell'odore della terra cotta dal sole d'agosto. Una vigna ben lavorata è come un fisico sano, un corpo che vive, che ha il suo respiro e il suo sudore. E di nuovo, guardandomi intorno, pensavo a quei ciuffi di piante e di canne, quei boschetti, quelle rive — tutti quei nomi di paesi e di siti là intorno — che sono inutili e non danno raccolto, eppure hanno anche quelli il loro bello — ogni vigna la sua macchia — e fa piacere posarci l'occhio e saperci i nidi.[4] Le donne, pensai, hanno addosso qualcosa di simile.

Io sono scemo, dicevo, da vent'anni me ne sto via e questi paesi mi aspettano. Mi ricordai la delusione ch'era stata camminare la prima volta per le strade di Genova — ci camminavo nel mezzo e cercavo un po' d'erba. C'era il porto, questo sí, c'erano le facce delle ragazze, c'erano i negozi e le banche, ma un canneto, un odor di fascina, un pezzo di vigna, dov'erano? Anche la storia della luna e dei falò la sapevo. Soltanto, m'ero accorto, che non sapevo piú di saperla.

[4] *saperci i nidi*   conoscerne i nidi

10

Se mi mettevo a pensare a queste cose non la finivo piú, perché mi tornavano in mente tanti fatti, tante voglie, tanti smacchi passati, e le volte che avevo creduto di essermi fatto una sponda,[1] di avere degli amici e una casa, di potere addirittura metter su nome e piantare un giardino. L'avevo creduto, e mi ero anche detto «Se riesco a fare questi quattro soldi, mi sposo una donna e la spedisco col figlio in paese. Voglio che crescano laggiú come me». Invece il figlio non l'avevo, la moglie non parliamone — che cos'è questa valle per una famiglia che venga dal mare, che non sappia niente della luna e dei falò? Bisogna averci fatto le ossa,[2] averla nelle ossa come il vino e la polenta, allora la conosci senza bisogno di parlarne, e tutto quello che per tanti anni ti sei portato dentro senza saperlo si sveglia adesso al tintinnío di una martinicca, al colpo di coda di un bue, al gusto di una minestra, a una voce che senti sulla piazza di notte.

Il fatto è che Cinto — come me da ragazzo — queste cose non le sapeva, e nessuno nel paese le sapeva, se non forse qualcuno che se n'era andato. Se volevo capirmi con lui, capirmi con chiunque in paese, dovevo parlargli del mondo di fuori, dir la mia. O meglio ancora non parlarne: fare come se niente fosse e portarmi l'America, Genova, i soldi, scritti in faccia e chiusi in tasca. Queste cose piacevano — salvo a Nuto, si capisce, che cercava lui di capir me.

[1] *essersi fatto una sponda* aver raggiunto una certa sicurezza
[2] *averci fatto le ossa* essersi assuefatti ad essa

Vedevo gente dentro l'Angelo, sul mercato, nei cortili. Qualcuno veniva a cercarmi, mi chiamavano di nuovo «quello del Mora». Volevano sapere che affari facevo, se compravo l'Angelo, se compravo la corriera. In piazza mi presentarono al parroco, che parlò di una cappelletta in rovina; al segretario comunale, che mi prese in disparte e mi disse che in municipio doveva esserci ancora la mia pratica, se volevamo far ricerche. Gli risposi ch'ero già stato in Alessandria, all'ospedale. Il meno invadente era sempre il Cavaliere, che sapeva tutto sull'antica ubicazione del paese e sulle malefatte del passato podestà.

Sullo stradone e nelle cascine ci stavo meglio, ma neanche qui non mi credevano. Potevo spiegare a qualcuno che quel che cercavo tra soltanto di vedere qualcosa avevo già visto? Vedere dei carri, vedere dei fienili, vedere una bigoncia, una griglia, un fiore di cicoria, un fazzoletto a quadrettoni blu, una zucca da bere, un manico di zappa? Anche le facce mi piacevano cosí, come le avevo sempre viste: vecchie dalle rughe, buoi guardinghi, ragazze a fiorami, tetti a colombaia. Per me, delle stagioni eran passate, non degli anni. Piú le cose e i discorsi che mi toccavano eran gli stessi di una volta — delle canicole, delle fiere, dei raccolti di una volta, di prima del mondo — piú mi facevano piacere. E cosí le minestre, le bottiglie, le roncole, i tronchi sull'aia.

Qui Nuto diceva che avevo torto, che dovevo ribellarmi che su quelle colline si facesse ancora una vita bestiale, inumana, che la guerra non fosse servita a niente, che tutto fosse come prima, salvo i morti.

Parlammo anche del Valino e della cognata. Che il Valino adesso dormisse con la cognata era il meno — che cosa poteva fare? — ma in quella casa succedevano cose nere:[3] Nuto mi disse che dalla piana del Belbo si sentivano le donne urlare quando il Valino si toglieva la cinghia e le frustava come bestie, e frustava anche Cinto — non era il vino, non ne avevano tanto, era la miseria, la rabbia di quella vita senza sfogo.

Avevo saputo anche la fine di Padrino e dei suoi. Me l'aveva raccontata la nuora del Cola, quel tale che voleva vendermi la casa. A Cossano, dov'erano andati a finire coi quattro soldi del casotto, Padrino era morto vecchio vecchissimo — pochi anni fa —

[3] *cose nere* fatti terribili

su una strada, dove i mariti delle figlie l'avevano buttato. La minore s'era sposata ragazza; l'altra, Angiolina, un anno dopo — con due fratelli che stavano alla Madonna della Rovere, in una cascina dietro ai boschi. Lassú erano vissute col vecchio e coi figli; facevano l'uva e la polenta, nient'altro; il pane scendevano a cuocerlo una volta al mese, tant'erano fuorimano. I due uomini lavoravano forte, sfiancavano i buoi e le donne; la piú giovane era morta in un campo ammazzata dal fulmine, l'altra, Angiolina, aveva fatto sette figli e poi s'era coricata con un tumore nelle costole, aveva penato e gridato tre mesi — il dottore saliva lassú una volta all'anno —, era morta senza nemmeno vedere il prete. Finite le figlie, il vecchio non aveva piú nessuno in casa che gli desse da mangiare e si era messo a girare le campagne e le fiere; il Cola l'avevo ancora intravisto, con un barbone bianco e pieno di paglie, l'anno prima della guerra. Era morto finalmente anche lui, sull'aia di una cascina, dov'era entrato a mendicare.

Cosí era inutile che andassi a Cossano a cercare le mie sorellastre, a vedere se si ricordavano ancora di me. Mi restò in mente l'Angiolina distesa a denti aperti, come sua madre quell'inverno ch'era morta.

Andai invece un mattino a Canelli, lungo la ferrata, per la strada che ai tempi della Mora avevo fatto tante volte. Passai sotto il Salto, passai sotto il Nido, vidi la Mora coi tigli che toccavano il tetto, il terrazzo delle ragazze, la vetrata, e l'ala bassa dei portici dove stavamo noialtri. Sentii voci che non conoscevo, tirai via.[4]

A Canelli entrai per un lungo viale che ai miei tempi non c'era, ma sentii subito l'odore — quella punta di vinacce, di arietta di Belbo e di vermut. Le stradette erano le stesse, con quei fiori alle finestre, e le facce, i fotografi, le palazzine. Dove c'era piú movimento era in piazza — un nuovo bar, una stazione di benzina, un va e vieni di motociclette nel polverone. Ma il grosso platano era là. Si capiva che i soldi correvano sempre.

Passai la mattinata in banca e alla posta. Una piccola città — chi sa, intorno, quante altre ville e palazzotti sulle colline. Da ragazzo non mi ero sbagliato, nel mondo i nomi di Canelli contavano, di qui si apriva una finestra spaziosa. Dal ponte di Belbo

[4] *tirai via* andai oltre

guardai la valle, le colline basse verso Nizza. Niente era cambiato.
Solo l'altr'anno c'era venuto col carro un ragazzo a vender l'uva
insieme al padre. Chi sa se anche per Cinto Canelli sarebbe stata
la porta del mondo.

M'accorsi allora che tutto era cambiato. Canelli mi piaceva per
se stessa, come la valle e le colline e le rive che ci sbucavano. Mi
piaceva perché qui tutto finiva, perch'era l'ultimo paese dove le
stagioni non gli anni s'avvicendano. Gli industriali di Canelli
potevano fare tutti gli spumanti che volvevano, impiantare uffici,
macchine, vagoni, depositi era un lavoro che facevo anch'io — di
qui partiva la strada che passava per Genova e portava chi sa
dove. L'avevo percorsa, cominciando da Gaminella. Se mi fossi
ritrovato ragazzo, l'avrei percorsa un'altra volta. Ebbene, e con
questo? Nuto, che non se n'era mai andato veramente, voleva
ancora capire il mondo, cambiare le cose, rompere le stagioni.
O forse no, credeva sempre nella luna. Ma io, che non credevo
nella luna, sapevo che tutto sommato soltanto le stagioni contano,
e le stagioni sono quelle che ti hanno fatto le ossa,[5] che hai mangiato quand'eri ragazzo. Canelli è tutto il mondo — Canelli e la
valle del Belbo — e sulle colline il tempo non passa.

Tornai verso sera sullo stradone lungo la ferrata. Passai il viale,
passai sotto il Nido, passai la Mora. Alla casa del Salto trovai
Nuto in grembiale, che piallava e fischiettava, scuro in faccia.

— Cosa c'è?

C'era che uno, scassando un incolto, aveva trovato altri due
morti sui pianori di Gaminella, due spie repubblichine, testa schiacciata e senza scarpe. Erano corsi su il dottore e il pretore col
sindaco per riconoscerli, ma dopo tre anni che cosa si poteva
riconoscere? Dovevan essere repubblichini perché i partigiani morivano a valle, fucilati sulle piazze e impiccati ai balconi, o li mandavano in Germania.

— Che c'è da pigliarsela? — dissi.— Si sa.

Ma Nuto rimuginava, fischiettando scuro.

---

[5] *che ti hanno fatto le ossa*   che ti hanno formato

11

Diversi anni prima — qui da noi c'era già la guerra — avevo passato una notte che ogni volta che cammino lungo la ferrata mi torna in mente. Fiutavo già quello che poi successe — la guerra, l'internamento, il sequestro — e cercavo di vendere la baracca e trasferirmi nel Messico. Era il confine piú vicino e avevo visto a Fresno abbastanza messicani miserabili per sapere dove andavo. Poi l'idea mi passò perché delle mie cassette di liquori i messicani non avrebbero saputo che farsene, e venne la guerra. Mi lasciai sorprendere — ero stufo di prevedere e di correre, e ricominciare l'indomani. Mi toccò poi ricominciare a Genova l'altr'anno.

Fatto sta che lo sapevo che non sarebbe durata, e la voglia di fare, di lavorare, di espormi, mi moriva tra le mani. Quella vita e quella gente a cui ero avvezzo da dieci anni, tornava a farmi paura e irritarmi. Andavo in giro in camioncino sulle strade statali, arrivai fino al deserto, fino a Yuma, fino ai boschi di piante grasse. M'aveva preso la smania di vedere qualcos'altro che non fossero la valle di San Joaquin o le solite facce. Sapevo già che finita la guerra avrei passato il mare per forza, e la vita che facevo era brutta e provvisoria.

Poi smisi anche di fare puntate su quella strada del sud. Era un paese troppo grande, non sarei mai arrivato in nessun posto. Non ero piú quel giovanotto che con la squadra ferrovieri in otto mesi ero arrivato in California. Molti paesi vuol dire nessuno.

Quella sera mi s'impannò il camioncino in aperta campagna. Avevo calcolato di arrivare alla stazione 37 col buio e dormirci.

Faceva freddo, un freddo secco e polveroso, e la campagna era vuota. Campagne è dir troppo. A perdita d'occhio una distesa grigia di sabbia spinosa e monticelli che non erano colline, e i pali della ferrata. Pasticciai intorno al motore — niente da fare, non avevo bobine di ricambio.

Allora cominciai a spaventarmi. In tutto il giorno non avevo incrociato che due macchine: andavano alla costa. Nel mio senso, nessuna. Non ero sulla strada statale, avevo voluto attraversare la contea. Mi dissi: «Aspetto. Passerà qualcuno». Nessuno passò fino all'indomani. Fortuna che avevo qualche coperta per avvolgermi. «E domani?» dicevo.

Ebbi il tempo di studiare tutti i sassi della massicciata, le traversine, i fiocchi di un cardo secco, i tronchi grassi di due cacti nella conca sotto la strada. I sassi della massicciata avevano quel colore bruciato dal treno, che hanno in tutto il mondo. Un venticello scricchiolava sulla strada, mi portava un odore di sale. Faceva freddo come d'inverno. Il sole era già sotto, la pianura spariva.

Nelle tane di quella pianura sapevo che correvano lucertole velenose e millepiedi; ci regnava il serpente. Cominciarono gli urli dei cani selvatici. Non eran loro il pericolo, ma mi fecero pensare che mi trovavo in fondo all'America, in mezzo a un deserto, lontano tre ore di macchina dalla stazione piú vicina. E veniva notte. L'unico segno di civiltà lo davano la ferrata e i fili dei pali. Almeno fosse passato il treno. Già varie volte mi ero addossato a un palo telegrafico e avevo ascoltato il ronzío della corrente come si fa da ragazzi. Quella corrente veniva dal nord e andava alla costa. Mi rimisi a studiare la carta.

I cani continuavano a urlare, in quel mare grigio ch'era la pianura — una voce che rompeva l'aria come il canto del gallo — metteva freddo e disgusto. Fortuna che m'ero portata la bottiglia del whisky. E fumavo, fumavo, per calmarmi. Quando fu buio, proprio buio, accesi il cruscotto. I fari non osavo accenderli. Almeno passasse un treno.

Mi venivano in mente tante cose che si raccontano, storie di gente che s'era messa su queste strade quando ancora le strade non c'erano, e li avevano ritrovati in una conca distesi, ossa e vestiti, nient'altro. I banditi, la sete, l'insolazione, i serpenti. Qui era facile capacitarsi che ci fosse stata un'epoca in cui la gente si ammazzava, in cui nessuno toccava terra se non per restarci. Quel filo sottile della ferrata e della strada era tutto il lavoro che ci avevano messo. Lasciare la strada, inoltrarsi nelle conche e nei cacti, sotto le stelle, era possibile?

Lo starnuto di un cane, piú vicino, e un rotolío di pietre mi fece saltare. Spensi il cruscotto; lo riaccesi quasi subito. Per passare la paura, mi ricordai che verso sera avevo superato un carretto di messicani, tirato da un mulo, carico che sporgeva, di fagotti, di balle di roba, di casseruole e di facce. Doveva essere una famiglia che andava a fare la stagione a San Bernardino o su di là. Avevo visto i piedi magri dei bambini e gli zoccoli del mulo strisciare sulla strada. Quei calzonacci bianco sporco sventolavano, il mulo sporgeva il collo, tirava. Passandoli avevo pensato che quei tapini avrebbero fatto tappa in una conca — alla stazione 37 quella sera non ci arrivavano certo.

Anche questi, pensai, dove ce l'hanno casa loro? Possibile nascere e vivere in un paese come questo? Eppure si adattavano, andavano a cercare le stagioni dove la terra ne dava, e facevano una vita che non gli lasciava pace, metà dell'anno nelle cave, metà sulle campagne. Questi non avevano avuto bisogno di passare per l'ospedale di Alessandria — il mondo era venuto a stanarli da casa con la fame, con la ferrata, con le loro rivoluzioni e i petroli, e adesso andavano e venivano rotolando, dietro al mulo. Fortunati che avevano un mulo. Ce n'era di quelli che partivano scalzi, senza nemmeno la donna.

Scesi dalla cabina del camioncino e battei i piedi sulla strada per scaldarmeli. La pianura era smorta, macchiata di ombre vaghe, e nella notte la strada si vedeva appena. Il vento scricchiolava sempre, agghiacciato, sulla sabbia, e adesso i cani tacevano; si sentivano sospiri, ombre di voci. Avevo bevuto abbastanza da non prendermela piú. Fiutavo quell'odore di erba secca e di vento salato e pensavo alle colline di Fresno.

Poi venne il treno. Cominciò che pareva un cavallo, un cavallo col carretto su dei ciottoli, e già s'intravedeva il fanale. Lí per lí avevo sperato che fosse una macchina o quel carretto dei messicani. Poi riempí tutta la pianura di baccano e faceva faville. Chi sa cosa ne dicono i serpenti e gli scorpioni, pensavo. Mi piombò addosso sulla strada, illuminandomi dai finestrini l'automobile, i

cacti, una bestiola spaventata che scappò a saltelli; e filava sbatac-
chiando, risucchiando l'aria, schiaffeggiandomi. L'avevo tanto aspettato, ma quando il buio ricadde e la sabbia tornò a scricchiolare, mi dicevo che nemmeno in un deserto questa gente ti
lasciano in pace.[1] Se domani avessi dovuto scapparmene, nascon- 5
dermi, per non farmi internare, mi sentivo già addosso la mano
del poliziotto come l'urto del treno. Era questa l'America.

Ritornai nella cabina, mi feci su in una coperta e cercavo di
sonnecchiare come fossi sull'angolo della strada Bellavista. Adesso
rimuginavo che con tanto che i californiani erano in gamba,[2] 10
quei quattro messicani cenciosi facevano una cosa che nessuno di
loro avrebbe saputo. Accamparsi e dormire in quel deserto —
donne e bambini — in quel deserto ch'era casa loro, dove magari
coi serpenti s'intendevano. Bisogna che ci vada nel Messico, dicevo, scommetto che è il paese che fa per me. 15

Piú avanti nella notte una grossa cagnara mi svegliò di soprassalto. Sembrava che tutta la pianura fosse un campo di battaglia,
o un cortile. C'era una luce rossastra, scesi fuori intirizzito e scassato; tra le nuvole basse era spuntata una fetta di luna che pareva
una ferita di coltello e insanguinava la pianura. Rimasi a guardarla 20
un pezzo. Mi fece davvero spavento.

---

[1] *questa gente...pace* Uso, non ammissibile in italiano, del verbo al
plurale con il nome collettivo singolare *gente*.

[2] *erano in gamba* erano ingegnosi

12

Nuto non si era sbagliato. Quei due morti di Gaminella furono
un guaio. Cominciarono il dottore, il cassiere, i tre o quattro giovanotti sportivi che pigliavano il vermut al bar, a parlare scandaliz-
zati, a chiedersi quanti poveri italiani che avevano fatto il loro
dovere fossero stati assassinati barbaramente dai rossi. Perché, dicevano a bassa voce in piazza, sono i rossi che sparano nella nuca
senza processo. Poi passò la maestra — una donnetta con gli
occhiali, ch'era sorella del segretario e padrona di vigne — e si
mise a gridare ch'era disposta a andarci lei nelle rive a cercare altri
morti, tutti i morti, a dissotterrare con la zappa tanti poveri
ragazzi, se questo fosse bastato per far chiudere in galera, magari
per far impiccare, qualche carogna comunista, quel Valerio, quel
Pajetta, quel segretario di Canelli. Ci fu uno che disse: — È difficile accusare i communisti. Qui le bande erano autonome.— Cosa
importa, — disse un altro, — non ti ricordi quello zoppo dalla
sciarpa, che requisiva le coperte? — E quando è bruciato il de-
posito... — Che autonomi, c'era di tutto... — Ti ricordi il tedesco...

— Che fossero autonomi, — strillò il figlio della madama della
Villa, — non vuol dire. Tutti i partigiani erano degli assassini.

— Per me, — disse il dottore guardandoci adagio, — la colpa non
è stata di questo o di quell'individuo. Era tutta una situazione di
guerriglia, d'illegalità, di sangue. Probabilmente questi due hanno
fatto davvero la spia... Ma, — riprese, scandendo la voce sulla
discussione che ricominciava, — chi ha formato le prime bande?

chi ha voluta la guerra civile? chi provocava i tedeschi e quegli
altri? I comunisti. Sempre loro. Sono loro i responsabili. Sono loro
gli assassini. È un onore che noi Italiani gli lasciamo volentieri...
La conclusione piacque a tutti. Allora dissi che non ero d'accordo. Mi chiesero come. In quell'anno, dissi, ero ancora in America. (Silenzio). E in America facevo l'internato. (Silenzio). In
America che è in America,[1] dissi, i giornali hanno stampato un
proclama del re e di Badoglio che ordinava agli Italiani di darsi
alla macchia, di fare la guerriglia, di aggredire i tedeschi e i
fascisti alle spalle. (Sorrisetti). Piú nessuno se lo ricordava. Ri-
cominciarono a discutere.

Me ne andai che la maestra gridava: — Sono tutti bastardi — e
diceva: — E i nostri soldi che vogliono. La terra e i soldi come in
Russia. E chi protesta farlo fuori.

Nuto venne anche lui in paese a sentire, e adombrava come un
cavallo.— Possibile, — gli chiesi, — che non uno di questi ragazzi
ci sia stato e possa dirlo? A Genova i partigiani hanno perfino un
giornale...

— Di questi nessuno, — disse Nuto.— E tutta gente che si è
messa il fazzoletto tricolore[2] l'indomani. Qualcuno stava a Nizza,
impiegato... Chi ha rischiato la pelle davvero, non ha voglia di
parlarne.

I due morti non si poteva riconoscerli. Li avevano portati su
una carretta nel vecchio ospedale, e diversi andarono a vederli e
uscivano storcendo la bocca.— Mah, — dicevano le donne, sugli
usci del vicolo, — tocca a tutti una volta. Però cosí è brutto —.
Dalla bassa statura dei corpi e da una medaglietta di San Gennaro
che uno dei due aveva al collo, il pretore concluse ch'erano meridionali. Dichiarò «sconosciuti» e chiuse l'inchiesta.

Chi non chiuse ma si mise d'attorno fu il parroco. Convocò
subito il sindaco, il maresciallo, un comitato di capi-famiglia e le
priore. Mi tenne al corrente il Cavaliere, perché lui ce l'averva col
parroco che gli aveva tolta senza neanche dirglielo la placca d'ottone dal banco.— Il banco dove s'inginocchiava mia madre, — mi

[1] *In America che è in America* Anche in America, che pure è cosí distante
dall'Italia
[2] *tricolore* Con i tre colori della bandiera italiana in contrapposizione al
rosso dei comunisti.

disse.— Mia madre che ha fatto piú bene lei alla chiesa di dieci
tangheri come costui...

Dei partigiani il Cavaliere non giudicò.— Ragazzi, — disse.—
Ragazzi che si sono trovati a far la guerra... Quando penso che
tanti...

Insomma il parroco tirava l'acqua al suo mulino[3] e non aveva
ancora digerita l'inaugurazione della lapide ai partigiani impiccati
davanti alle Ca' Nere, ch'era stata fatta senza di lui due anni fa
da un deputato socialista venuto apposta da Asti. Nella riunione
in canonica il parroco aveva sfogato il veleno. S'eran sfogati tutti
quanti e s'erano messi d'accordo. Siccome non si poteva denun-
ciare nessun ex partigiano, tanto tempo era passato, e non c'erano
piú sovversivi in paese, decisero di dare almeno battaglia politica
che la sentissero da Alba, di fare una bella funzione — sepoltura
solenne alle due vittime, comizio e pubblico anatema contro i
rossi. Riparare e pregare. Tutti mobilitati.

— Non sarò io a rallegrarmi di quei tempi, — disse il Cavaliere.
— La guerra, dicono i francesi, è un *sale métier*.[4] Ma questo prete
sfrutta i morti, sfrutterebbe sua madre se l'avesse...

Passai da Nuto per raccontargli anche questa. Lui si grattò
dietro l'orecchio, guardò a terra e masticava amaro.— Lo sapevo,
— disse poi, — ha già tentato un colpo cosí con gli zingari...

— Che zingari?

Mi raccontò che nei giorni del '45 una banda di ragazzi avevano catturato due zingari che da mesi andavano e venivano,
facevano doppio gioco,[5] segnalavano i distaccamenti partigiani.—
Sai com'è, nelle bande c'era di tutto. Gente di tutt'Italia, e di
fuori. Anche ignoranti. Non s'era mai vista tanta confusione.
Basta, invece di portarli al comando, li prendono, li calano in un
pozzo e gli fanno dire quante volte erano andati alla caserma dei
militi. Poi uno dei due, che aveva una bella voce, gli dicono di
cantare per salvarsi. Quello canta, seduto sul pozzo, legato, canta
come un matto, ce la mette tutta. Mentre canta, un colpo di
zappa per uno, li stendono... Li abbiamo dissotterrati due anni
fa, e subito il prete ha fatto la predica in chiesa... Di prediche su
quelli delle Ca' Nere non ne ha mai fatte, ch'io sappia.

[3] *tirava l'acqua al suo mulino* Utilizzava i fatti a suo vantaggio (*tirare*
l'acqua al proprio mulino, espressione proverbiale).
[4] *sale métier* mestiere sporco (francese)
[5] *fare doppio gioco* Appoggiare ad un tempo due parti contrastanti.

— Al vostro posto, — gli dissi, — andrei a chiedergli una messa
per i morti impiccati. Se rifuta, lo smerdate davanti al paese.

Nuto ghignò, senz'allegria.— È capace di accettare, — mi disse,
— e di farci lo stesso il suo comizio.

E cosí la domenica si fece il funerale. Le autorità, i carabinieri,   5
le donne velate, le Figlie di Maria. Quel diavolo fece venire anche
i Battuti, in casacca gialla, uno strazio. Fiori da tutte le parti. La
maestra, padrona di vigne, aveva mandato in giro le bambine a
saccheggiare i giardini. Il parroco, parato a festa, con gli occhiali
lucidi, fece il discorso sui gradini della chiesa. Cose grosse. Disse   10
che i tempi erano stati diabolici, che le anime correvano pericolo.
Che troppo sangue era stato sparso e troppi giovani ascoltavano
ancora la parola dell'odio. Che la patria, la famiglia, la religione
erano tuttora minacciate. Il rosso, il bel colore dei martiri, era
diventato l'insegna dell'Anticristo, e in suo nome si erano com-   15
messi e si commettevano tanti delitti. Bisognava pentirci anche
noi, purificarci, riparare — dar sepoltura cristiana a quei due giovani ignoti, barbaramente trucidati — fatti fuori, Dio sa, senza il
conforto dei sacramenti — e riparare, pregare per loro, drizzare
una barriera di cuori. Disse anche una parola in latino. Farla   20
vedere ai senza patria, ai violenti, ai senza dio. Non credessero che
l'avversario fosse sconfitto. In troppi comuni d'Italia ostentava
ancora la sua rossa bandiera...

A me quel discorso non dispiacque. Cosí sotto quel sole, sugli
scalini della chiesa, da quanto tempo non sentivo piú la voce di   25
un prete dir la sua. E pensare che da ragazzo quando la Virgilia
ci portava a messa, credevo che la voce del prete fosse qualcosa
come il tuono, come il cielo, come le stagioni — che servisse alle
campagne, ai raccolti, alla salute dei vivi e dei morti. Adesso mi
accorsi che i morti servivano a lui. Non bisogna invecchiare né   30
conoscere il mondo.

Chi non apprezzò il discorso fu Nuto. Sulla piazza qualcuno dei
suoi gli strizzava l'occhio, gli borbottava al volo[6] una paroletta.
E Nuto scalpitava, soffriva. Trattandosi di morti, sia pure neri, sia
pure ben morti, non poteva far altro. Coi morti i preti hanno   35
sempre ragione. Io lo sapevo, e lo sapeva anche lui.

---

[6] *al volo* di passaggio

13

Si riparlò di questa storia, in paese. Quel parroco era in gamba. Batté il ferro[1] l'indomani dicendo una messa per i poveri morti, per i vivi ch'erano ancora in pericolo, per quelli che dovevano nascere. Raccomandò di non iscriversi ai partiti sovversivi, di non leggere la stampa anticristiana e oscena, di non andare a Canelli se non per affari, di non fermarsi all'osteria, e alle ragazze di allungarsi i vestiti. A sentire i discorsi che facevano adesso donnette e negozianti in paese, il sangue era corso per quelle colline come il mosto sotto i torchi. Tutti eran stati derubati e incendiati, tutte le donne ingravidate. Fin che l'ex podestà disse chiaro, sui tavolini dell'Angelo, che ai tempi di prima queste cose non succedevano. Allora saltò su il camionista — uno di Calosso, grinta dura — che gli chiese dov'era finito, ai tempi di prima, quello zolfo del Consorzio.

Tornai da Nuto e lo trovai che misurava degli assi, sempre imbronciato. La moglie in casa dava il latte al bambino. Gli gridò dalla finestra ch'era scemo a pigliarsela, che nessuno aveva mai guadagnato niente con la politica. Io per tutto lo stradone, dal paese al Salto, avevo rimuginato queste cose ma non sapevo come dirgli la mia. Adesso Nuto mi guardò, sbatté la riga e mi chiese brusco se non ne avevo abbastanza, che cosa ci trovavo in questi paesacci.

— Dovevate farla[2] allora, — gli dissi, — non è da furbi cimentare le vespe.

---

[1] *Batté il ferro* Batté il ferro quando era caldo
[2] i.e., la rivoluzione

Allora lui gridò dentro la finestra: — Comina, vado via —. Raccolse la giacca e mi disse: — Vuoi bere? — Mentre aspettavo raccomandò qualcosa ai garzoni sotto la tettoia; poi si volta e mi fa: — Sono stufo. Andiamocene fuori dai piedi.[3]

Ci arrampicammo per il Salto. Da principio non si parlava, o si diceva solamente: «L'uva quest'anno è bella». Passammo tra la riva e la vigna di Nuto. Lasciammo la stradetta e prendemmo il sentiero — ripido che bisognava mettere i piedi di costa. Alla svolta di un filare incocciammo il Berta, il vecchio Berta che non usciva piú dai beni. Mi soffermai per dir qualcosa, per farmi conoscere — mai piú avrei creduto di ritrovarlo ancora vivo e cosí sdentato — ma Nuto tirò dritto; disse soltanto: — Salutiamo —. Il Berta non mi conobbe di certo.

Fin qui ero salito un tempo, dove finiva il cortile della casa dello Spirita. Ci venivamo in novembre a rubargli le nespole. Cominciai a guardarmi sotto i piedi — le vigne asciutte e gli strapiombi, il tetto rosso del Salto, il Belbo e i boschi. Anche Nuto adesso rallentava, e andavamo testardi, sostenuti.

— Il brutto, — disse Nuto, — è che siamo degli ignoranti. Il paese è tutto in mano a quel prete.

— Vuoi dire? Perché non gli rispondi?

— Vuoi rispondere in chiesa? Quest'è un paese che un discorso lo puoi soltanto fare in chiesa. Se no, non ti credono… La stampa oscena e anticristiana, lui dice. Se non leggono neanche l'almanacco.

— Bisogna uscire dal paese, — gli dissi.— Sentire le altre campane, prender aria. A Canelli è diverso. Hai sentito che l'ha detto anche lui che Canelli è l'inferno.

— Bastasse.

— Si comincia. Canelli è la strada del mondo. Dopo Canelli viene Nizza. Dopo Nizza Alessandria. Da soli non farete mai niente.

Nuto cacciò un sospiro e si fermò. Mi soffermai anch'io e guardai giú nella vallata.

— Se vuoi combinare qualcosa, — dissi, — devi tenere i contatti col mondo. Non avete dei partiti che lavorano per voi, dei deputati, della gente apposta? Parlate, trovatevi. In America fanno cosí.

[3] *Andiamocene fuori dai piedi.* Andiamocene via, lontano da ogni traffico.

La forza dei partiti è fatta di tanti piccoli paesi come questo.
I preti non lavorano mica isolati, hanno dietro tutta una lega di
altri preti... Perché quel deputato che ha parlato alle Ca' Nere
non ci torna?...

5   Ci sedemmo all'ombra di quattro canne, sull'erba dura, e Nuto
mi spiegò perché il deputato non tornava. Dal giorno della liberazione — quel sospirato 25 aprile — tutto era andato sempre peggio.
In quei giorni sí che s'era fatto qualcosa. Se anche i mezzadri e i
miserabili del paese non andavano loro per il mondo, nell'anno
10   della guerra era venuto il mondo a svegliarli. C'era stata gente di
tutte le parti, meridionali, toscani, cittadini, studenti, sfollati,
operai — perfino i tedeschi, perfino i fascisti eran serviti a qualcosa, avevano aperto gli occhi ai piú tonti, costretto tutti a mo-
strarsi per quello che erano, io di qua tu di là, tu per sfruttare il
15   contadino, io perché abbiate un avvenire anche voi. E i renitenti,
gli sbandati, avevano fatto vedere al governo dei signori che non
basta la voglia per mettersi in guerra. Si capisce, in tutto quel
quarantotto s'era fatto anche del male, s'era rubato e ammazzato
senza motivo, ma mica tanti: sempre meno — disse Nuto — della
20   gente che i prepotenti di prima hanno messo loro su una strada o
fatto crepare. E poi? com'era andata? Si era smesso di stare
all'erta,[4] si era creduto agli alleati, si era creduto ai prepotenti di
prima che adesso — passata la grandine — sbucavano fuori dalle
cantine, dalle ville, dalle parrocchie, dai conventi.— E siamo a
25   questo, — disse Nuto, — che un prete che se suona ancora le campane lo deve ai partigiani che gliele hanno salvate, fa la difesa
della repubblica e di due spie della repubblica. Se anche fossero
stati fucilati per niente, — disse, — toccava a lui fare la forca[5] ai
partigiani che sono morti come mosche per salvare il paese?

30   Mentre parlava, io mi vedevo Gaminella in faccia, che a quell'-
altezza sembrava piú grossa ancora, una collina come un pianeta,
e di qui si distinguevano pianori, alberetti, stradine che non avevo
mai visto. Un giorno, pensai, bisogna che saliamo lassú. Anche
questo far parte del mondo. Chiesi a Nuto: — Di partigiani ce ne
35   stavano lassú?

— I partigiani sono stati dappertutto, — disse.— Gli hanno dato

---

[4] *stare all'erta*   stare attenti, in guardia
[5] *fare la forca*   condannare

la caccia come alle bestie. Ne sono morti dappertutto. Un giorno
sentivi sparare sul ponte, il giorno dopo erano di là da Bormida.
E mai che chiudessero un occhio tranquilli, che una tana fosse
sicura... Dappertutto le spie...

— E tu l'hai fatto il partigiano? ci sei stato?

Nuto trangugiò e scosse la testa.— Si è fatto tutti qualcosa.
Troppo poco... ma c'era pericolo che una spia mandasse a bru-
ciarti la casa...

Studiavo di lassú la piana di Belbo, e i tigli, il cortile basso della
Mora, quelle campagne — tutto impiccolito e stranito. Non l'avevo
mai vista di lassú, cosí piccola.

— L'altro giorno sono passato sotto la Mora, — dissi.— Non c'è
piú il pino del cancello...

— L'ha fatto tagliare il ragioniere, Nicoletto. Quell'ignorante...
L'ha fatto tagliare perché i pezzenti si fermavano all'ombra e
chiedevano. Capisci? non gli basta che si è mangiata mezza la
casa. Non vuole nemmeno che un povero si fermi all'ombra e gli
chieda conto...

— Ma com'è stato andare cosí al diavolo? Gente che aveva la
carrozza. Col vecchio non sarebbe successo...

Nuto non disse nulla e strappava ciuffi d'erba secca.

— Non c'era soltanto Nicoletto, — dissi.— E le ragazze? Quando
ci penso, mi gira il sangue.[6] Va bene che gli piaceva divertirsi a
tutt'e due e che Silvia era una scema che cascava con tutti, ma
fin che il vecchio è stato vivo, l'hanno sempre aggiustata... Almeno la matrigna non doveva morire... E la piccola, Santina, che
fine ha fatto?

Nuto pensava ancora al suo prete e alle spie, perché storse la
bocca un'altra volta e trangugiò saliva.

— Stava a Canelli, — disse.— Non potevano soffrirsi con Nicoletto. Teneva allegre le brigate nere. Tutti lo sanno. Poi un giorno
è sparita.

— Possibile? — dissi.— Ma cos'ha fatto? Santa Santina? Pensare
che a sei anni era cosí bella...

— Tu non l'hai vista a venti, — disse Nuto, — le altre due non
erano niente. L'hanno viziata, il sor Matteo non vedeva piú che
lei... Ti ricordi quando Irene e Silvia non volevano uscire con la

[6] *mi gira il sangue*   mi arrabbio

matrigna per non sfigurare? Ebbene Santa era piú bella di loro due e della madre insieme.

— Ma come, è sparita? Non si sa cos'ha fatto?

Nuto disse: — Si sa. La cagnetta.

— Che cosa c'è di cosí brutto?

— La cagnetta e la spia.

— L'hanno ammazzata?

— Andiamo a casa, — disse Nuto.— Volevo svagarmi ma neanche con te non posso.

14

Pareva un destino. Certe volte mi chiedevo perché, di tanta gente
viva, non restassimo adesso che io e Nuto, proprio noi. La voglia
che un tempo avevo avuto in corpo (un mattino, in un bar di
San Diego, c'ero quasi ammattito) di sbucare per quello stradone,
girare il cancello tra il pino e la volta dei tigli, ascoltare le voci, 5
le risate, le galline, e dire «Eccomi qui, sono tornato» davanti alle
facce sbalordite di tutti — dei servitori, delle donne, del cane, del
vecchio — e gli occhi biondi e gli occhi neri delle figlie mi avrebbero riconosciuto dal terrazzo — questa voglia non me la sarei
cavata piú. Ero tornato, ero sbucato, avevo fatto fortuna — dor- 10
mivo all'Angelo e discorrevo col Cavaliere — , ma le facce, le voci
e le mani che dovevano toccarmi e riconoscermi, non c'erano piú.
Da un pezzo non c'erano piú. Quel che restava era come una
piazza l'indomani della fiera, una vigna dopo la vendemmia, il
tornar solo in trattoria quando qualcuno ti ha piantato. Nuto, 15
l'unico che restava, era cambiato, era un uomo come me. Per
dire tutto in una volta, ero un uomo anch'io, ero un altro — se
anche avessi ritrovato la Mora come l'avevo conosciuta il primo
inverno, e poi l'estate, e poi di nuovo estate e inverno, giorno e
notte, per tutti quegli anni, magari non avrei saputo che farmene. 20
Venivo da troppo lontano — non ero piú di quella casa, non ero
piú come Cinto, il mondo mi avera cambiato.

Le sere d'estate quando stavamo seduti sotto il pino o sul
trave nel cortile, a vegliare — passanti si soffermavano al cancello,
donne ridevano, qualcuno usciva dalla stalla — il discorso 25

finiva sempre che i vecchi, massaro Lanzone, Serafina, e qualche volta, se scendeva, il sor Matteo, dicevano «Sí sí giovanotti, sí sí ragazze... pensate a crescere... cosí dicevano i nostri nonni... si vedrà quando toccherà a voi». A quei tempi non mi capacitavo che cosa fosse questo crescere, credevo fosse solamente fare delle cose difficili — come comprare una coppia di buoi, fare il prezzo dell'uva, manovrare la trebbiatrice. Non sapevo che crescere vuol dire andarsene, invecchiare, veder morire, ritrovare la Mora com'era adesso. Tra me pensavo «Mangio un cane se non vado[1] a Canelli. Se non vinco la bandiera. Se non mi compro una cascina. Se non divento piú bravo di Nuto». Poi pensavo al biroccio del sor Matteo e delle figlie. Al terrazzo. Al pianoforte nel salotto. Pensavo alle bigonce e alle stanze del grano. Alla festa di San Rocco. Ero un ragazzo che cresceva.

L'anno che grandinò e che poi Padrino dovette vendere il casotto e andare servitore a Cossano, già varie volte nell'estate mi aveva mandato a giornata alla Mora. Avevo tredici anni ma qualcosa facevo, e gli portavo qualche soldo. Traversavo Belbo la mattina — una volta venne anche Giulia — e con le donne, coi servitori, con Cirino, Serafina, aiutavamo a far le noci, la meliga a vendemmiare, a governare le bestie. A me piaceva quel cortile cosí grande — ci si stava in tanti e nessuno ti cercava — e poi era vicino allo stradone, sotto il Salto. Tante facce nuove, la carrozza, il cavallo, le finestre con le tendine. Fu la prima volta che vidi dei fiori, dei veri fiori, come quelli che c'erano in chiesa. Sotto i tigli, dalla parte del cancello c'era il giardino, pieno di zinie, di gigli, di stelline, di dalie — capii che fiori sono una pianta come la frutta — facevano il fiore invece del frutto e si raccoglievano, servivano alla signora, alle figlie, che uscivano col parasole e quando stavano in casa li aggiustavano nei vasi. Irene e Silvia avevano allora diciotto-vent'anni, le intravedevo qualche volta. Poi c'era Santina, la sorellastra appena nata, che l'Emilia correva a cullare di sopra tutte le volte che si sentiva strillare.

La sera, al casotto di Gaminella, raccontavo queste cose all'Angiolina, a Padrino, a Giulia, se non era venuta anche lei, e Padrino diceva: — Quello è un uomo che può comprarci tutti quanti. Sta bene Lanzone con lui. Il sor Matteo non morirà mai

[1] *Mangio... vado* Riuscirò ad andare

su una strada. Puoi dirlo —. Perfino la grandine, che ci aveva
pelato la vigna, non aveva battuto di là da Belbo, e tutti i beni
della piana e del Salto luccicavano come la schiena di un manzo.
— Siamo a terra, — diceva Padrino, — come faccio a pagare il
Consorzio? — Già vecchio com'era, il suo spavento era di finire
senza tetto né terra.— E vendi, — gli diceva l'Angiolina a denti
stretti,[2] — in qualche posto andremo.— Ci fosse ancora tua mamma, — brontolava Padrino. Io capivo che quell'autunno era l'ultimo, e quando andavo per la vigna o nella riva stavo sempre
col sopraffiato che mi chiamssero, che venisse qualcuno a man-
darmi via. Perché sapevo di non essere nessuno.

Poi andò che s'intromise il parroco — quello d'allora, un vecchi-
one dalle nocche dure — che comprò per qualcun altro, parlò
col Consorzio, andò lui fino a Cossano, aggiustò le ragazze e
Padrino — e io, quando venne i carretto per prendere l'armadio
e i sacconi, andai nella stalla a staccare la capra. Non c'era più,
l'avevano venduta anche lei. Mentre piangevo per la capra, arrivò
il parroco — aveva un grosso ombrello grigio e le scarpe infangate
— e mi guardò di traverso. Padrino girava per il cortile e si tirava
i baffi.— Tu, — mi disse il prete, — non fare la donnetta. Che
cos'è questa casa per te? Sei giovane e hai tanto tempo davanti.
Pensa a crescere per ripagare questa gente del bene che ti hanno
fatto...

Io sapevo già tutto. Sapevo e piangevo. Le ragazze erano in
casa e non uscivano per via del parroco.— Nella cascina dove va
Padrino, — disse costui, — sono già troppe le tue sorelle. Ti abbiamo trovato una casa come si deve. Ringraziami. Là ti
faranno lavorare.

Cosí, coi primi freddi, entrai alla Mora. L'ultima volta che
passai Belbo non mi voltai indietro. Lo passai con gli zoccoli in
spalla, il mio fagottino, e quattro funghi in un fazzoletto che
l'Angiolina mandava alla Serafina. Li avevamo trovati io e
Giulia in Gaminella.

Chi mi accolse alla Mora fu Cirino il servitore, col permesso
del massaro e di Serafina. Mi fece subito vedere la stalla dove
c'erano i manzi, la vacca, e dietro uno steccato il cavallo da tiro.
Sotto la tettoia c'era il biroccio verniciato nuovo. Al muro, tanti

[2] *a denti stretti* riluttante

finimenti e staffili coi fiocchetti. Disse che quelle notti dormivo
ancora sul fienile; poi mi avrebbe messo un saccone nella stanza
dei grani dove dormiva lui. Questa e la stanza grande del torchio
e la cucina non avevano in terra il battuto ma il cemento. In
5 cucina c'era un armadio coi vetri e tante tazze, e sopra il camino
dei festoni di carta rossa lucida, che l'Emilia mi disse guai al
mondo se toccavo. La Serafina guardò la mia roba, mi chiese se
facevo conto di crescere ancora, disse all'Emilia che mi trovasse
una giacca per l'inverno. Il primo lavoro che feci fu di rompere
10 una fascina e macinare il caffè.
   Chi mi disse che sembravo un'anguilla fu l'Emilia. Quella
sera mangiammo ch'era già scuro, alla luce della lampada a
petrolio, tutti in cucina — le due donne, Cirino, e massaro Lanzone
mi disse che la vergogna a tavola stava bene, ma che il lavoro
15 andava fatto con franchezza. Mi chiesero della Virgilia, dell'Angiolina, di Cossano. Poi l'Emilia la chiamarono di sopra, il massaro andò in stalla e restai solo con Cirino davanti alla tavola
coperta di pane, di formaggio, di vino. Allora mi feci coraggio e
Cirino mi disse che alla Mora ce n'era per tutti.
20 Cosí venne l'inverno e cadde molta neve e il Belbo gelò — si
stava al caldo in cucina o nella stalla, c'era soltanto da spalare
il cortile e davanti al cancello, si andava a prendere un'altra
fascina — o bagnavo i salici per Cirino, portavo l'acqua, giocavo
alle biglie coi ragazzi. Venne Natale, Capodanno, l'Epifania;
25 si arrostivano le castagne, tirammo il vino, mangiammo due volte
il tacchino e una l'oca. La signora, le figlie, il sor Matteo si
facevano attaccare il biroccio per andare a Canelli; una volta
portarono a casa del torrone e ne diedero all'Emilia. La domenica
andavo a messa in paese coi ragazzi del Salto, con le donne, e
30 portavamo il pane a cuocere. La collina di Gaminella era brulla,
bianca di neve, la vedevo in mezzo ai rami secchi di Belbo.

15

Non so se comprerò un pezzo di terra, se mi metterò a parlare
alla figlia del Cola — non credo, la mia giornata sono adesso i
telefoni, le spedizioni, i selciati delle città — ma anche prima che
tornassi mi succedeva tante volte uscendo da un bar, salendo su
un treno, rientrando la sera, di fiutare la stagione nell'aria, di   5
ricordarmi che era il tempo di potare, di mietere, di dare il solfato, di lavare le tine, di spogliare le canne.

In Gaminella non ero niente, alla Mora imparai un mestiere.
Qui piú nessuno mi parlò delle cinque lire del municipio, l'anno
dopo non pensavo già piú a Cossano — ero Anguilla e mi   10
guadagnavo la pagnotta.[1] Sulle prime non fu facile perché le
terre della Mora andavano dalla piana del Belbo a metà collina
e io, avvezzo alla vigna di Gaminella dove bastava Padrino, mi
confondevo, con tante bestie e tante colture e tante facce. Non
avevo mai visto prima lavorare a servitori, e fare tante carrate di   15
grano, tante di meliga, tanta vendemmia. Soltanto le fave e i ceci
sotto la strada li calcolavamo a sacchi. Tra noialtri e i padroni
eravamo in piú di dieci a mangiare, e vendevamo l'uva, vendevamo il grano e le noci vendevamo di tutto, e il massaro metteva
ancora da parte, il sor Matteo teneva il cavallo, le sue figlie   20
suonavano il piano e andavano e venivano dalle sarte a Canelli,
l'Emilia li serviva in tavola.

Cirino m'insegnò a trattare i manzi, a cambiargli lo strame non
appena stallavano. — Lanzone vuole i manzi come spose, — mi

[1] *mi guadagnavo la pagnotta*   mi guadagnavo la vita

disse. M'insegnò a strigliarli bene, a preparargli il beverone, a
passargli la forcata giusta di fieno. A San Rocco li portavano alla
fiera e il massaro ci guadagnava i suoi marenghi. In primavera,
quando spargemmo il letame, conducevo io il carretto fumante.
5 Con la bella stagione, si trattò di uscire nei beni prima di giorno
e bisognava attaccare la bestia nel cortile col buio, sotto le stelle.
Adesso avevo una giacca che mi toccava le ginocchia e stavo
caldo. Poi col sole arrivavano la Serafina, o l'Emilia, a portare
il vinello, o facevo io una scappata a casa e mangiavamo cola-
10 zione, il massaro diceva i lavori della giornata, di sopra comin-
ciavano a muoversi, sullo stradone passava gente, alle otto si
sentiva il fischio del primo treno. La giornata la passavo a far
erba, a voltare i fieni, a tirar l'acqua, a preparare il verderame,
a bagnare l'orto. Quando correva la giornata dei braccianti,[2] il
15 massaro mi mandava a tenerli d'occhio, che zappassero, che
dessero bene lo zolfo o il verderame sotto la foglia, che non si
fermassero a discorrere in fondo alla vigna. E i braccianti dicevano a me ch'ero uno come loro, che li lasciassi fumare in
pace la cicca.— Sta' attento come si fa,— mi deceva Cirino spu-
20 tandosi sulle mani e levando la zappa,— un altr'anno attacchi
anche tu a lavorare.

Perché adesso non lavoravo ancora veramente; le donne mi
chiamavano nel cortile, mi mandavano a far questo e quello,
mi tenevano in cucina mentre impastavano e accendevano il
25 fuoco, e io stavo a sentire, vedevo chi andava e veniva. Cirino,
ch'era un servitore come me, teneva conto ch'ero soltanto un
ragazzo e mi dava delle commissioni che mi tenevano sotto gli
occhi delle donne. Lui con le donne non ci stava molto; era
quasi vecchio, senza famiglia, e la domenica accendendo il
30 toscano mi raccontava che nemmeno in paese lui ci andava
volentieri, preferiva ascoltare dietro la griglia quel che dicevano
i passanti. Certe volte scappavo sullo stradone fino alla casa del
Salto, nella bottega del padre di Nuto. Qui c'eran già tutti quei
trucioli e quei gerani che ci sono ancora adesso. Qui chiunque
35 passasse, andando a Canelli o tornando, si fermava a dir la sua,
e il falegname maneggiava le pialle, maneggiava lo scalpello o

---

[2] *Quando correva la giornata dei braccianti* Quando v'erano i lavoratori a
giornata

la sega, e parlava con tutti, di Canelli, dei tempi di una volta, di politica, della musica e dei matti, del mondo. C'era dei giorni che potevo fermarmi perché avevo qualche commissione da fare, e mi bevevo quei discorsi[3] mentre giocavo con gli altri ragazzi, come se i grandi li facessero per me. Il padre di Nuto leggeva il giornale.

Anche in casa di Nuto dicevano bene del sor Matteo; raccontavano di quando era stato soldato in Africa e che tutti l'avevano già dato per morto, la parrocchia, la fidanzata, sua madre, e il cane che piangeva giorno e notte nel cortile. E una sera, ecco che passa il treno di Canelli dietro le albere, e il cane si mette a abbaiare frenetico, e la madre capí subito che c'era sopra Matteo che tornava. Cose vecchie — la Mora a quei tempi non aveva che il rustico, le figlie non erano ancor nate, e il sor Matteo era sempre a Canelli, sempre in giro sul biroccio, sempre a caccia. Scavezzacollo, ma alla mano.[4] Trattava gli acari ridendo e cenando. Ancora adesso, la mattina si mangiava un peperone e sopra ci beveva il vino buono. Aveva da un pezzo sotterrata la moglie che gli aveva fatto le due figlie; fatta da poco un'altra figliola con questa donna che adesso era entrata in casa, e per quanto già vecchio scherzava e comandava sempre lui.

Il sor Matteo non aveva mai lavorato la terra, era un signore il sor Matteo, ma neanche aveva studiato o viaggiato. Salvo quella volta dell'Africa, non era mai andato piú in là di Acqui. Aveva avuto la mania delle donne — lo diceva anche Cirino — come suo nonno e suo padre avevano avuto la mania della roba e messo insieme le cascine. Erano un sangue cosí, fatto di terra e di voglie sostanziose, gli piaceva l'abbondanza, a chi il vino, il grano, la carne, a chi le donne e i marenghi. Mentre il nonno era stato uno che zappava e lavorava le sue terre, già i figli eran cambiati e preferivano godersela. Ma ancora adesso il sor Matteo a un'occhiata sapeva dire quanti miria doveva fare una vigna, quanti sacchi quel campo, quanto concime ci voleva per quel prato. Quando il massaro gli portava i conti, si chiudevano di sopra in una stanza, e l'Emilia che serviva il caffè ci diceva che il sor Matteo sapeva già i conti a memoria e si ricor-

[3] *mi bevevo quei discorsi* ascoltavo avidamente quei discorsi
[4] *alla mano* affabile

dava di un carretto, di un cestino, di una giornata dell'anno prima perduta.

Quella scala che conduceva di sopra, dietro la porta a vetri, io per un pezzo non ci salii, mi faceva troppa paura. L'Emilia che andava e veniva e mi poteva comandare perché era nipote del massaro e quando di sopra avevano qualcuno serviva lei col grembialino, l'Emilia a volte mi chiamava dalle finestre, dal terrazzo, che salissi, facessi, le portassi qualcosa. Io cercavo di sparire sotto il portico. Una volta che dovetti andar su con un secchio, lo posai sui mattoni del pianerottolo e scappai. E mi ricordo la mattina, che c'era da far qualcosa alla grondaia sul terrazzo, e mi chiamarono a tenere la scala per l'uomo che aggiustava. Passai il pianerottolo, traversai due stanze scure, piene di mobili, di almanacchi, di fiori — era tutto lucido, leggero, come gli specchi — io camminavo scalzo sui mattoni rossi, sbucò la signora, nera, col medaglione al collo e un lenzuolo sul braccio, mi guardò i piedi.

Dal terrazzo l'Emilia: — Anguilla, vieni Anguilla.

— Milia mi chiama, — balbettai.

— Va' va', — disse lei, — passa presto.

Sul terrazzo stendevano i lenzuoli lavati, e c'era il sole, e in fondo verso Canelli la palazzina del Nido. C'era anche Irene, la bionda, appoggiata alla ringhiera con un asciugamano sulle spalle, che si faceva asciugare i capelli. E l'Emilia che teneva lei la scala, mi gridò: — Vieni su, muoviti.

L'Irene disse qualcosa, ridevano. Per tutto il tempo che tenni la scala guardai il muro e il cemento, e per sfogarmi pensavo ai discorsi che facevamo tra noi ragazzi quando andavamo a nasconderci tra le canne.

16

Dalla Mora si scende piú facilmente a Belbo che non da Gaminella, perché la strada di Gaminella strapiomba sull'acqua in mezzo a rovi e gaggíe. Invece la riva di là è fatta di sabbie, di salici e canne basse erbose, di spaziosi boschi di albere che si stendono fino ai coltivi della Mora. Certi giorni di quelle canicole, quando Cirino mi mandava per roncare o far[1] salici, io lo dicevo ai miei soci e ci trovavamo sulle rive dell'acqua — chi veniva con la cesta rotta chi col sacco, e nudi pescavamo e giocavamo. Correvamo al sole sulla sabbia rovente. Era qui che mi vantavo del mio soprannome di Anguilla, e fu allora che Nicoletto per l'invidia disse che ci avrebbe fatto la spia e cominciò a chiamarmi bastardo. Nicoletto era il figlio di una zia della signora, e nell'inverno stava in Alba. Ci prendevamo a sassate, ma dovevo stare attento a non fargli male, perché la sera non avesse lividi da mostrare alla Mora. Poi c'erano le volte che il massaro o le donne lavorando nei campi ci vedevano, e allora cosí nudo dovevo correre a nascondermi e sbucare nei beni tirandomi sui i calzoni. Un pugno in testa e una parola del massaro non me li levava nessuno.

Ma questo era niente rispetto alla vita che faceva adesso quel Cinto. Suo padre gli era sempre addosso, lo sorvegliava dalla vigna, le due donne lo chiamavano, lo maledicevano, volevano che invece di fermarsi dal Piola tornasse a casa con l'erba, con pannocchie di meliga, con pelli di coniglio, con buse. Tutto mancava in quella casa. Non mangiavano pane. Bevevano ac-

[1] *far* = raccogliere

quetta. Polenta e ceci, pochi ceci. Io so cos'è, so che cosa vuol dire zappare o dare il solfato nelle ore bruciate, con l'appetito e con la sete. So che la vigna del casotto non bastava neanche a noi, e a noi non ci toccava spartire.

5 Il Valino non parlava con nessuno. Zappava, potava, legava, sputava, riparava; prendeva il manzo a calci in faccia, masticava la polenta, alzava gli occhi nel cortile, comandava con gli occhi. Le donne correvano, Cinto scappava. La sera poi, quand'era l'ora di andare a dormire — Cinto cenava rosicchiando per le rive — il
10 Valino pigliava lui, pigliava la donna, pigliava chi gli capitava, sull'uscio, sulla scala del fienile, e gli menava staffilate con la cinghia.

Mi bastò quel poco che avevo sentito da Nuto, e la faccia sempre attenta, sempre tesa, di Cinto quando lo trovavo sulla strada e gli parlavo, per capire cos'era adesso Gaminella. C'era
15 la storia del cane che lo tenevano legato e non gli davano da mangiare, e il cane di notte sentiva i ricci, sentiva i pipistrelli e le faine e saltava come un matto per prenderli, e abbaiava, abbaiava alla luna che gli pareva la polenta. Allora il Valino scendeva dal letto, lo ammazzava di cinghiate e di calci anche lui.
20 Un giorno decisi Nuto a venire in Gaminella per guardare quella tina. Non voleva saperne; diceva: — So già che se gli parlo gli do del tapino, gli dico che fa la vita di una bestia. E posso dirgli questa cosa? Servisse... Bisogna prima che il governo bruci il soldo e chi lo difende...
25 Per strada gli chiesi se era proprio convinto che fosse la miseria a imbestiare la gente.— Non hai mai letto sul giornale quei milionari che si drogano e si sparano? Ci sono dei vizi che costano soldi...

Lui mi rispose che ecco, sono i soldi, sempre i soldi: averli o
30 non averli, fin che esistono loro non si salva nessuno.

Quando fummo al casotto uscí fuori la cognata, Rosina, quella che aveva anche i baffi, e disse che il Valino era al pozzo. Stavolta non si fece aspettare, venne lui, disse alla donna: — Dàgli a sto[2] cane — e non ci tenne in cortile neanche un momento.—
35 Allora, — disse a Nuto, — vuoi vedere quella tina?

Io sapevo dov'era la tina, sapevo la volta bassa, i mattoni rotti

[2] *sto = questo*

e le ragnatele. Dissi: — Aspetto in casa un momento, — e misi finalmente il piede su quello scalino.

Non feci in tempo a guardarmi intorno, che sentii piagnucolare, gemere adagio, esclamare, come fosse una gola troppo stanca per alzare la voce. Fuori il cane si dibatteva e urlava. Sentii guaire, un colpo sordo, urli acuti — gli avevano dato.[3]

Io intanto vidi. La vecchia era seduta sul saccone contro il muro, ci stava rannicchiata di fianco, mezzo in camicia, coi piedi neri che sporgevano, e guardava la stanza, guardava la porta, faceva quel verso. Il saccone era tutto rotto, e la foglia usciva.

La vecchia era piccola, la faccia grossa come il pugno — quei bambinetti che borbottano a pugni chiusi mentre la donna canterella sulla culla. C'era odore di chiuso, di orina stantía, di aceto. Si capiva che quel verso lo faceva giorno e notte e nemmeno sapeva di farlo. Con gli occhi fermi ci guardò sulla porta, e non cambiò tono, non disse niente.

Mi sentii la Rosina dietro, feci un passo. Allora le cercai gli occhi e stavo per dire. «Questa muore, cos'ha?» ma la cognata non rispose al mio gesto, disse invece: — Se si contenta — e diede mano a[4] una sedia di legno, me la mise davanti.

La vecchia gemeva come un passero dall'ala rotta. Guardai la stanza ch'era cosí piccola, cambiata. Soltanto la finestretta era quella[5] e le mosche che volavano, e la crepa della pietra sul camino. Adesso sopra una cassa contro il muro c'era una zucca, due bicchieri e una treccia d'aglio.

Uscii quasi subito, e la cognata dietro come un cane. Sotto il fico le chiesi cos'aveva la vecchia. Mi rispose ch'era vecchia e parlava da sola, diceva il rosario.

— Possibile? non si lamenta di dolori?

Alla sua età, disse la donna, sono tutti dolori. Qualunque cosa uno dica, è lamentarsi. Mi guardò per traverso.[6]— Ci tocca a tutte, — disse.

Poi si fece alla proda del prato e si mise a urlare «Cinto Cinto»,

[3] *gli avevano dato*   lo avevano picchiato
[4] *diede mano a*   prese
[5] *quella*   sempre la stessa
[6] *Mi guardò per traverso.*   Mi guardò sospettosamente.

come se la scannassero, come se piangesse anche lei. Cinto non venne.

Uscirono invece Nuto e il padre, dalla stalla.— Avete una bella bestia, — diceva Nuto, — le basta la vettovaglia di qui?

— Sei matto, — diceva il Valino, — tocca alla padrona.

— Come sono le cose, — disse Nuto, — un padrone provvede la vettovaglia per la bestia, non la provvede a chi gli lavora la terra...

Il Valino aspettava.— Andiamo andiamo, — disse Nuto, — abbiamo fretta. Allora vi mando quel mastice.

Scendendo il sentiero mi borbottò che c'era di quelli che avrebbero accettato un bicchiere anche dal Valino.— Con la vita che fa, — disse rabbioso.

Poi tacemmo. Io pensavo alla vecchia. Dietro le canne, sbucò fuori Cinto col fagotto d'erba. Ci veniva incontro arrancando e Nuto mi disse che avevo un bel fegato a empirgli la testa di voglie.

— Che voglie? qualunque altra vita sarebbe meglio per lui...

Tutte le volte che incontravo Cinto io pensavo di regalargli qualche lira, ma poi mi trattenevo. Non l'avrebbe goduta, che cosa poteva farne? Ma stavolta ci fermammo e fu Nuto che gli disse: — L'hai trovata la vipera?

Cinto ghignò e disse:— Se la trovo le taglio la testa.

— Se tu non la cimenti, neanche la vipera non ti morde, — disse Nuto.

Allora mi ricordai dei miei tempi e dissi a Cinto: — Se passi domenica dall'Angelo, ti regalo un bel coltello chiuso, col fermaglio.

— Sí? — disse Cinto, con gli occhi aperti.

— Dico di sí. Sei mai andato a trovar Nuto al Salto? Ti piacerebbe. Ci sono i banchi, le pialle, i cacciavite... Se tuo padre ti lasciasse, io ti faccio insegnare qualche mestiere.

Cinto alzò le spalle.— Per mio padre... — borbottò, — non glielo dico...

Quando poi se ne fu andato, Nuto disse: — Io tutto capisco ma non un ragazzo che viene al mondo storpiato cosí... Che ci sta a fare?

17

Nuto dice che si ricorda la prima volta che mi vide alla Mora —
ammazzavano il maiale e le donne eran tutte scappate, tranne
Santina che camminava appena allora e arrivò sul piú bello che
il maiale buttava sangue.— Portate via quella bambina, — aveva
gridato il massaro, e l'avevamo inseguita e acchiappata io e Nuto, 5
pigliandoci non pochi calci. Ma se Santina camminava e correva,
voleva dire ch'io era già da piú di un anno alla Mora e c'eravamo
visti prima. A me pare che la prima volta fosse quando non ci
stavo ancora, l'autunno prima della grossa grandine, alla sfoglia-
turo. Eravamo nel cortile al buio, una fila di gente, servitori, 10
ragazzi, contadini di là intorno, donne — e chi cantava, chi rideva,
seduti sul lungo mucchio della meliga, e sfogliavamo, in quell'-
odore secco e polveroso dei cartocci, e tiravamo le pannocchie
gialle contro il muro del portico. E quella notte c'era Nuto, e
quando Cirino e la Serafina giravano coi bicchieri lui beveva 15
come un uomo. Doveva avere quindici anni, per me era già un
uomo. Tutti parlavano e raccontavano storie, i giovanotti facevano ridere le regazze. Nuto s'era portata la chitarra e invece di
sfogliare suonava. Suonava bene già allora. Alla fine tutti avevano
ballato e dicevano «Bravo Nuto». 20
Ma questa notte veniva tutti gli anni, e forse ha ragione Nuto
che c'eravamo veduti in un'altra occasione. Nella casa del Salto
lui lavorava già con suo padre; lo vedevo al banco ma senza grembiale. Stava poco a quel banco. Era sempre disposto a tagliar la

corda,¹ e si sapeva che andando con lui non si facevano soltanto giochi da ragazzi, non si perdeva l'occasione — capitava qualcosa ogni volta, si parlava, s'incontrava qualcuno, si trovava un nido speciale, una bestia mai vista, s'arrivava in un posto nuovo — insomma era sempre un guadagno, un fatto da raccontare. E poi, a me Nuto piaceva perché andavamo d'accordo e mi trattava come un amico. Aveva già allora quegli occhi forati, da gatto, e quando aveva detto una cosa finiva: «Se sbaglio, correggimi». Fu cosí che cominciai a capire che non si parla solamente per parlare, per dire «ho fatto questo» «ho fatto quello» «ho mangiato e bevuto», ma si parla per farsi un'idea, per capire come va questo mondo. Non ci avevo mai pensato prima. E Nuto la sapeva lunga,² era come uno grande; certe sere d'estate veniva a vegliare sotto il pino — sul terrazzo c'erano Irene e Silvia, c'era la madre — e lui scherzava con tutti, faceva il verso ai piú ridicoli, raccontava delle storie di cascine, di furbi e di goffi, di suonatori e di contratti col prete, che³ sembrava suo padre. Il sor Matteo gli diceva: — Voglio vedere quando andrai soldato tu, che cosa combini. Al reggimento ti levano i grilli⁴ — e Nuto rispondeva: — È difficile levarceli tutti. Non sentite quanti ce n'è in queste vigne?

A me ascoltare quei discorsi, essere amico di Nuto, conoscerlo cosí, mi faceva l'effetto di bere del vino e sentir suonare la musica. Mi vergognavo di essere soltanto un ragazzo, un servitore, di non sapere chiacchierare come lui, e mi pareva che da solo non sarei mai riuscito a far niente. Ma lui mi dava confidenza, mi diceva che voleva insegnarmi a suonare il bombardino, portarmi in festa a Canelli, farmi sparare dieci colpi nel bersaglio. Mi diceva che l'ignorante non si conosce mica dal lavoro che fa ma da come lo fa, e che certe mattine svegliandosi aveva voglia anche lui di mettersi al banco e cominciare a fabbricare un bel tavolino. — Cos'hai paura,⁵ — mi diceva, — una cosa s'impara facendola. Basta averne voglia... Se sbaglio correggimi.

Gli anni che vennero, imparai molte altre cose da Nuto — o forse era soltanto che crescevo e cominciavo a capire da me. Ma

---

¹ *a tagliar la corda* ad andarsene
² *la sapeva lunga* era furbo
³ *che* cosicché
⁴ *ti levano i grilli* ti levano le fantasie
⁵ *Cos'hai paura?* Che cosa hai? Paura? (Forma colloquiale)

fu lui che mi spiegò perché Nicoletto era cosí carogna.— È un
ignorante, — mi disse, — crede perché sta in Alba e porta le scarpe
tutti i giorni e nessuno lo fa lavorare, di valere di piú di un contadino come noi. E i suoi di casa lo mandano a scuola. Sei tu
che lo mantieni lavorando le terre dei suoi. Lui neanche lo   5
capisce —. Fu Nuto che mi disse che col treno si va dappertutto,
e quando la ferrata finisce cominciano i porti, e i bastimenti
vanno a orario, tutto il mondo è un intrico di strade e di porti,
un orario di gente che viaggia, che fa e che disfa, e dappertutto
c'è chi è capace e chi è tapino. Mi disse anche i nomi di tanti   10
paesi e che bastava leggere il giornale per saperne di tutti i colori.
Cosí, certi giorni ch'ero nei beni, nelle vigne sopra la strada zap-
pando al sole, e sentivo tra i peschi arrivare il treno e riempire
la vallata filando o venendo da Canelli, in quei momenti mi fermavo sulla zappa, guardavo il fumo, i vagoni, guardavo Gaminella, 15
la palazzina del Nido, verso Canelli e Calamandrana, verso Calosso, e mi pareva di aver bevuto del vino, di essere un altro, di esser
come Nuto, di arrivare a valere quanto lui, e che un bel giorno
avrei preso anch'io quel treno per andare chi sa dove.

Anche a Canelli c'ero già andato diverse volte in bicicletta, e   20
mi fermavo sul ponte di Belbo — ma la volta che ci trovai Nuto
fu come se fosse la prima. Lui era venuto a cercare un ferro per
suo padre e mi vide davanti alla censa che guardavo le cartoline.
— Allora te le dàn già queste sigarette? — mi disse sulla spalla,
all'improvviso. Io che studiavo quante biglie colorate ci stanno   25
in[6] due soldi, mi vergognai, e da quel giorno lasciai perdere le
biglie. Poi girammo insieme e guardammo la gente che entrava
e usciva nel caffè. I caffè di Canelli non sono osterie, non si beve
vino ma bibite. Ascoltavamo i giovanotti che parlavano dei fatti
loro, e dicevano calmi calmi storie grosse come case. Nella vetrina 30
c'era un manifesto stampato, con un bastimento e degli uccelli
bianchi, e senza neanche chiedere a Nuto capii ch'era per quelli
che volevano viaggiare, vedere il mondo. Poi ne parlammo e lui
mi disse che uno dei quei giovanotti — uno biondo, vestito con
la cravatta e i calzoni stirati — era impiegato nella banca dove   35
andavano a mettersi d'accordo quelli che volevano imbarcarsi.
Un'altra cosa che sentii quel giorno fu che a Canelli c'era una

---

[6] *ci stanno in*   si comprano con due soldi

carrozza che usciva ogni tanto con sopra tre donne, anche quattro, e queste donne facevano una passeggiata per le strade, andavano fino alla Stazione, a Sant'Anna, su e giú per lo stradone, e prendevano la bibita in diversi posti — tutto questo per farsi vedere, per
5   attirare i clienti, era il loro padrone che l'aveva studiata, e poi chi aveva i soldi e l'età entrava in quella casa di Villanova e dormiva con una di loro.

— Tutte le donne di Canelli fanno questo? — dissi a Nuto, quando l'ebbi capita.
10   — Sarebbe meglio ma non è, — disse lui.— Non tutte girano in carrozza.

Con Nuto venne un momento, quando avevo già sedici diciassette anni e lui stava per andare soldato, che o lui o io arraffavamo una bottiglia in cantina, e poi ce la portavamo sul Salto, ci met-
15   tevamo tra le canne se era giorno, sulla proda della vigna se c'era la luna, e bevevamo alla bocca[7] discorrendo di ragazze. La cosa che non mi capacitava a quei tempi, era che tutte le donne sono fatte in un modo, tutte cercano un uomo. È cosí che dev'essere, dicevo pensandoci; ma che tutte, anche le piú belle, anche le
20   piú signore, gli piacesse una cosa simile mi stupiva. Allora ero già piú sveglio, ne avevo sentite tante, e sapevo, vedevo come anche Irene e Silvia correvano dietro a questo e a quello. Però mi stupiva. E Nuto a dirmi: — Cosa credi? la luna c'è per tutti, cosí le piogge, cosí le malattie. Hanno un bel vivere in un buco o in un
25   palazzo, il sangue è rosso dappertutto.

— Ma allora cosa dice il parroco, che fa peccato?

— Fa peccato il venerdí, — diceva Nuto asciugandosi la bocca, —ma ci sono altri sei giorni.

---

[7] *bevevamo alla bocca*   direttamente dalla bottiglia

18

Ma lavoravo la mia parte e adesso Cirino qualche volta stava a sentire quel che dicevo di un fondo e mi dava ragione. Fu lui che parlò al sor Matteo e gli disse che doveva aggiustarmi; se volevano tenermi sui beni che stessi dietro al raccolto e non scappassi per nidi coi ragazzi, bisognava mettermi a giornata. Adesso zappavo, davo lo zolfo, conoscevo le bestie, aravo. Ero capace di uno sforzo. Per mio conto avevo imparato a innestare, e l'albicocco che c'è ancora nel giardino l'ho inserito io sulle prugne. Il sor Matteo mi chiamò un giorno sul terrazzo, c'era anche Silvia e la signora, e mi chiese che fine aveva fatta il mio Padrino. Silvia stava seduta sullo sdraio e guardava la punta dei tigli; la signora faceva la maglia. Silvia era nera di capelli, vestita di rosso, meno alta d'Irene, ma tutt'e due figuravano piú della matrigna. Avevano almeno vent'anni. Quando passavano col parasole, io dalla vigna le guardavo come si guarda due pesche troppo alte sul ramo. Quando venivano a vendemmiare con noi, me ne scappavo nel filare dell'Emilia e di là fischiavo per mio conto.

Dissi che Padrino non l'avevo piú visto, e chiesi perché m'aveva chiamato. Mi seccava di avere i calzoni da verderame e anche gli spruzzi sulla faccia: non mi ero aspettato di trovarci le donne. A pensarci adesso, è chiaro che il sor Matteo l'ha fatto apposta, per confondermi, ma in quel momento per darmi coraggio pensai soltanto a una cosa che l'Emilia ci aveva detto di Silvia: «Per quella lí.[1] Dorme senza la camicia».

[1] *Per quella lí.* Se vuoi parlare di quella (forma colloquiale).

— Lavori tanto, — mi disse quel giorno il sor Matteo, — e hai lasciato che il Padrino sprecasse la vigna. Non ce n'hai di puntiglio?

— Sono ancora ragazzi, — disse la signora, — e già chiedono la giornata.

Avrei voluto sprofondare. Dallo sdraio Silvia girò gli occhi e disse qualcosa a suo padre. Disse: — È andato qualcuno a pigliare quei semi a Canelli? Al Nido i garofani sono già fioriti.

Nessuno le disse «Vacci tu». Invece il sor Matteo mi guardò un momento e borbottò: — La vigna bianca è già finita?

— Finiamo stasera.

— Domani c'è da fare quel traino...

— Ha detto che ci pensa il massaro.

Il sor Matteo mi guardò di nuovo e mi disse che io ero a giornata con vitto e alloggio e doveva bastarmi.— Il cavallo s'accontenta, — mi disse, — e lavora piú di te. S'accontentano anche i manzi. Elvira, ti ricordi quand'è venuto questo ragazzo che sembrava un passerotto? Adesso ingrassa, cresce come un frate.[2] Se non stai attento, — mi disse, — a Natale ti ammazziamo insieme con quell'altro...

Silvia disse: — C'è nessuno che va a Canelli?

— Diglielo a lui, — disse la matrigna.

Sulla terrazza arrivarono Santina e l'Emilia. Santina aveva le scarpette rosse e i capelli sottili, quasi bianchi. Non voleva mangiare la pappa e l'Emilia cercava di prenderla e riportarla dentro.

— Santa Santina, — disse il sor Matteo alzandosi, — vieni qui che ti mangio.

Mentre facevano le feste[3] alla bambina, io non sapevo se dovevo andarmene. La vetrata della sala luccicava, e guardando lontano oltre Belbo si vedeva Gaminella, i canneti, la riva di casa mia. Mi ricordai le cinque lire del municipio.

Allora dissi al sor Matteo, che faceva saltare la piccola: — Devo andare a Canelli domani?

— Chiedilo a lei.

Ma Silvia gridava dalla ringhiera che l'aspettassero. Irene in biroccio passava sotto il pino con un'altra ragazza, le conduceva

[2] *cresce come un frate* cresce florido
[3] *fare le feste* accogliere con gioia

un giovanotto della Stazione.— Mi portate a Canelli? — gridò
Silvia.

Un momento dopo eran tutte via, la signora Elvira rientrava in
casa con la piccola, le altre ridevano sulla strada. Dissi al sor
Matteo: — Una volta l'ospedale pagava cinque lire per me. Da un
pezzo non le ho piú viste e chi sa chi le prende. Ma io lavoro per
piú di cinque lire... Devo comprarmi delle scarpe.

Quella sera fui felice e lo dissi a Cirino, a Nuto, all'Emilia, al
cavallo: il sor Matteo mi aveva promesso cinquanta lire al mese,
tutte per me. La Serafina mi chiese se volevo far banca da lei[4] —
a tenerle in tasca, le perdevo. Me lo chiese che c'era Nuto presente: Nuto si mise a fischiare e disse che è meglio quattro soldi
in mano che un milione in banca. Poi l'Emilia cominciò a dire
che voleva un regalo da me, e tutta la sera si parlò dei miei soldi.

Ma, come diceva Cirino, adesso che ero agguistato mi toccava
lavorare come un uomo. Io non ero cambiato per niente, stesse
braccia, stessa schiena, mi dicevano sempre Anguilla, non capivo
la differenza. Nuto mi consigliò di non prendermela; mi disse che
probabilmente, se me ne davano cinquanta, lavoravo già per
cento, e perché non mi compravo l'ocarino.— Non ci riesco a
imparare a suonare, — gli dissi, — è inutile. Sono nato cosí. — Se
è tanto facile, — lui disse. La mia idea era un'altra. Pensavo già
che con quei soldi un bel giorno avrei potuto partire.

Invece i soldi dell'estate li sprecai tutti alla festa, al tirasegno,
in sciocchezze. Fu allora che mi comprai un coltello col fermaglio,
quello che mi serví a far paura ai ragazzi di Canelli la sera che
mi aspettavano sulla strada di Sant'Antonino. Se uno girava un
po' sovente per le piazze guardandosi intorno, a quei tempi finiva
che l'aspettavano col fazzoletto legato intorno al pugno. E una
volta, dicevano i vecchi, era stato ancora peggio — una volta si
ammazzavano, si davano coltellate — sulla strada di Camo c'era
ancora la croce a uno strapiombo dove avevano fatto ribaltare un
biroccino con due dentro. Ma adesso ci aveva pensato il governo
con la politica a metterli tutti d'accordo: c'era stata l'epoca dei
fascisti che picchiavano chi volevano, d'accordo coi carabinieri, e
piú nessuno si muoveva. I vecchi dicevano che adesso era meglio.

Anche in questo, Nuto era piú in gamba di me. Lui già allora

---

[4] *far banca da lei*   affidarle il denaro in custodia

girava dappertutto e sapeva ragionare con tutti. Anche l'inverno
che parlò con una ragazza di Sant'Anna e andava e veniva di
notte, nessuno gli disse mai niente. Sarà che cominciava in quegli
anni a suonare il clarino e che tutti conoscevano suo padre e che
5   lui nelle gare del pallone non ci metteva mai becco,[5] fatto sta che
lo lasciavano girare e scherzare senza segnarselo. Lui a Canelli
conosceva diversi, e già allora quando sentiva che volevano suonarle[6] a qualcuno, gli dava degli ignoranti, degli scemi, gli diceva
che lasciassero quel mestiere a chi era pagato per farlo. Li faceva
10 vergognare. Gli diceva che sono soltanto i cani che abbaiano e
saltano addosso ai cani forestieri e che il padrone aizza un cane
per interesse, per restare padrone, ma se i cani non fossero bestie
si metterebbero d'accordo e abbaierebbero addosso al padrone.
Dove pigliasse queste idee non so, credo da suo padre e dai vaga-
15 bondi; lui diceva ch'era come la guerra che s'era fatta nel '18 —
tanti cani scatenati dal padrone perché si ammazzassero e i padroni
restare a comandare. Diceva che basta leggere il giornale — i giornali di allora — per capire che il mondo è pieno di padroni che
aizzano i cani. Mi ricordo sovente di questa parola di Nuto in
20 questi tempi, certi giorni che non hai neanche più voglia di
sapere quel che succede e soltanto andando per le strade vedi i
fogli in mano alla gente neri di titoli come un temporale.

Adesso che avevo i primi soldi, mi venne voglia di sapere come
vivevano Angiolina, la Giulia e Padrino. Ma non trovavo mai
25 l'occasione di andarli a cercare. Chiedevo a quelli di Cossano che
passavano sullo stradone, i giorni della vendemmia, portando il
carro dell'uva a Canelli. Uno venne a dirmi una volta che mi
aspettavano, la Giulia mi aspettava, si ricordavano di me. Io
chiesi com'erano adesso le ragazze.— Che ragazze, — mi disse quel
30 tale.— Sono due donne. Vanno a giornata come te —. Allora
pensai proprio di andare a Cossano ma non trovavo mai il tempo,
e d'inverno la strada era troppo brutta.

---

[5] *mettere il becco in qualcosa*   immischiarsi in qualcosa
[6] *suonarle a*   picchiare

19

Il primo giorno di mercato Cinto venne all'Angelo a prendere il
coltello che gli avevo promesso. Mi dissero che un ragazzotto mi
aspettava fuori e trovai lui vestito da festa,[1] con gli zoccoletti,
dietro a quattro che giocavano a carte. Suo padre, mi disse, era
in piazza che guardava una zappa.   5
— Vuoi i soldi o il coltello? — gli chiesi. Voleva il coltello.
Allora uscimmo nel sole, passammo in mezzo ai banchi delle
stoffe e delle angurie, in mezzo alla gente, ai teli di sacco distesi
a terra, pieni di ferri, di rampini, di vomeri, di chiodi, e cercavamo.
— Se tuo padre lo vede, — gli dissi, — è capace che te lo prende.   10
Dove lo nascondi?
Cinto rideva, con quegli occhi senza ciglia.— Per mio padre, —
disse.— Se me lo prende lo ammazzo.
Al banco dei coltelli gli dissi di scegliere lui. Non mi credeva.
— Avanti, sbrígati —. Scelse un coltellino che fece gola anche a   15
me: bello, grosso, color castagna d'india, con due lame a scatto e
il cavatappi.
Poi tornammo all'albergo e gli chiesi se aveva trovate delle altre
carte nei fossati. Lui teneva in mano il coltello, lo apriva e lo
chiudeva, provandone le lame contro il palmo. Mi rispose di no.   20
Gli dissi che io una volta mi ero comprato un coltello cosí sul
mercato di Canelli, e mi era servito in campagna per segare i salici.
Gli feci dare un bicchiere di menta e mentre beveva gli chiesi

[1] *vestito da festa*   vestito col suo miglior abito

91

se era già stato sul treno o in corriera. Piú che sul treno, mi
rispose, gli sarebbe piaciuto andare in bicicletta, ma Gosto del
Morone gli aveva detto che col suo piede era impossibile, ci
sarebbe voluta una moto. Io cominciai a raccontargli di quando
5   in California circolavo in camioncino, e stette a sentirmi senza
piú guardare quei quattro che giocavano a tarocchi.

Poi mi disse: — Quest'oggi c'è la partita, — e allargava gli occhi.

Stavo per dirgli «E tu non ci vai?» ma sulla porta dell'Angelo
comparve il Valino, nero. Lui lo sentí, se ne accorse prima ancora
10 di vederlo, posò il bicchiere, e raggiunse suo padre. Sparirono
insieme nel sole.

Cos'avrei dato per vedere ancora il mondo con gli occhi di
Cinto, ricominciare in Gaminella come lui, con quello stesso
padre, magari con quella gamba — adesso che sapevo tante cose
15 e sapevo difendermi. Non era mica compassione che provavo per
lui, certi momenti lo invidiavo. Mi pareva di sapere anche i sogni
che faceva la notte e le cose che gli passavano in mente mentre
arrancava per la piazza. Non avevo camminato cosí, non ero zoppo
io, ma quante volte avevo visto passare le carrette rumorose con
20 su le sediate di donne e ragazzi, che andavano in festa, alla fiera,
alle giostre di Castiglione, di Cossano, di Campetto, dappertutto,
e io restavo con Giulia e Angiolina sotto i noccioli, sotto il fico,
sul muretto del ponte, quelle lunghe sere d'estate, a guardare il
cielo e le vigne sempre uguali. E poi la notte, tutta la notte, per
25 la strada si sentivano tornare cantando, ridendo, chiamandosi
attraverso il Belbo. Era in quelle sere che una luce, un falò, visti
sulle colline lontane, mi facevano gridare e rotolarmi in terra
perch'ero povero, perch'ero ragazzo, perch'ero niente. Quasi godevo
se veniva un temporale, il finimondo, di quelli d'estate, e gli guas-
30 tava la festa. Adesso a pensarci rimpiangevo quei tempi, avrei
voluto ritrovarmici.

E avrei voluto ritrovarmi nel cortile della Mora, quel pomeriggio d'agosto che tutti erano andati in festa a Canelli, anche Cirino,
anche i vicini, e a me, che avevo soltanto degli zoccoli, avevano
35 detto: — Non vuoi mica andarci scalzo. Resta a fare la guardia —.
Era il prim'anno della Mora e non osavo rivoltarmi. Ma da un
pezzo si aspettava quella festa: Canelli era sempre stata famosa,

dovevano far l'albero della cuccagna[2] e la corsa nei sacchi; poi la partita al pallone.

Erano andati anche i padroni e le figlie, e la bambina con l'Emilia, sulla carrozza grande; la casa era chiusa. Ero solo, col cane e coi manzi. Stetti un pezzo dietro la griglia del giardino, a guardare chi passava sulla strada. Tutti andavano a Canelli. Invidiai anche i mendicanti e gli storpi. Poi mi misi a tirar sassi contro la colombaia, per rompere le terrecotte, e li sentivo cadere e rimbalzare sul cemento del terrazzo. Per fare un dispetto a qualcuno presi la roncola e scappai nei beni, «cosí, — pensavo, — non faccio la guardia. Bruciasse la casa, venissero i ladri». Nei beni non sentivo piú il chiacchericcio dei passanti e questo mi dava ancor piú rabbia e paura, avevo voglia di piangere. Mi misi in caccia di cavallette e gli strappavo le gambe, rompendole alla giuntura. «Peggio per voi, — gli dicevo, — dovevate andare a Canelli». E gridavo bestemmie, tutte quelle che sapevo.

Se avessi osato, avrei fatto in giardino un massacro di fiori. E pensavo alla faccia di Irene e di Silvia e mi dicevo che anche loro pisciavano.

Un carrozzino si fermò al cancello.— C'è nessuno? — sentii chiamare. Erano due ufficiali di Nizza che avevo già visto una volta sul terrazzo con loro. Stetti nascosto dietro il portico, zitto. — C'è nessuno? signorine! — gridavano.— Signorina Irene! — Il cane si mise a abbaiare, io zitto.

Dopo un po' se ne andarono, e adesso avevo una soddisfazione. «Anche loro, — pensavo, — bastardi». Entrai in casa per mangiarmi un pezzo di pane. La cantina era chiusa. Ma sul ripiano dell'armadio in mezzo alle cipolle c'era una bottiglia buona e la presi e andai a bermela tutta, dietro le dalie. Adesso mi girava la testa e ronzava come fosse piena di mosche. Tornai nella stanza, ruppi per terra la bottiglia davanti all'armadio, come se fosse stato il gatto, e ci versai un po' d'acquetta per fare il vino. Poi me ne andai sul fienile.

Stetti ubriaco fino a sera, e da ubriaco abbeverai i manzi, gli cambiai strame e buttai il fieno. La gente cominciava a ripassare

[2] *l'albero della cuccagna* Grande palo unto, con in cima dei premi per chi riesce a scalarlo.

sulla strada, da dietro la griglia chiesi che cosa c'era attaccato sul palo della cuccagna, se la corsa era stata proprio nei sacchi, chi aveva vinto. Si fermavano a parlare volentieri, nessuno aveva mai parlato tanto con me. Adesso mi sembrava di essere un altro, mi dispiaceva addirittura di non aver parlato a quei due ufficiali, di non avergli chiesto che cosa volevano dalle nostre ragazze, e se credevano davvero che fossero come quelle di Canelli.

Quando la Mora tornò a popolarsi, io ne sapevo abbastanza sulla festa che potevo parlarne con Cirino, con l'Emilia, con tutti, come ci fossi stato. A cena ci fu ancora da bere. La carrozza grande tornò a notte tardissimo, ch'io dormivo da un pezzo e sognavo di arrampicarmi sulla schiena liscia di Silvia come fosse il palo della cuccagna, e sentii Cirino che si alzava per andare al cancello, e parlare, sbatter porte e il cavallo sbuffare. Mi girai sul saccone e pensai com'era bello che adesso ci fossimo tutti. L'indomani ci saremmo svegliati, saremmo usciti in cortile, e avrei ancora parlato e sentito parlare della festa.

20

Il bello di quei tempi era che tutto si faceva a stagione, e ogni stagione aveva la sua usanza e il suo gioco, secondo i lavori e i raccolti, e la pioggia o il sereno. L'inverno si rientrava in cucina con gli zoccoli pesanti di terra, le mani scorticate e la spalla rotta dall'aratro, ma poi, voltate quelle stoppie, era finita, e cadeva la neve. Si passavano tante ore a mangiar le castagne, a vegliare, a girare le stalle, che sembrava fosse sempre domenica. Mi ricordo l'ultimo lavoro dell'inverno e il primo dopo la merla[1] — qui mucchi neri, bagnati, di foglie e di meligacce che accendevamo e che fumavano nei campi e sapevano già di notte e di veglia, o promettevano per l'indomani il bel tempo.

L'inverno era la stagione di Nuto. Adesso ch'era giovanotto e suonava il clarino, d'estate andava per i bricchi o suonava alla Stazione, soltanto d'inverno era sempre là intorno, a casa sua, alla Mora, nei cortili. Arrivava con quel berretto da ciclista e la maglia grigioverde e raccontava le sue storie. Che avevano inventato una macchina per contare le pere sull'albero, che a Canelli di notte dei ladri venuti da fuori avevano rubato il pisciatoio, che un tale a Calosso prima d'uscire metteva ai figli la museruola perché non mordessero. Sapeva le storie di tutti. Sapeva che a Cassinasco c'era un uomo che, venduta l'uva, stendeva i biglietti da cento su un canniccio e li teneva un'ora al sole la mattina, perché non patissero. Sapeva di un altro, ai Cumini, che aveva un'ernia come

[1] *la merla* Gli ultimi tre giorni di gennaio.

una zucca e un bel giorno aveva detto alla moglie di provare a mungerlo anche lui. Sapeva la storia dei due che avevano mangiato il caprone, e poi uno saltava e bramiva e l'altro dava cornate. Raccontava di spose, di matrimoni scombinati, di cascine col morto in cantina.

Dall'autunno a gennaio, bambini si gioca a biglie, e grandi a carte. Nuto sapeva tutti i giochi ma preferiva quello di nascondere e indovinare la carta, di farla uscire dal mazzo da sola, di cavarla dall'orecchio del coniglio. Ma quando entrava al mattino e mi trovava nell'aia al sole, rompeva in due la sigaretta e accendevamo; poi diceva: — E andiamo a vedere sui coppi —. Sui coppi voleva dire nella torretta della piccionaia, una soffitta che[2] ci si saliva per la scala grande, sopra il ripiano dei padroni, e si stava chinati. Lassú c'era una cassa, tante molle rotte, trabiccoli e mucchi di crine. Un finestrino rotondo, che guardava la collina del Salto, mi sembrava la finestra di Gaminella. Nuto rovistava in quella cassa — c'era un carico di libri stracciati, di vecchi fogli color ruggine, quaderni della spesa, quadri rotti. Lui faceva passare quei libri, li sbatteva per levargli la muffa, ma a toccarli per un po' le mani ghiacciavano. Era roba dei nonni, del padre del sor Matteo che aveva studiato in Alba. Ce n'era di scritti in latino come il libro da messa, di quelli con dei mori e delle bestie, e cosí avevo conosciuto l'elefante, il leone, la balena. Qualcuno Nuto se l'era preso e portato a casa sotto la maglia, «tanto, — diceva, — non li adopera nessuno».— Cosa ne fai? — gli avevo detto, — non comprate già il giornale?

— Sono libri, — disse lui, — leggici dentro fin che puoi. Sarai sempre un tapino se non leggi nei libri.

Passando sul ripiano della scala si sentiva Irene suonare; certe mattine di bel sole era aperta la vetrata, e la voce del piano usciva sul terrazzo in mezzo ai tigli. A me faceva sempre effetto che un mobile cosí grosso, nero, con una voce che i vetri tremavano, lo suonasse lei sola, con quelle lunghe mani bianche da signorina. Ma suonava e, a detta di Nuto, anche bene. L'aveva studiato in Alba da bambina. Chi invece buttava le mani sul piano solo per chiasso e cantava e poi smetteva malamente, era Silvia. Silvia era piú giovane di un anno o due, e certe volte faceva ancora le

[2] *che* = cui

scale di corsa — quell'anno andava in bicicletta e il figlio del capostazione le aveva tenuto il sellino.[3]

Quando sentivo il pianoforte, io a volte mi guardavo le mani,
e capivo che tra me e i signori, tra me e le donne, ce ne correva.[4]
Ancora adesso che da quasi vent'anni non lavoro piú di forza e
scrivo il mio nome come non avrei mai creduto, se mi guardo le
mani capisco che non sono un signore e che tutti si possono ac-
corgere che ho tenuto la zappa. Ma ho imparato che le donne
non ci fan caso neanche loro.

Nuto aveva detto a Irene che suonava come un'artista e che
tutto il giorno lui sarebbe stato a ascoltare. E Irene allora l'aveva
chiamato sul terrazzo (anch'io c'ero andato con lui) e a vetrata
aperta aveva suonato dei pezzi difficili ma proprio belli, che riempivano la casa e si dovevano sentire fin nella vigna bianca sulla
strada. Mi piaceva, accidenti. Nuto ascoltava con le labbra in
fuori come avesse imboccato il clarino, e io vedevo per la vetrata
i fiori nella stanza, gli specchi, la schiena dritta d'Irene e le braccia
che facevano sforzo, la testa bionda sul foglio. E vedevo la collina,
le vigne, le rive — capivo che quella musica non era la musica che
suonano le bande, parlava d'altro, non era fatta per Gaminella né
per le albere di Belbo né per noi. Ma si vedeva anche, in distanza,
sul profilo del Salto verso Canelli, la palazzina del Nido, rossa in
mezzo ai suoi platani secchi. E con la palazzina, coi signori di
Canelli, la musica d'Irene ci stava, era fatta per loro.

— No! — gridò a un tratto Nuto, — sbagliato! — Irene s'era già
ripresa e ributtata a suonare, ma chinò la testa e guardò lui un
attimo, quasi rossa, ridendo. Poi Nuto entrò nella stanza, e le vol-
tava i fogli e discutevano e Irene suonò ancora. Io restai sul terrazzo e guardavo sempre il Nido, e Canelli.

Quelle due figlie del sor Matteo non erano per me, e nemmeno per Nuto. Erano ricche, troppo belle, alte. Loro compagnia
erano ufficiali, signori, geometri, giovanotti cresciuti. La sera tra
noi, tra l'Emilia, Cirino, la Serafina, c'era sempre qualcuno che
sapeva con chi parlava adesso Silvia, a chi andavano le lettere che
Irene scriveva, chi le aveva accompagnate la sera prima. E si

---

[3] *le aveva tenuto il sellino* le aveva insegnato ad andare in bicicletta,
tenendole il sellino

[4] i.e., di distanza (sottinteso)

diceva che la matrigna non voleva sposarle, non voleva che andas-
sero via portandosi le cascine, cercava di far grossa la dote per la
sua Santina.— Sí sí, valle a tenere, — diceva il massaro, — due
ragazze cosí.

Io stavo zitto, e certi giorni d'estate, seduto a Belbo, pensavo a
Silvia. A Irene, cosí bionda, non osavo pensare. Ma un giorno che
Irene era venuta a far giocare Santina nella sabbia e non c'era
nessuno, le vidi correre e fermarsi all'acqua. Stavo nascosto dietro
un sambuco. La Santina gridava mostrando qualcosa sull'altra
riva. E allora Irene aveva posato il libro, s'era chinata, tolte le
scarpe e le calze, e cosí bionda, con le gambe bianche, sollevan-
dosi la gonna al ginocchio, era entrata nell'acqua. Traversò adagio,
toccando prima col piede. Poi gridando a Santina di non muoversi,
aveva raccolto dei fiori gialli. Me li ricordo come fosse ieri.

21

Qualche anno dopo, a Genova dov'ero soldato, avevo trovato una
ragazza che somigliava a Silvia, bruna come lei, piú grassottella e
furba, con gli anni che Irene e Silvia avevano quand'ero entrato
alla Mora. Io facevo l'attendente del mio colonnello che aveva
una villetta sul mare e mi aveva messo a tenergli il giardino.   5
Pulivo il giardino, accendevo le stufe, scaldavo l'acqua del bagno,
giravo in cucina. Teresa era la cameriera e mi canzonava per le
parole che dicevo. Proprio per questo avevo fatto l'attendente, per
non avere sempre intorno i sergenti che mi pigliassero in giro
quando parlavo. Io la guardavo dritto in faccia — ho sempre fatto   10
cosí — non rispondevo e la guardavo. Ma stavo attento a quel che
diceva la gente, parlavo poco e tutti i giorni imparavo qualcosa.

Teresa rideva e mi chiedeva se non avevo una ragazza che mi
lavasse le camicie.— Non a Genova, — dissi.

Allora voleva sapere se quando andavo in licenza al paese mi   15
portavo il fagotto.

— Io non ci torno al paese, — dissi.— Voglio stare qui a Genova.

— E la ragazza?

— Che cosa importa, — dissi, — ce ne sono anche a Genova.

Lei rideva e voleva sapere chi, per esempio. Allora ridevo io e le   20
dicevo «non si sa».

Quando divenne la mia ragazza e di notte salivo a trovarla nella
sua cuccia e facevamo l'amore, lei mi chiedeva sempre che cosa
volevo fare a Genova senza un mestiere, e perché non volevo

tornare a casa. Lo diceva metà per ridere e metà sul serio. «Perché qui ci sei tu», potevo dirle, ma era inutile, stavamo già abbracciati nel letto. Oppure dirle che anche Genova non era abbastanza, che a Genova c'era stato anche Nuto, ci venivano tutti — di Genova ero già stufo, volevo andare piú lontano — ma, se le avessi detto questo, lei si sarebbe arrabbiata, mi avrebbe prese le mani e cominciato a maledire, ch'ero anch'io come gli altri. «Eppure gli altri, — le avevo spiegato, — si fermano a Genova volentieri, ci vengono apposta. Io un mestiere ce l'ho, ma a Genova nessuno lo vuole. Bisogna che vada in un posto che[1] il mio mestiere mi renda. Ma che sia lontano, che nessuno del mio paese ci sia mai stato».

Teresa sapeva ch'ero figlio bastardo e mi chiedeva sempre perché non facevo ricerche, se non ero curioso di conoscere almeno mia madre.— Magari, — lei mi diceva, — è il tuo sangue ch'è cosí. Sei figlio di zingari, hai i peli ricci...

(L'Emilia, che mi aveva messo il nome di Anguilla, diceva sempre che dovevo essere figlio di un saltimbanco e di una capra dell'alta Langa. Io dicevo ridendo ch'ero figlio di un prete. E Nuto, già allora, mi aveva chiesto: — Perché dici questo? — Perché è un pelandrone, — aveva detto l'Emilia. Allora Nuto si era messo a gridare che nessuno nasce pelandrone né cattivo né delinquente; la gente nasce tutta uguale, e sono solamente gli altri che trattandoti male ti guastano il sangue.— Prendi Ganola, — io ribattevo, — è un insensato, nato allocco.— Insensato non vuol dire cattivo, — diceva Nuto, — sono gli ignoranti che gridandogli dietro lo fanno arrabbiare.)

Io a queste cose ci pensavo soltanto quando avevo in braccio una donna. Qualche anno dopo — stavo già in America — mi accorsi che per me quella gente era tutta bastarda. A Fresno dove vivevo, portai a letto molte donne, con una fui quasi sposato, e mai che capissi dove avessero padre e madre e la loro terra. Vivevano sole, chi nelle fabbriche delle conserve, chi in un ufficio — Rosanne era una maestra ch'era venuta da chi sa dove, da uno stato del grano, con una lettera per un giornale del cinema, e non volle mai raccontarmi che vita avesse fatto sulla costa. Diceva soltanto ch'era stata dura — *a hell of a time*. Glien'era rimasta una voce un po' rauca, di testa. È vero che c'erano famiglie su fami-

---

[1] *in un posto che* in un posto dove (forma non usata in italiano)

glie,[2] e specie sulla collina, nelle case nuove, davanti alle tenute
e alle fabbriche della frutta, le sere di estate si sentiva baccano e
odor di vigna e di fichi nell'aria, e bande di ragazzi e di bambine
correvano nelle viuzze e sotto i viali, ma quella gente erano ar-
meni, messicani, italiani, sembravano sempre arrivati allora, lavoravano la terra allo stesso modo che in città gli spazzini puliscono i
marciapiedi, e dormivano, si divertivano in città. Di dove uno
venisse, chi fosse suo padre o suo nonno, non succedeva mai di
chiederlo a nessuno. E di ragazze di campagna non ce n'erano.
Anche quelle dell'alta valle non sapevano mica cos'era una capra,
una riva. Correvano in macchina, in bicicletta, in treno, a lavorare
come quelle degli uffici. Facevano tutto a squadre, in città, anche
i carri allegorici della festa dell'uva.

Nei mesi che Rosanne fu la mia ragazza, capii ch'era proprio
bastarda, che le gambe che stendeva sul letto erano tutta la sua
forza, che poteva avere i suoi vecchi nello stato del grano o chi sa
dove, ma per lei una cosa sola contava — decidermi a tornare con
lei sulla costa e aprire un locale italiano con le pergole d'uva —
a fancy place, you know — e lí cogliere l'occasione che qualcuno
la vedesse e le facesse una foto, da stampare poi su un giornale a
colori — *only gimme a break, baby.* Era pronta a farsi fotografare
anche nuda, anche con le gambe larghe sulla scala dei pompieri,
pur di farsi conoscere. Come si fosse messa in mente ch'io potevo
servirle non so; quando le chiedevo perché veniva a letto con me,
rideva e diceva che dopotutto ero un uomo (*Put it the other way
round, you come with me because I'm a girl*). E non era una stupida,
sapeva quel che voleva — solamente voleva delle cose impossibili.
Non toccava una goccia di liquore (*your looks, you know, are your
only free advertising agent*) e fu lei che, quando abolirono la
legge, mi consigliò di fabbricare il *prohibition-time gin,* il liquore
del tempo clandestino, per chi ci avesse ancora gusto — e furono
molti.

Era bionda, alta, stava sempre a lisciarsi le rughe e piegarsi i
capelli. Chi non l'avesse conosciuta avrebbe detto, vedendola
uscire con quel passo dal cancello della scuola, ch'era una brava
studentessa. Che cosa insegnasse non so; i suoi ragazzi la saluta-
vano gettando in aria il berretto e fischiando. I primi tempi, par-
landole, io nascondevo le mani e coprivo la voce. Mi chiese subito

---

[2] *famiglie su famiglie* moltissime famiglie

perché non mi facevo americano. Perché non lo sono, brontolai —
because I'm a wop — e lei rideva e mi disse ch'erano i dollari e il
cervello che facevano l'americano. *Which of them do you lack?*
qual è dei due che ti manca?

Ho pensato sovente che razza di figli sarebbero potuti uscire da
noi due — da quei suoi fianchi lisci e duri, da quel ventre biondo
nutrito di latte e di sugo d'arancia, e da me, dal mio sangue
spesso. Venivamo tutti e due da chi sa dove, e l'unico modo per
sapere chi fossimo, che cosa avessimo veramente nel sangue, era
questo. Sarebbe bella, pensavo, se mio figlio somigliasse a mio
padre, a mio nonno, e cosí mi vedessi davanti finalmente chi sono.
Rosanne me l'avrebbe anche fatto un figlio — se accettavo di
andare sulla costa. Ma io mi tenni, non volli — con quella mamma
e con me sarebbe stato un altro bastardo — un ragazzotto americano. Già allora sapevo che sarei ritornato.

Rosanne, fin che l'ebbi con me, non concluse niente. Certe
domeniche della bella stagione andavamo alla costa in automobile
e prendevamo il bagno; lei passeggiava sulla spiaggia con dei
sandali e delle sciarpe a colori, sorbiva la bibita in calzoncini nelle
piscine, si distendeva sullo sdraio come se fosse nel mio letto. Io
ridevo, non so bene di chi. Eppure mi piaceva quella donna, mi
piaceva come il sapore dell'aria certe mattine, come toccare la
frutta fresca sui banchi degli italiani nelle strade.

Poi una sera mi disse che tornava dai suoi. Restai lí, perché
mai l'avrei creduta capace di tanto. Stavo per chiederle quanto
sarebbe stata via, ma lei guardandosi le ginocchia — era seduta
accanto a me nella macchina — mi disse che non dovevo dir
niente, ch'era tutto deciso, che andava per sempre dai suoi. Le
chiesi quando partiva.— Anche domani. *Any time.*

Riportandola alla pensione le dissi che potevamo aggiustarla,
sposarci. Mi lasciò parlare con un mezzo sorriso, guardandosi le
ginocchia, corrugando la fronte.

— Ci ho pensato, — disse, con quella voce rauca.— Non serve.
Ho perduto. *I've lost my battle.*

Invece non andò a casa, tornó ancora alla costa. Ma non uscí
mai sui giornali a colori. Mi scrisse mesi dopo una cartolina da
Santa Monica chiedendomi dei soldi. Glieli mandai e non mi
rispose. Non ne seppi piú niente.

22

Di donne ne ho conosciute andando per il mondo, di bionde e
di brune — le ho cercate, ci ho speso dietro molti soldi; adesso
che non sono piú giovane mi cercano loro, ma non importa — e
ho capito che le figlie del sor Matteo non erano poi le piú belle —
forse Santina, ma non l'ho veduta grande — avevano la bellezza   5
della dalia, della rosa di spagna, di quei fiori che crescono nei
giardini sotto le piante da frutta. Ho anche capito che non erano
in gamba, che col loro pianoforte, coi romanzi, col tè, coi parasoli,
non sapevano farsi una vita, esser vere signore, dominare un uomo
e una casa. Ci sono molte contadine in questa valle che sanno   10
meglio dominarsi, e comandare. Irene e Silvia non erano piú
contadine, e non ancora vere signore. Ci[1] stavan male, poverette
— ci sono morte.

Io capii questa loro debolezza già al tempo di una delle prime
vendemmie — me ne accorsi, via, anche se non capivo ancor bene.   15
Per tutta l'estate, dal cortile e dai beni era bastato levar gli occhi
e vedere il terrazzo, la vetrata, i coppi, per ricordarsi che le padrone
eran loro, loro e la matrigna e la piccola, e che perfino il sor
Matteo non poteva entrare nella stanza senza pulirsi i piedi sul
tappeto. Poi capitava di sentirle chiamarsi lassú, capitava di attac-   20
care il cavallo per loro, di vederle uscire sulla porta a vetri e
andarsene a spasso col parasole, cosí ben vestite che l'Emilia non
poteva neanche criticarle. Certe mattine una di loro scendeva in

[1] *Ci*   In quella situazione intermedia.

cortile, passava in mezzo alle zappe, alle carrette, alle bestie, e
veniva in giardino a tagliare le rose. E qualche volta anche loro
uscivano nei beni, sui sentieri, in scarpette, parlavano con la
Serafina, col massaro, avevano paura dei manzi, portavano un bel
5   cestino e raccoglievano l'uva luglienga. Una sera, dopo che avevamo ammucchiato i covoni del grano — la sera di San Giovanni,[2]
c'erano i falò dappertutto — eran venute anche loro a prendere il
fresco, a sentir cantare le ragazze. E poi tra noi, nella cucina, in
mezzo ai filari, ne avevo sentite dir tante su di loro, che suonavano
10 il piano, che leggevano i libri, che ricamavano i cuscini, che in
chiesa avevano la placca sul banco. Ebbene, in quella vendemmia,
nei giorni che noialtri preparavamo cavagni e bigonce e pulivamo
la cantina e anche il sor Matteo girava le vigne, in quei giorni si
sentí dall'Emilia che tutta la casa era in rivoluzione, che Silvia
15 sbatteva le porte e Irene si sedeva a tavola con gli occhi rossi e
non mangiava. Io non capivo che cosa potessero avere che non
fosse la vendemmia e l'allegria del raccolto — e pensare che tutto
si faceva per loro, per riempire le cantine e le tasche del sor
Matteo ch'era roba loro. L'Emilia ce lo disse una sera, seduti sul
20 trave. La questione del Nido.

Era successo che la vecchia — la contessa di Genova — tornata
da quindici giorni al Nido con nuore e nipoti dai bagni di mare,
aveva fatto degli inviti a Canelli e alla Stazione per una festa sotto
i platani — e della Mora, di loro due, della signora Elvira, si era
25 dimenticata. Dimenticata o che l'avesse fatto apposta? Le tre
donne non lasciavano piú pace al sor Matteo. L'Emilia diceva che
in quella casa la meno incagnita era adesso Santina.— Non ho
mica ammazzato nessuno, — diceva l'Emilia.— Una risponde,
l'altra salta, l'altra sbatte le porte. Se gli prude, si grattino.

30 Poi venne vendemmia e non ci pensai piú. Ma bastò quel fatto
per aprirmi gli occhi. Anche Irene e Silvia erano gente come noi
che maltrattata diventava cattiva, s'offendevano e ci soffrivano,
desideravano delle cose che non avevano. Non tutti i signori vale-
vano allo stesso modo, c'era qualcuno piú importante, piú ricco,
35 che nemmeno invitava le mie padrone. E allora cominciai a chiedermi che cosa dovevano essere le stanze e il giardino del Nido,
di quell'antica palazzina, perché Irene e Silvia morissero d'andarci

[2] *San Giovanni*   Il ventiquattro di giugno.

e non potessero. Si sapeva soltanto quel che dicevano Tommasino
e certi servitori, perché tutto quel fianco della collina era cintato
e una riva lo separava dalle nostre vigne, dove nemmeno i cacciatori potevano entrare — c'era il cartello. E alzando la testa dallo
stradone sotto il Nido, si vedeva tutto un fitto di canne bizzarre   5
che si chiamavano bambú. Tommasino diceva ch'era un parco,
che intorno alla casa c'era tanta ghiaietta, piú minuta e bianca di
quella che il cantoniere buttava a primavera sullo stradone. Poi i
beni del Nido andavano su per la collina dietro, vigne e grano,
grano e vigne, e cascine, boschetti di noci, di ciliegi e di mandorli,   10
che arrivavano a Sant'Antonino e oltre, e di là si scendeva a Canelli, dove c'erano i vivai coi sostegni di cemento e le bordure di
fiori.

Dei fiori del Nido ne avevo visti l'anno prima, quando Irene e
la signora Elvira c'erano andate insieme e tornate con dei mazzi   15
ch'erano piú belli dei vetri della chiesa e dei paramenti del prete.
L'anno prima capitava d'incontrare la carrozza della vecchia sulla
strada di Canelli; Nuto l'aveva vista e diceva che il Moretto servitore che la guidava sembrava un carabiniere, col cappello lucido e
la cravatta bianca. Da noi questa carrozza non s'era mai fermata,   20
solo una volta era passata per andare alla Stazione. Anche la messa
la vecchia se la sentiva a Canelli. E i nostri vecchi dicevano che
tanto tempo fa, quando la vecchia non c'era ancora, i signori del
Nido non andavano nemmeno a sentir messa, ce l'avevano in
casa, tenevano un prete che la diceva tutti i giorni in una stanza.   25
Ma questo era ai tempi che la vecchia era ancora una ragazza da
niente e faceva l'amore a Genova col figlio del Conte. Poi era
diventata lei la padrona di tutto, era morto il figlio del Conte,
era morto un bell'ufficiale che la vecchia s'era sposato in Francia,
erano morti i loro figli chi sa dove, e adesso la vecchia, coi capelli   30
bianchi e un parasole giallo, andava a Canelli in carrozza e dava
da mangiare e da dormire ai nipoti. Ma ai tempi del figlio del
Conte e dell'ufficiale francese, di notte il Nido era sempre acceso,
sempre in festa, e la vecchia che allora era ancor giovane come
una rosa dava dei pranzi, dei balli, invitava la gente da Nizza e   35
da Alessandria. Venivano belle donne, ufficiali, deputati, tutti in
carrozza a tiro da due, coi domestici, e giocavano a carte, prendevano il gelato, facevano nozze.

Irene e Silvia sapevano queste cose, e per loro essere ben trattate
dalla vecchia, ricevute, festeggiate, era come per me dare un'occhiata dal terrazzo nella stanza del pianoforte, saperle a tavola
sopra noialtri, veder l'Emilia fargli i versi[3] con la forchetta e col
cucchiaio. Soltanto, essendo tra donne, ci soffrivano. E poi loro,
tutto il giorno ciondolavano sul terrazzo o in giardino — non avevano un lavoro, una vera fatica che le occupasse — nemmeno
dietro alla Santina ci stavano volentieri. Si capisce che la voglia
di andarsene dalla Mora, di entrare in quel parco sotto i platani,
di trovarsi con le nuore e i nipoti della contessa, le faceva addirittura ammattire. Era come per me vedere i falò sulla collina di
Cassinasco o sentir fischiare il treno di notte.

[3] *fargli i versi* imitarle con scherno

23

Poi veniva la stagione che in mezzo alle albere di Belbo e sui pianori dei bricchi rintronavano fucilate già di buon'ora e Cirino cominciava a dire che aveva visto la lepre scappare in un solco. Sono i giorni piú belli dell'anno. Vendemmiare, sfogliare, torchiare non sono neanche lavori; caldo non fa piú, freddo non ancora; c'è qualche nuvola chiara, si mangia il coniglio con la polenta e si va per funghi.

Noialtri andavamo per funghi là intorno; Irene e Silvia combinarono con le loro amiche di Canelli e i giovanotti di andarci in biroccino fino a Agliano. Partirono una mattina che sui prati c'era ancora la nebbia; gli attaccai io il cavallo, dovevano trovarsi con gli altri sulla piazza di Canelli. Prese la frusta il figlio del medico della Stazione, quello che al tirasegno faceva sempre centro e giocava alle carte dalla sera al mattino. Quel giorno venne un grosso temporale, lampi e fulmini come d'agosto. Cirino e la Serafina dicevano ch'era meglio la grandine adesso sui funghi e su chi li cercava che non sul raccolto quindici giorni prima. Non smise di piovere a diluvio neanche nella notte. Il sor Matteo venne a svegliarci con la lanterna e il mantello sulla faccia, ci disse di stare attenti se sentivamo il biroccio arrivare, non era tranquillo. Le finestre di sopra erano accese; l'Emilia corse su e giú a fare il caffè, la piccola strillava perché non l'avevano portata a funghi anche lei.

Il biroccio tornò l'indomani col figlio del medico che menava

la frusta e gridando «Viva l'acqua d'Agliano» saltò a terra senza
toccare il predellino. Poi aiutò le due ragazze a scendere; stavano
infreddolite con un fazzoletto in testa e il cestino vuoto sulle
ginocchia. Andarono sopra e sentii che parlavano e si scaldavano
5 e ridevano.

Da quella volta della gita a Agliano, il figlio del medico passava
sovente nella strada sotto il terrazzo, e salutava le ragazze e si
parlavano cosí. Poi i pomeriggi d'inverno lo fecero entrare e lui,
che girava con degli stivali da cacciatore, si batteva il bastoncino
10 sullo stivale, si guardava intorno, strappava un fiore o un rametto
nel giardino — meglio, una foglia rossa di vite vergine — e saliva
svelto la scala dietro i vetri. Di sopra era acceso un bel fuoco nel
caminetto, e si sentiva suonare il piano, ridere, fino a sera. Qualche
volta quell'Arturo si fermava a pranzo. L'Emilia diceva che gli
15 davano il tè coi biscotti, glielo dava sempre Silvia, ma lui il filo
lo faceva[1] a Irene. Irene, cosí bionda e buona, si metteva a suonare
il piano per non parlargli, Silvia stava a pancia molle[2] sul sofà, e
dicevano le loro sciocchezze. Poi s'apriva la porta, la signora Elvira
cacciava dentro la piccola Santina di corsa, e Arturo si alzava in
20 piedi, salutava seccato, la signora diceva: — Abbiamo ancora una
signorina gelosa, che vuol essere presentata —. Poi arrivava il sor
Matteo che ce l'aveva su con lui,[3] ma la signora Elvira invece
gliele faceva buone[4] e trovava che per Irene andava benissimo
anche Arturo. Chi non lo voleva era Irene, perché diceva ch'era
25 un uomo falso — che la musica non l'ascoltava neanche, che a
tavola non sapeva stare, e faceva giocare Santina soltanto per
ingraziarsi la madre. Silvia invece lo difendeva, diventava rossa, e
alzavano la voce; un bel momento Irene, fredda, si dominava e
diceva: — Io te lo lascio. Perché non lo prendi tu?
30 — Buttatelo fuori di casa, — diceva il sor Matteo, — un uomo
che gioca e che non ha un pezzo di terra non è un uomo.

Verso la fine dell'inverno quest'Arturo cominciò a portarsi
dietro un impiegato della stazione, un suo amico lungo lungo che
si attaccò a Irene anche lui, e che parlava soltanto in italiano, ma

---

[1] *lui il filo lo faceva*   lui corteggiava
[2] *stava a pancia molle*   stava distesa in posizione rilassata
[3] *ce l'aveva su con lui*   non aveva simpatia per lui (provincialismo)
[4] *gliele faceva buone*   lo trattava con deferenza (provincialismo)

s'intendeva di musica. Questo spilungone si mise a suonare a quattro mani con Irene e, visto che loro facevano coppia cosí, Arturo e Silvia s'abbracciavano per ballare e ridevano insieme e adesso, quando Santina arrivava, toccava all'amico farla saltare e riacchiapparla al volo.

— Se non fosse che è toscano, — diceva il sor Matteo, — direi ch'è un ignorante. L'aria ce l'ha... C'era un toscano con noi a Tripoli...

Io sapevo com'era la stanza, i due mazzi di fiori e di foglie rosse sul piano, le tendine ricamate da Irene, e la lampada di marmo trasparente appesa alle catenelle, che faceva una luce come la luna riflessa nell'acqua. Certe sere tutt'e quattro s'imbacuccavano e uscivano sul terrazzo nella neve. Qui i due uomini fumavano il sigaro e allora, stando sotto la vite vergine secca, si sentivano i discorsi.

Veniva anche Nuto, a ascoltare i discorsi. Il bello era sentire Arturo che faceva l'uomo in gamba e raccontava quanti ne aveva buttati giú dal treno a Costigliole l'altro giorno o quella volta in Acqui che s'era giocato l'ultimo soldo e se perdeva non tornava piú a casa e invece aveva vinto da pagare una cena. Il toscano diceva: — Ti ricordi che desti quel pugno... — Allora Arturo raccontava quel pugno.

Le ragazze sospiravano appoggiate alla ringhiera. Il toscano si metteva accanto a Irene e raccontava di casa sua, di quando andava a suonare l'organo in chiesa. A un certo punto i due sigari ci cadevano ai piedi, nella neve, e allora là sopra si sentiva susurrare, agitarsi, qualche sospiro piú forte. Alzando gli occhi non si vedeva che la vite secca e tante stelline fredde in cielo. Nuto diceva: — Vagabondi, — con la voce tra i denti.

Sempre ci pensavo, e chiedevo anche all'Emilia, ma non si poteva capire come fossero accoppiati. Il sor Matteo brontolava soltanto su Irene e il figlio del medico, e diceva che un giorno o l'altro voleva dirgliene quattro.[5] La signora faceva l'offesa. Irene alzava le spalle e rispondeva che lei quel villano d'Arturo non l'avrebbe nemmeno voluto per servitore ma non poteva farci niente se veniva a trovarle. Silvia diceva allora che lo scemo era il toscano. La signora Elvira si offendeva un'altra volta.

[5] *dirgliene quattro* dirgli il male che pensava di lui

Che Irene parlasse al toscano non era possibile, perché Arturo
ci stava attento e comandava lui l'amico. Restava dunque che
Arturo faceva il filo a tutt'e due, e sperando di prendersi Irene, si
divertiva anche con l'altra. Bastava aspettare la bella stagione e
5   andargli dietro per i prati. Si sarebbe visto subito.

Ma intanto andò che il sor Matteo prese di petto[6] quell'Arturo
— la storia si seppe da Lanzone che passava per caso sotto il portico — e gli disse che le donne sono donne e gli uomini uomini.
No? Arturo, che aveva giusto staccato allora un mazzetto, si batté
10 col frustino sullo stivale e, annusando i fiori, guardò storto il
padrone.— Ciò nulla di meno, — continuò il sor Matteo, — quando
siano ben allevate, le donne conoscono chi fa per loro. E tu, — gli
disse, — non ti vogliono. Capito?

Arturo allora aveva borbottato questo e quello, che diamine,
15 era stato gentilmente invitato a passare di lí, si capisce che un
uomo...

— Non sei un uomo, — aveva detto il sor Matteo, — sei uno
sporcaccione.

Cosí sembrò finita la storia di Arturo, e con Arturo anche del
20 toscano. Ma la matrigna non ebbe il tempo di starsene offesa
perché ne vennero degli altri, tanti altri piú pericolosi. I due
ufficiali, per esempio, quelli del giorno ch'ero rimasto io solo alla
Mora. Ci fu un mese — c'eran le lucciole, era giugno — che tutte
le sere si vedevano spuntare da Canelli. Dovevano averci qualche
25 altra donna che stava sullo stradone, perché mai che arrivassero
di là — loro tagliavano da Belbo, sulla pontina, e traversavano i
beni, le melighe, i prati. Io avevo allora sedici anni, e queste cose
cominciavo a capirle. Con loro Cirino l'aveva su[7] perché gli pesta-
vano la medica e perché si ricordava che carogne erano stati in
30 guerra gli ufficiali come quelli. Di Nuto non si parla nemmeno.
Una sera gliela fecero brutta. Appostarono il passaggio nell'erba
e gli tesero un fildiferro nascosto. Quelli arrivarono saltando un
fosso, godendosi già le signorine, e andarono giú a rompicollo a
spaccarsi la faccia. Il bello sarebbe stato farli cascare nel letame,
35 ma da quella sera non passarono piú nei prati.

Con la buona stagiona, specialmente Silvia piú nessuno la

[6] *prese di petto*   affrontò apertamente
[7] *l'aveva su*   era adirato

teneva. Adesso s'erano messe, nelle sere d'estate, a uscire dal cancello e accompagnare i loro giovanotti su e giú per lo stradone, e quando ripassavano sotto i tigli noi si tendeva l'orecchio per sentire qualche parola. Partivano a quattro, ritornavano a coppie. Silvia s'incamminava tenendo a braccetto Irene e rideva, scherzava, ribatteva coi due. Quando ripassavano, nell'odore dei tigli, Silvia e il suo uomo se ne stavano insieme, camminavano bisbigliando e ridendo; l'altra coppia veniva piú adagio, staccata, e a volte chiamavano, parlavano forte coi primi. Ricordo bene quelle sere, e noialtri seduti sul trave, nell'odore fortissimo dei tigli. 10

24

La piccola Santa, che aveva allora tre o quattro anni, era una cosa da vedere. Veniva su bionda come Irene, con gli occhi neri di Silvia, ma quando si mordeva le dita insieme con la mela e per dispetto strapava i fiori, o voleva a tutti i costi che la mettessimo sul cavallo e ci dava calci, noi dicevamo ch'era il sangue di sua madre. Il sor Matteo e le altre due facevano le cose piú con calma e non erano cosí prepotenti. Irene soprattutto era calma, cosí alta, vestita di bianco, e con nessuno s'irritava mai. Non ne aveva bisogno, perché perfino all'Emilia chiedeva sempre le cose per favore, e a noialtri, poi, guardandoci mentre ci parlava, guardandoci negli occhi. Anche Silvia dava di queste occhiate, ma erano già piú calde, maliziose. L'ultimo anno che stetti alla Mora io prendevo cinquanta lire e alla festa mi mettevo la cravatta, ma capivo ch'ero arrivato troppo tardi, e non potevo piú far niente.

Ma neanche in quegli ultimi anni avrei osato di pensare a Irene. E Nuto non ci pensava perché ormai suonava il clarino dappertutto e aveva la ragazza a Canelli. Di Irene si diceva che parlasse[1] con uno di Canelli, andavano sempre a Canelli, comperavano roba nei negozi, regalavano alla Emilia i vestiti smessi. Ma anche il Nido s'era riaperto, ci fu una cena a cui la signora e le figlie andarono, e quel giorno venne la sarta da Canelli per vestirle. Io le condussi in biroccio fino alla svolta della salita e sentii che parlavano dei palazzi di Genova. Mi dissero di tornare a riprenderle a mezzanotte, di entrare nel cortile del Nido — col buio gli

---

[1] *parlasse* amoreggiasse (provincialismo)

invitati non avrebbero visto che i cuscini del biroccio erano scrostati. Mi dissero anche di drizzarmi la cravata per non sfigurare.

Ma quando a mezzanotte entrai fra le altre carrozze in quel cortile — vista da sotto la palazzina era enorme e sulle finestre spalancate passavano ombre d'invitati — nessuno si fece vivo e mi lasciarono in mezzo ai platani un pezzo. Quando fui stufo di ascoltare i grilli — anche lassú c'erano i grilli — scesi dal biroccio e mi feci[2] alla porta. Nella prima sala trovai una ragazza col grembialino bianco, che mi guardò e tirò via. Poi ripassò, le dissi ch'ero arrivato. Lei mi chiese che cosa volevo. Allora dissi che il biroccio della Mora era pronto.

S'aprí una porta e sentii ridere molti. Su tutte le porte, in quella sala, c'erano delle pitture di fiori e per terra dei disegni di pietra, lucidi. La ragazza tornò e mi disse che potevo andar via, perché le signore sarebbero state accompagnate da qualcuno.

Quando fui fuori rimpiangevo di non aver guardato meglio quella sala ch'era piú bella di una chiesa. Portai a mano il cavallo sulla ghiaietta che scricchiolava, sotto i platani, e li guardavo contro il cielo — visti da sotto non erano piú un boschetto ma ognuno faceva lea da solo — e sul cancello accesi una sigaretta e venni giú per quella strada adagio, in mezzo ai bambú misti a gaggíe e tronchi strambi, pensando com'è la terra, che porta qualunque pianta.

Irene doveva proprio averci un uomo nella palazzina, perché a volte sentivo Silvia che la canzonava e la chiamava «madama contessa», e presto l'Emilia seppe anche che quell'uomo era un morto in piedi, un nipote dei tanti che la vecchia teneva apposta spiantati perché non le mangiassero la casa sulla testa. Questo nipote, questo spiantato, questo contino, non si degnò mai di venire alla Mora, mandava a volte un ragazzetto scalzo, quello del Berta, a portare dei biglietti a Irene, diceva che l'aspettava al paracarro per fare una passeggiata. Irene ci andava.

Io dai fagioli dell'orto dove bagnavo o legavo i sostegni, sentivo Irene e Silvia sedute sotto la magnolia parlarne.

Irene diceva: — Cosa vuoi? la contessa ci tiene molto... Non può mica un ragazzo come lui andare in festa alla Stazione... Ci troverebbe i suoi servitori sullo stesso palchetto...

[2] *mi feci* mi avvicinai

— Che male c'è? li incontra in casa tutti i giorni...

— Non vuole nemmeno che vada a caccia. Già suo padre è morto in quel modo tragico...

— Però a trovarti potrebbe venire. Perché non viene? — disse Silvia d'improvviso.

— Nemmeno lui viene a trovarti qui. Perché non viene?... Sta' attenta, Silvia. Sei sicura che ti dica la verità?

— Nessuno la dice, la verità. Se ci pensi alla verità, vieni matta. Guai a te se gliene parli...

— Sei tu che lo vedi, — diceva Irene, — sei tu che ti fidi... Vorrei soltanto che non fosse grossolano come l'altro...

Silvia rideva, a bassa voce. Io non potevo star sempre fermo dietro i fagioli, se ne sarebbero accorte. Davo un colpo di zappa e tendevo l'orecchio.

Una volta Irene disse: — Avrà sentito, non credi?

— Va' là, è il garzone, — diceva Silvia.

Ma ci fu la volta che Silvia piangeva, si torceva sullo sdraio e piangeva. Cirino dal portico batteva un ferro e non mi lasciava sentire. Irene le stava intorno, le toccava i capelli, dove Silvia s'era piantate le unghie.— No, no, — piangeva Silvia, — voglio andarmene, scappare... Non ci credo, non ci credo, non ci credo... Quel maledetto ferro di Cirino non mi lasciava sentire.

— Vieni su, — diceva Irene toccandola, — vieni su sul terrazzo, sta' zitta...

— Non me ne importa, — gridava Silvia, — non me ne importa di niente...

Silvia si era messa con uno di Crevalcuore, che avevano delle terre a Calosso, un padrone di segheria che girava in motocicletta, si faceva salir dietro Silvia e partivano per quegli stradoni. La sera sentivamo il fracasso della moto, si fermava, ripartiva, e dopo un poco compariva Silvia coi capelli neri negli occhi, al cancello. Il sor Matteo non sapeva niente.

L'Emilia diceva che quest'uomo non era il primo, che il figlio del medico l'aveva già presa, in casa sua nello studio del padre. Fu una cosa che non si seppe mai bene; se davvero quell'Arturo ci aveva fatto l'amore, perché avevano smesso proprio nell'estate quando diventava piú bello, e piú facile trovarsi? Invece era venuto il motociclista, e adesso tutti sapevano che Silvia era come

matta, si faceva portare tra le canne e nelle rive, la gente li
incontrava a Camo, a Santa Libera, nei boschi del Bravo. A volte
andavano anche a Nizza all'albergo.

A vederla, era sempre la stessa — quegli occhi scuri, scottanti.
Non so se sperasse di farsi sposare. Ma quel Matteo di Creval-   5
cuore era un attaccabrighe, un boscaiolo che ne aveva già bruciati
molti di letti, e nessuno l'aveva mai fermato. «Ecco, — pensavo,
— se Silvia fa un figlio, sarà un bastardo come me. Io sono nato
cosí».

Ci soffriva anche Irene. Lei doveva aver provato a aiutare   10
Silvia e ne sapeva piú di noi. Irene era impossibile immaginarsela
su quella motocicletta o in una riva tra le canne con qualcuno.
Piuttosto Santina, quando sarebbe cresciuta, dicevano tutti che
avrebbe fatto lo stesso. La matrigna non diceva niente, voleva
soltanto che tutt'e due fossero a casa all'ora giusta.   15

25

Irene non la vidi mai disperata come la sorella, ma quando da due giorni non la chiamavano al Nido, se ne stava nervosa dietro la griglia del giardino oppure andava con un libro o il ricamo a sedersi nella vigna insieme a Santina, e di là guardava la strada.
5 Quando partiva col parasole verso Canelli, era felice. Che cosa si dicessero con quel Cesarino, quel morto in piedi, non lo so; una volta ch'ero passato pedalando da matto verso Canelli e li avevo intravisti in mezzo alle gaggíe, m'era parso che Irene, in piedi, leggesse in un libro e Cesarino seduto sulla proda davanti
10 a lei la guardava.

Alla Mora un giorno era ricomparso quell'Arturo dagli stivali, s'era fermato sotto la terrazza, aveva parlato con Silvia che di lassú scrutava la strada, ma Silvia non l'aveva invitato a salire, gli aveva detto solamente che la giornata era pesante e quelle
15 scarpe dal tacco basso — alzò un piede — a Canelli adesso si trovavano.

Arturo aveva chiesto strizzando l'occhio se suonavano i balla-bili, se Irene suonava sempre. — Chiedilo a lei, — disse Silvia e guardò oltre il pino.
20 Irene non suonava quasi piú. Pare che al Nido non ci fossero pianoforti, che la vecchia non volesse saperne di vedere una ragazza slogarsi le mani sulla tastiera. Quando Irene andava in visita dalla vecchia, si prendeva la borsa col ricamo dentro, una grossa borsa ricamata di fiori verdi di lana, e nella borsa riportava
25 a casa qualche libro del Nido che la vecchia le dava da leggere.

Erano vecchi libri, foderati con del cuoio. Lei portava invece alla vecchia il giornale illustrato delle sarte — lo faceva comprare apposta a Canelli, tutte le settimane.

La Serafina e l'Emilia dicevano che Irene tirava il rocco a diventare[1] contessa e che una volta il sor Matteo aveva detto: — State attente, ragazze. Ci sono dei vecchi che non muoiono mai.

Era difficile capire quanti parenti avesse a Genova la contessa — si diceva perfino che ce ne fosse uno vescovo. Avevo sentito raccontare che ormai la vecchia non teneva più servitori né domestiche in casa, le bastavano le nipoti e i nipoti. Se era cosí, non capivo che speranze Irene aveva; per bene che le andasse, quel Cesarino doveva dividere con tutti. A meno che Irene si accontentasse di far la serva nel Nido. Ma quando mi guardavo intorno nei nostri beni — la stalla, i fienili, il grano, le uve — pensavo che forse Irene era piú ricca di lui e che magari Cesarino le parlava per meter lui le mani sulla sua dote. Quest'idea, pur facendomi rabbia, mi piacque di piú — mi pareva impossibile che Irene fosse tanto interessata da darsi via per ambizione, cosí.

Ma allora, dicevo, si vede proprio che è innamorata, che Cesarino le piace, ch'è l'uomo che lei muore di sposare.[2] E avrei voluto poterle parlare, poterle dire che stesse attenta, che non si sprecasse con quella mezza cartuccia,[3] con uno scemo che non usciva neanche dal Nido e stava seduto per terra mentre lei leggeva un libro. Almeno Silvia non sprecava cosí per niente le giornate e andava con qualcuno che valeva la pena. Se non fosse ch'ero soltanto un garzone e non avevo diciott'anni, magari Silvia sarebbe venuta anche con me.

Irene ci soffriva, anche. Quel contino doveva essere peggio di una ragazza mal allevata. Faceva i capricci, si faceva servire, sfruttava con cattiveria il nome della vecchia, e a tutto quanto Irene gli diceva o domandava rispondeva che no, che bisognava sentire, non fare passi sbagliati, tener presente chi era lui, la sua salute, i suoi gusti. Adesso era Silvia, le poche volte che non scappava sui bricchi o non si chiudeva dentro casa, a ascoltare

---

[1] *tirava il rocco a diventare*   faceva di tutto per diventare (contessa)
[2] *muore di sposare*   desidera ardentemente di sposare (forma d'espressione non corretta; provincialismo)
[3] *mezza cartuccia*   uomo di poco valore

i sospiri di Irene. A tavola — diceva l'Emilia — Irene teneva gli occhi bassi e Silvia li piantava in faccia a suo padre come avesse la febbre. Soltanto la signora Elvira discorreva asciutta asciutta, puliva il mento della Santina, accennava maligna all'occasione perduta del figlio del medico, a quel toscano, agli ufficiali, agli altri, a certe ragazze di Canelli piú giovani che già s'erano sposate e stavano per far battezzare. Il sor Matteo borbottava, non sapeva mai niente.

Intanto la storia di Silvia andava avanti. Quando non era disperata, incagnita, e si fermava nel cortile, nella vigna, era un piacere vederla, sentirla parlare. Certi giorni si faceva attaccare il biroccio e partiva sola, andava a Canelli, lo guidava lei come un uomo. Una volta chiese a Nuto se sarebbe andato a suonare al Buon Consiglio dove facevano la corsa dei cavalli — e voleva a tutti i costi comprare una sella a Canelli, imparare a montare il cavallo e correre con gli altri. Toccò a massaro Lanzone spiegarle che un cavallo che tira il biroccio ha dei vizi e non può correre una corsa. Si seppe poi che al Buon Consiglio Silvia voleva andare per trovarci quel Matteo e fargli vedere che sapeva stare a cavallo anche lei.

Questa ragazza, dicevamo noialtri, va a finire che si veste da uomo, corre le fiere[4] e fa i giochi sulle corde. Giusto quell'anno era comparso a Canelli un baraccone dove c'era una giostra fatta di motociclette che giravano con un fracasso peggio della battitrice, e chi dava i biglietti era una donna magra e rossa, sui quaranta, che aveva le dita piene di anelli e fumava la sigaretta. Sta' a vedere, dicevamo, che Matteo di Crevalcuore, quand'è stufo, mette Silvia a comandare una giostra cosí. Si diceva anche a Canelli che bastava, pagando il biglietto, piantare la mano in un certo modo sul banco e la rossa ti diceva subito l'ora che potevi tornare, entrare in quel carrozzone delle tendine e far l'amore con lei sulla paglia. Ma Silvia non era ancora a questo punto. Per quanto fosse come matta, era matta di capriccio per Matteo, ma cosí bella e cosí sana che molti l'avrebbero sposata anche adesso.

Succedevano cose da pazzi. Adesso lei e Matteo si trovavano in un casotto di vigna ai Seraudi, un casotto mezzo sfondato,

---

[4] *corre le fiere*   si mette in gara alle fiere

sull'orlo di una riva dove la motocicletta non poteva arrivare, ma loro ci andavano a piedi e s'erano portata la coperta e i cuscini. Né alla Mora né a Crevalcuore quel Matteo si faceva vedere con Silvia — non era mica per salvare il nome a lei ma per non essere preso di mezzo e doversi impegnare. Sapeva di non   5
voler mantenere, e cosí si salvava la faccia.

Io cercavo di cogliere sulla faccia di Silvia i segni di quel che faceva con Matteo. Quel settembre quando ci mettemmo a vendemmiare, vennero come negli anni passati sia lei che Irene nella vigna bianca, e io la guardavo accovacciata sotto le viti, le   10
guardavo le mani che cercavano i grappoli, le guardavo la piega dei fianchi, la vita, i capelli negli occhi, e quando scendeva il sentiero guardavo il passo, il sobbalzo, lo scatto della testa — la conoscevo tutta quanta, dai capelli alle unghie dei piedi, eppure mai che potessi dire «Ecco, è cambiata, c'è passato Matteo».   15
Era la stessa — era Silvia.

Quella vendemmia fu per la Mora l'ultima allegria dell'anno. Ai Santi Irene si mise a letto, venne il dottore da Canelli, venne quello della Stazione — Irene aveva il tifo e ci moriva. Mandarono Santina in Alba con Silvia dai parenti, per salvarle dall'infezione.   20
Silvia non voleva ma poi si rassegnò. Adesso correre toccò alla matrigna e all'Emilia. C'era una stufa sempre accesa nelle stanze di sopra, cambiavano Irene di letto due volte al giorno, lei straparlava, le facevano delle punture, perdeva i capelli. Noi andavamo e venivamo da Canelli per medicine. Fin che un giorno   25
entrò una monaca in cortile; Cirino disse — Non arriva a Natale
—; e l'indomani c'era il prete.

26

Di tutto quanto, della Mora, di quella vita di noialtri, che cosa
resta? Per tanti anni mi era bastata una ventata di tiglio la sera,
e mi sentivo un altro, mi sentivo davvero io, non sapevo nemmeno bene perché. Una cosa che penso sempre è quanta gente
deve viverci in questa valle e nel mondo che le succede proprio
adesso quello che a noi toccava allora, e non lo sanno, non ci
pensano. Magari c'è una casa, delle ragazze, dei vecchi, una
bambina — e un Nuto, un Canelli, una stazione, c'è uno come
me che vuole andarsene via e far fortuna — e nell'estate battono
il grano, vendemmiano, nell'inverno vanno a caccia, c'è un terrazzo — tutto succede come a noi. Dev'essere per forza cosí. I
ragazzi, le donne, il mondo, non sono mica cambiati. Non
portano piú il parasole, la domenica vanno al cinema invece che
in festa, dànno il grano all'ammasso, le ragazze fumano — eppure
la vita è la stessa, e non sanno che un giorno si guarderanno in
giro e anche per loro sarà tutto passato. La prima cosa che dissi,
sbarcando a Genova in mezzo alle case rotte dalla guerra, fu che
ogni casa, ogni cortile, ogni terrazzo, è stato qualcosa per qualcuno
e, piú ancora che al danno materiale e ai morti, dispiace pensare
a tanti anni vissuti, tante memorie, spariti cosí in una notte senza
lasciare un segno. O no? Magari è meglio cosí, meglio che tutto
se ne vada in un falò d'erbe secche e che la gente ricominci. In
America si faceva cosí — quando eri stufo di una cosa, di un
lavoro, di un posto, cambiavi. Laggiú perfino dei paesi intieri
con l'osteria, il municipio e i negozi adesso sono vuoti, come un
camposanto.

Nuto non parla volentieri della Mora, ma mi chiese diverse volte se non avevo piú visto nessuno. Lui pensava a quei ragazzi di là intorno, ai soci delle bocce, del pallone, dell'osteria, alle ragazze che facevamo ballare. Di tutti sapeva dov'erano, che cosa avevano fatto; adesso, quando eravamo alla casa del Salto e ne passava qualcuno sullo stradone, lui gli diceva con l'occhio del gatto: — E questo qui lo conosci ancora? — Poi si godeva la faccia e la meraviglia dell'altro e ci versava da bere a tutti e due. Discorrevamo. Qualcuno mi dava del voi.— Sono Anguilla, — interrompevo, — che storie. Tuo fratello, tuo padre, tua nonna, che fine hanno fatto? È poi morta la cagna?

Non erano cambiati gran che; io, ero cambiato. Si ricordavano di cose che avevo fatto e avevo detto, di scherzi, di botte, di storie che avevo dimenticato.— E Bianchetta? — mi disse uno, — te la ricordi Bianchetta? — Sí che la ricordavo.— Si è sposata ai Robini, — mi dissero, — sta bene.

Quasi ogni sera Nuto veniva a prendermi all'Angelo, mi cavava dal crocchio di dottore, segretario, maresciallo e geometri, e mi faceva parlare. Andavamo come due frati sotto la lea del paese, si sentivano i grilli, l'arietta di Belbo — ai nostri tempi in quell'ora in paese non c'eravamo mai venuti, facevamo un'altra vita.

Sotto la luna e le colline nere Nuto una sera mi domandò com'era stato imbarcarmi per andare in America, se ripresentandosi l'occasione e i vent'anni l'avrei fatto ancora. Gli dissi che non tanto era stata l'America quanto la rabbia di non essere nessuno, la smania, piú che di andare, di tornare un bel giorno dopo che tutti mi avessero dato per morto di fame. In paese non sarei stato mai altro che un servitore, che un vecchio Cirino (anche lui era morto da un pezzo, s'era rotta la schiena cadendo da un fienile e aveva ancora stentato piú di un anno) e allora tanto valeva provare, levarmi la voglia, dopo che avevo passata la Bormida, di passare anche il mare.

— Ma non è facile imbarcarsi, — disse Nuto.— Hai avuto del coraggio.

Non era stato coraggio, gli dissi, ero scappato. Tanto valeva raccontargliela.

— Ti ricordi i discorsi che facevamo con tuo padre nella bottega? Lui diceva già allora che gli ignoranti saranno sempre

ignoranti, perché la forza è nelle mani di chi ha interesse che
la gente non capisca, nelle mani del governo, dei neri, dei
capitalisti... Qui alla Mora era niente, ma quand'ho fatto il
soldato e girato i carrugi e i cantieri a Genova ho capito cosa
5   sono i padroni, i capitalisti, i militari... Allora c'erano i fascisti
e queste cose non si potevano dire... Ma c'erano anche gli altri...

Non gliel'avevo mai raccontata per non tirarlo su quel discorso
che tanto era inutile e adesso dopo vent'anni e tante cose successe non sapevo nemmeno piú io che cosa credere, ma a Genova
10   quell'inverno ci avevo creduto e quante notti avevamo passato
nella serra della villa a discutere con Guido, con Remo, con
Cerreti e tutti gli altri. Poi Teresa s'era spaventata, non aveva
piú voluto lasciarci entrare e allora le avevo detto che lei con-
tinuasse pure a far la serva, la sfruttata, se lo meritava, noi
15   volevamo tener duro[1] e resistere. Cosí avevamo continuato a
lavorare in caserma, nelle bettole e, una volta congedati, nei
cantieri dove trovavamo lavoro e nelle scuole tecniche serali.
Teresa adesso mi ascoltava paziente e mi diceva che facevo bene
a studiare, a volermi portare avanti, e mi dava da mangiare in
20   cucina. Su quel discorso non tornava piú. Ma una notte venne
Cerreti a avvertirmi che Guido e Remo erano stati arrestati, e
cercavano gli altri. Allora Teresa, senza farmi un rimprovero,
parlò lei con qualcuno — cognato, passato padrone, non so — e
in due giorni mi aveva trovato un posto di fatica su un bastimento
25   che andava in America. Cosí era stato, dissi a Nuto.

— Vedi com'è, — disse lui. — Alle volte basta una parola sentita
quando si è ragazzi, anche da un vecchio, da un povero meschino
come mio padre, per aprirti gli occhi... Sono contento che non
pensavi soltanto a far soldi... E quei compagni, di che morte sono
30   morti?

Andavamo cosí, sullo stradone fuori del paese, e parlavvamo
del nostro destino. Io tendevo l'orecchio alla luna e sentivo
scricchiolare lontano la martinicca di un carro — un rumore
che sulle strade d'America non si sente piú da un pezzo. E
35   pensavo a Genova, agli uffici, a che cosa sarebbe stata la mia
vita se quel mattino nel cantiere di Remo avessero trovato anche

---

[1] *tener duro*   resistere

me. Tra pochi giorni tornavo in viale Corsica. Per quest'estate
era finita.

Qualcuno correva sullo stradone nella polvere, sembrava un
cane. Vidi ch'era un ragazzo: zoppicava e ci correva incontro.
Mentre capivo ch'era Cinto, fu tra noi, mi si buttò tra le gambe
e mugolava come un cane.

— Cosa c'è?

Lí per lí non gli credemmo. Diceva che suo padre aveva bruciato la casa.— Proprio lui, figurarsi, — disse Nuto.

— Ha bruciato la casa, — ripeteva Cinto.— Voleva ammazzarmi
... Si è impiccato... ha bruciato la casa...

— Avranno rovesciato la lampada, — dissi.

— No no, — gridò Cinto, — ha ammazzato Rosina e la nonna.
Voleva ammazzarmi ma non l'ho lasciato... Poi ha dato fuoco
alla paglia e mi cercava ancora, ma io avevo il coltello e allora
si è impiccato nella vigna...

Cinto ansava, mugolava, era tutto nero e graffiato. S'era seduto
nella polvere sui miei piedi, mi stringeva una gamba e ripeteva:

— Il papà si è impiccato nella vigna, ha bruciato la casa... anche
il manzo. I conigli sono scappati, ma io avevo il coltello... È
bruciato tutto, anche il Piola ha visto...

27

Nuto lo prese per le spalle e lo alzò su come un capretto.

— Ha ammazzato Rosina e la nonna?

Cinto tremava e non poteva parlare.

— Le ha ammazzate? — e lo scrollò.

5 — Lascialo stare, — dissi a Nuto, — è mezzo morto. Perché non andiamo a vedere?

Allora Cinto si buttò sulle mie gambe e non voleva saperne.

— Sta' su, — gli dissi, — chi venivi a cercare?

Veniva da me, non voleva tornare nella vigna. Era corso a
10 chiamare il Morone e quelli del Piola, li aveva svegliati tutti, altri correvano già dalla collina, aveva gridato che spegnessero il fuoco, ma nella vigna non voleva tornare, aveva perduto il coltello.

— Noi non andiamo nella vigna, — gli dissi.— Ci fermiamo sulla strada, e Nuto va su lui. Perché hai paura? Se è vero che sono
15 corsi dalle cascine, a quest'ora è tutto spento...

C'incamminammo tenendolo per mano. La collina di Gaminella non si vede dalla lea, è nascosta da uno sperone. Ma appena si lascia la strada maestra e si scantona sul versante che strapiomba nel Belbo, un incendio si dovrebbe vederlo tra le piante. Non
20 vedemmo nulla, se non la nebbia della luna.

Nuto, senza parlare, diede uno strattone al braccio di Cinto, che incespicò. Andammo avanti, quasi correndo. Sotto le canne si capí che qualcosa era successo. Di lassú si sentiva vociare e dar dei colpi come abbattessero un albero, e nel fresco della notte
25 una nuvola di fumo puzzolente scendeva sulla strada.

Cinto non fece resistenza, venne su affrettando il passo col nostro, stringendomi piú forte le dita. Gente andava e veniva e si parlava, lassú al fico. Già dal sentiero, nella luce della luna, vidi il vuoto dov'era stato il fienile e la stalla, e i muri bucati del casotto. Riflessi rossi morivano a piede del muro, sprigionando una fumata nera. C'era un puzzo di lana, carne e letame bruciato che prendeva alla gola. Mi scappò un coniglio tra i piedi.

Nuto, fermo al livello dell'aia, storse la faccia e si portò i pugni sulle tempie.— Quest'odore, — borbottò, — quest'odore.

L'incendio era ormai finito, tutti i vicini erano corsi a dar mano; c'era stato un momento, dicevano, che la fiamma rischiarava anche la riva e se ne vedevano i riflessi nell'acqua di Belbo. Niente s'era salvato, nemmeno il letame là dietro.

Qualcuno corse a chiamare il maresciallo; mandarono una donna a prendere da bere al Morone; facemmo bere un po' di vino a Cinto. Lui chiedeva dov'era il cane, se era bruciato anche lui. Tutti dicevano la loro; sedemmo Cinto nel prato e raccontò a bocconi[1] la storia.

Lui non sapeva, era sceso a Belbo. Poi aveva sentito che il cane abbaiava, che suo padre attaccava il manzo. Era venuta la madama della Villa con suo figlio, a dividere i fagioli e le patate. La madama aveva detto che due solchi di patate eran già stati cavati, che bisognava risarcirla, e la Rosina aveva gridato, il Valino bestemmiava, la madama era entrata in casa per far parlare anche la nonna, mentre il figlio sorvegliava i cesti. Poi avevano pesato le patate e i fagioli, s'erano messi d'accordo guardandosi di brutto.[2] Avevano caricato sul carretto e il Valino era andato in paese.

Ma poi la sera quand'era tornato era nero. S'era messo a gridare con Rosina, con la nonna, perché non avevano raccolto prima i fagioli verdi. Diceva che adesso la madama mangiava i fagioli che sarebbero toccati a loro. La vecchia piangeva sul saccone.

Lui Cinto stava sulla porta, pronto a scappare. Allora il Valino s'era tolta la cinghia e aveva comminciato a frustare Rosina. Sembrava che battesse il grano. Rosina s'era buttata contro la

---

[1] *raccontò a bocconi*   raccontò a frammenti
[2] *guardandosi di brutto*   guardandosi con diffidenza

tavola e urlava, si teneva le mani sul collo. Poi aveva fatto un grido piú forte, era caduta la bottiglia, e Rosina tirandosi i capelli s'era buttata sulla nonna e l'abbracciava. Allora il Valino le aveva dato dei calci — si sentivano i colpi — dei calci nelle costole,
5 la pestava con le scarpe, Rosina era caduta per terra, e il Valino le aveva ancora dato dei calci nella faccia e nello stomaco.

Rosina era morta, disse Cinto, era morta e perdeva sangue dalla bocca.— Tírati su, — diceva il padre, — matta —. Ma Rosina era morta, e anche la vecchia adesso stava zitta.
10 Allora il Valino aveva cercato lui — e lui via. Dalla vigna non si sentiva piú nessuno, se non il cane che tirava il filo e correva su e giú.

Dopo un poco il Valino s'era messo a chiamare Cinto. Cinto dice che si capiva dalla voce che non era per batterlo, che lo
15 chiamava soltanto. Allora aveva aperto il coltello e si era fatto nel cortile. Il padre sulla porta aspettava, tutto nero. Quando l'aveva visto col coltello, aveva detto «Carogna» e cercato di acchiapparlo. Cinto era di nuovo scappato.

Poi aveva sentito che il padre dava calci dappertutto, che
20 bestemmiava e ce l'aveva col prete.[3] Poi aveva visto la fiamma.

Il padre era uscito fuori con la lampada in mano, senza vetro. Era corso tutt'intorno alla casa. Aveva dato fuoco anche al fienile, alla paglia, aveva sbattuto la lampada contro la finestra. La stanza dove s'erano picchiati era già piena di fuoco. Le donne non usci-
25 vano, gli pareva di sentir piangere e chiamare.

Adesso tutto il casotto bruciava e Cinto non poteva scendere nel prato perché il padre l'avrebbe visto come di giorno. Il cane diventava matto, abbaiava e strappava il filo. I conigli scappavano. Il manzo bruciava anche lui nella stalla.
30 Il Valino era corso nella vigna, cercando lui, con una corda in mano. Cinto, sempre stringendo il coltello, era scappato nella riva. Lí c'era stato, nascosto, e vedeva in alto contro le foglie il riflesso del fuoco.

Anche di lí si sentiva il rumore della fiamma come un forno.
35 Il cane ululava sempre. Anche nella riva era chiaro come di giorno. Quando Cinto non aveva piú sentito né il cane né altro, gli pareva di essersi svegliato in quel momento, non si ricordava

[3] *ce l'aveva col prete* era adirato col prete

che cosa facesse nella riva. Allora piano piano era salito verso il noce, stringendo il coltello aperto, attento ai rumori e ai riflessi del fuoco. E sotto la volta del noce aveva visto nel riverbero pendere i piedi di suo padre, e la scaletta per terra.

Dovette ripetere tutta questa storia al maresciallo e gli fecero vedere il padre morto disteso sotto un sacco, se lo riconosceva. Fecero un mucchio delle cose ritrovate sul prato — la falce, una carriola, la scaletta, la museruola del manzo e un crivello. Cinto cercava il suo coltello, lo chiedeva a tutti e tossiva nel puzzo di fumo e di carne. Gli dicevano che l'avrebbe trovato, che anche i ferri delle zappe e delle vanghe, quando la brace fosse spenta, si sarebbero potuti riprendere. Noi portammo Cinto al Morone, era quasi mattino; gli altri dovevano cercare nella cenere quel che restava delle donne.

Nel cortile del Morone nessuno dormiva. Era aperto e acceso in cucina, le donne ci offrirono da bere; gli uomini si sedettero a colazione. Faceva fresco, quasi freddo. Io ero stufo di discussioni e di parole. Tutti dicevano le medesime cose. Restai con Nuto a passeggiare nel cortile, sotto le ultime stelle, e vedevamo dilassú nell'aria fredda, quasi viola, i boschi d'albere nella piana, il luccichío dell'acqua. Me l'ero dimenticato che l'alba è cosí.

Nuto passeggiava aggobbito, con gli occhi a terra. Gli dissi subito che a Cinto dovevamo pensar noi, che tanto valeva l'avessimo fatto già prima. Lui levò gli occhi gonfi e mi guardò — mi parve mezzo insonnolito.

Il giorno dopo ci fu da farsi brutto sangue.[4] Sentii dire in paese che la madama era furente per la sua proprietà, che visto che Cinto era il solo vivo della famiglia, pretendeva che Cinto la risarcisse, pagasse, lo mettessero dentro. Si seppe ch'era andata a consigliarsi dal notaio e che il notaio l'aveva dovuta ragionare per un'ora. Poi era corsa anche dal prete.

Il prete la fece piú bella.[5] Siccome il Valino era morto in peccato mortale, non volle saperne di benedirlo in chiesa. Lasciarono la sua cassa fuori sui gradini, mentre il prete dentro borbottava su quelle quattro ossa nere delle donne, chiuse in un sacco. Tutto si fece verso sera, di nascosto. Le vecchie del Morone,

---

[4] *ci fu da farsi brutto sangue*   ci fu da amareggiarsi e da risentirsi
[5] *Il prete la fece piú bella.*   Il prete rese la situazione peggiore.

col velo in testa, andarono coi morti al camposanto raccogliendo per strada margherite e trifoglio. Il prete non ci venne perché — ripensandoci — anche la Rosina era vissuta in peccato mortale. Ma questo lo disse soltanto la sarta, una vecchia lingua.[6]

[6] *una vecchia lingua*   una vecchia pettegola

28

Irene non morí del tifo quell'inverno. Mi ricordo che nella stalla o alla pioggia dietro l'aratro, fin che Irene fu in pericolo, io cercavo di non piú bestemmiare, di pensar bene, per aiutarla — cosí la Serafina diceva di fare. Ma non so se l'abbiamo aiutata, forse era meglio che morisse quel giorno che il prete era venuto a benedirla. Perché, quando in gennaio finalmente uscí e la portarono magra magra in biroccio a sentir messa a Canelli, quel Cesarino era partito per Genova da un pezzo, senza aver chiesto o fatto chiedere neanche una volta sue nuove. E il Nido era chiuso.

Anche Silvia tornando ebbe una grossa delusione ma, per quanto tutti dicessero, ci soffrí meno. Silvia era già avvezza a queste cattiverie e sapeva come prenderle e rifarsi.

Il suo Matteo s'era messo con un'altra.[1] Silvia non era tornata subito in gennaio da Alba, e perfino alla Mora cominciavamo a dire che se non tornava c'era un motivo — si capisce, era incinta. Quelli che andavano al mercato in Alba dicevano che Matteo di Crevalcuore passava certi giorni in piazza sulla moto come una schioppettata, o davanti al caffè. Mai che li vedessero scappare abbracciati insieme, o anche soltanto incontrarsi. Dunque Silvia non poteva uscire, dunque era incinta. Fatto sta che Matteo, quando lei nella bella stagione tornò, s'era già presa un'altra donna, la figlia del caffettiere di Santo Stefano, e ci passava le notti. Silvia tornò con Santina per mano, dallo stradone: nessuno era andato a prenderle al treno, e si fermarono in giardino a toccare

[1] *s'era messo con un'altra* faceva all'amore con un'altra

le prime rose. Parlottavano insieme come fossero madre e figlia, rosse in faccia dalla camminata.

Chi invece adesso era smorta e sottile, e aveva gli occhi sempre a terra, era Irene. Sembrava quelle freddoline che vengono nei
5   prati dopo la vendemmia o l'erba che continua a vivere sotto una pietra. Portava i capelli sotto un fazzoletto rosso, mostrava il collo e le orecchie nude. L'Emilia diceva che non avrebbe mai più avuto la testa di prima — che la bionda adesso sarebbe stata Santina che aveva una testa anche più bella d'Irene. E Santina sapeva
10 già di valere, quando si metteva dietro la griglia per farsi guardare, o veniva tra noi nel cortile, sui sentieri, e chiacchierava con le donne. Io le chiedevo che cosa avevano fatto in Alba, che cosa aveva fatto Silvia, e lei se ne aveva voglia rispondeva che stavano in una bella casa coi tappeti, davanti alla chiesa, e certi giorni
15 venivano le signore, i bambini, le bambine, e giocavano mangiavano le paste dolci, poi una sera erano andate al teatro con la zia e con Nicoletto, e tutti vestivano bene, le bambine andavano a scuola dalle monache, e un altr'anno ci sarebbe andata anche lei. Della giornata di Silvia non mi riuscí di sapere gran che, ma
20 doveva aver ballato molto con gli ufficiali. Malata non era stata mai.

Ripresero a venire alla Mora a trovarle i giovanotti e le amiche di prima. Quell'anno Nuto andò soldato, io adesso ero un uomo e non succedeva più che il massaro mi menasse una cinghiata[2] o
25 qualcuno mi dicesse bastardo. Ero conosciuto in molte cascine là intorno; andavo e venivo di sera, di notte; parlavo a Bianchetta. Cominciavo a capire tante cose — l'odore dei tigli e delle gaggíe aveva un senso anche per me, adesso sapevo che cos'era una donna, sapevo perché la musica sui balli mi metteva voglia di
30 girare le campagne come i cani. Quella finestra sulle colline oltre Canelli, di dove salivano i temporali e il sereno, e il mattino spuntava, era sempre il paese dove i treni fumavano, dove passava la strada per Genova. Sapevo che fra due anni avrei preso anch'io quel treno, come Nuto. Nelle feste cominciavo a far banda con
35 quelli della mia leva — si beveva, si cantava, si parlava di noialtri.

Silvia adesso era di nuovo pazza. Ricomparvero alla Mora l'Arturo e il suo toscano, ma lei nemmeno li guardò. S'era messa con un

---

[2] *mi menasse una cinghiata*   usasse su di me la cinghia

ragioniere di Canelli che lavorava da Contratto e sembrava che dovessero sposarsi, sembrava d'accordo anche il sor Matteo — il ragioniere veniva alla Mora in bicicletta, era un biondino di San Marzano, portava sempre il torrone a Santina — ma una sera Silvia sparí. Rientrò soltanto il giorno dopo, con una bracciata di fiori. Era successo che a Canelli non c'era solo il ragioniere ma un bell'uomo che sapeva il francese e l'inglese e veniva da Milano, alto e grigio, un signore — si diceva che comprasse delle terre. Silvia s'incontrava con lui in una villa di conoscenti e ci facevano le merende. Quella volta ci fecero cena, e lei uscí l'indomani mattina. Il ragioniere lo seppe e voleva ammazzare qualcuno, ma quel Lugli andò a trovarlo, gli parlò come a un ragazzo e la cosa finí lí.

Quest'uomo che aveva forse cinquant'anni e dei figli grandi, io non lo vidi mai che da lontano, ma per Silvia fu peggio che Matteo di Crevalcuore. Sia Matteo che Arturo e tutti gli altri erano gente che capivo, giovanotti cresciuti là intorno, poco di buono magari, ma dei nostri, che bevevano, ridevano e parlavano come noi. Ma questo tale di Milano, questo Lugli, nessuno sapeva quel che facesse a Canelli. Dava dei pranzi alla Croce Bianca, era in buona col[3] podestà e con la Casa del Fascio,[4] visitava gli stabilimenti. Doveva aver promesso a Silvia di portarla a Milano, chi sa dove, lontano dalla Mora e dai bricchi. Silvia aveva perso la testa, lo aspettava al caffè dello Sport, giravano sull'automobile del segretario per le ville, per i castelli, fino in Acqui. Credo che Lugli fosse per lei quello che lei e sua sorella sarebbero potute essere per me — quello che poi fu per me Genova o l'America. Ne sapevo già abbastanza a quei tempi per figurarmeli insieme e immaginare quel che si dicevano — come lui le parlava di Milano, dei teatri, di ricconi e di corse, e come lei stava a sentire con gli occhi pronti, arditi, fingendo di conoscere tutto. Questo Lugli era sempre vestito come il modello di un sarto, portava una pipetta in bocca, aveva i denti e un anello d'oro. Una volta Silvia disse a Irene — e l'Emilia sentí — ch'era stato in Inghilterra e doveva tornarci.

Ma venne il giorno che il sor Matteo piantò una sfuriata alla moglie e alle figlie. Gridò che era stufo di musi lunghi e di ore

---

[3] *era in buona col*   era in buoni rapporti col (provincialismo)
[4] *Casa del Fascio*   Quartiere generale del partito fascista

piccole, stufo dei mosconi là intorno, di non sapere mai la sera a chi dir grazie la mattina, d'incontrare dei conoscenti che gli tiravano satire. Diede la colpa alla matrigna, ai fannulloni, alla razza puttana delle donne. Disse che almeno la sua Santa la voleva allevare lui, che si sposassero pure se qualcuno le prendeva ma che gli uscissero dai piedi, tornassero in Alba. Pover uomo, era vecchio e non sapeva piú dominarsi, né comandare. Se n'era accorto anche Lanzone, sulle rese dei conti.[5] Ce n'eravamo accorti tutti. La conclusione della sfuriata fu che Irene andò a letto con gli occhi rossi e la signora Elvira abbracciò Santina dicendole di non ascoltare parole simili. Silvia alzò le spalle e stette via tutta la notte e il giorno dopo.

Poi anche la storia di Lugli finí. Si seppe ch'era scappato lasciando dei grossi debiti. Ma Silvia stavolta si rivoltò come un gatto. Andò a Canelli alla Casa del Fascio; andò dal segretario, andò nelle ville dove avevano goduto e dormito, e tanto fece che riuscí a sapere che doveva essere a Genova. Allora prese il treno per Genova, portandosi dietro l'oro e quei pochi soldi che trovò.

Un mese dopo andò a prenderla a Genova il sor Matteo, dopo che la questura gli ebbe risposto dov'era, poiché Silvia era maggiorenne e spedirla loro a casa non potevano. Faceva la fame sulle panchine di Brignole.[6] Non aveva trovato Lugli, non aveva trovato nessuno, e voleva buttarsi sotto il treno. Il sor Matteo la calmò, le disse ch'era stata una malattia, una disgrazia, come il tifo di sua sorella, e che tutti l'aspettavamo alla Mora. Tornarono, ma stavolta Silvia era incinta davvero.

---

[5] *sulle rese dei conti*   in occasione del regolamento dei conti
[6] *Brignole*   La stazione ferroviaria di Genova.

29

In quei giorni venne un'altra notizia: era morta la vecchia del
Nido. Irene non disse niente, ma si capí ch'era in calore,[1] le tornò
il sangue sulla faccia. Adesso che Cesarino poteva fare di testa
sua, si sarebbe presto veduto che uomo era. Girarono tante voci —
che l'erede era lui solo, ch'erano in molti, che la vecchia aveva   5
lasciato tutto al vescovo e ai conventi.

Invece venne un notaio a vedere il Nido e le terre. Non parlò
con nessuno, nemmeno con Tommasino. Diede gli ordini per i
lavori, per i raccolti, per le semine. Nel Nido, fece l'inventario.
Nuto, che venne allora in licenza per il grano, seppe tutto a   10
Canelli. La vecchia aveva lasciati i beni ai figli di una nipote che
non erano nemmeno conti, e nominato tutore il notaio. Cosí il
Nido rimase chiuso, e Cesarino non tornò.

Io in quei giorni ero sempre con Nuto e parlavamo di tante
cose, di Genova, dei soldati, della musica e di Bianchetta. Lui   15
fumava e mi faceva fumare, mi diceva se non ero ancora stufo
di pestare quei solchi, che il mondo è grande e c'è posto per tutti.
Sulle storie di Silvia e d'Irene alzò le spalle e non disse niente.

Neanche Irene non disse niente sulle notizie del Nido. Continuò a essere magra e smorta e andava a sedersi con Santina sulla   20
riva del Belbo. Si teneva il libro sulle ginocchia e guardava le
piante. La domenica andavano a messa col velo nero in testa —

[1] *in calore* eccitata (espressione di solito usata in riferimento agli animali
in amore)

la matrigna, Silvia, tutte insieme. Una domenica, dopo tanto tempo, risentii suonare il piano.

L'inverno prima, l'Emilia mi aveva prestato qualcuno dei romanzi d'Irene, che una ragazza di Canelli prestava a loro. Da un pezzo volevo seguire i consigli di Nuto e studiare qualcosa. Non ero piú un ragazzo che si accontenta di sentir parlare delle stelle e delle feste dei santi dopo cena sul trave. E lessi questi romanzi vicino al fuoco, per imparare. Dicevano di ragazze che avevano dei tutori, delle zie, dei nemici che le tenevano chiuse in belle ville con un giardino, dove c'erano cameriere che portavano biglieti, che davano veleni, che rubavano testamenti. Poi arrivava un bell'uomo che le baciava, un uomo a cavallo, e di notte la ragazza si sentiva soffocare, usciva nel giardino, la portavano via, si svegliava l'indomani in una cascina di boscaioli, dove il bell'uomo veniva a salvarla. Oppure la storia cominciava da un ragazzo scavezzacollo nei boschi, ch'era il figlio naturale del padrone di un castello dove succedevano dei delitti, degli avvelenamenti, e il ragazzo veniva accusato e messo in prigione, mai poi un prete dai capelli bianchi lo salvava e lo sposava all'ereditiera di un altro castello. Io mi accorsi che quelle storie le sapevo già da un pezzo,[2] le aveva raccontate in Gaminella la Virgilia a me e alla Giulia — si chiamavano la storia della Bella dai capelli d'oro, che dormiva come una morta nel bosco e un cacciatore la svegliava baciandola; la storia del Mago dalle sette teste che, non appena una ragazza gli avesse voluto bene, diventava un bel giovanotto, figlio del re.

A me questi romanzi piacevano, ma possibile che piacessero anche a Irene, a Silvia, a loro ch'erano signore e non avevano mai conosciuto la Virgilia né pulito la stalla? Capii che Nuto aveva davvero ragione quando diceva che vivere in un buco o in un palazzo è lo stesso, che il sangue è rosso dappertutto, e tutti vogliono esser ricchi, innamorati, far fortuna. Quelle sere, tornando sotto le gaggíe da casa di Bianchetta, ero contento, fischiavo, non pensavo piú nemmeno a saltare sul treno.

La signora Elvira tornò a invitare a cena Arturo, che stavolta si fece furbo e lasciò a casa l'amico toscano. Il sor Matteo non si oppose piú. Erano i tempi che Silvia non aveva ancora detto

---

[2] *da un pezzo* da lungo tempo

in che stato era tornata da Genova, e la vita alla Mora sembrava riprendere un po' stracca ma solita. Arturo fece subito la corte a Irene; Silvia coi suoi capelli negli occhi lo guardava adesso con l'aria di chi se la ride, ma, quando Irene si metteva al piano, lei se ne andava di colpo e si appoggiava sul terrazzo o passeggiava per la campagna. Il parasole non usava piú, adesso le donne giravano già a capo scoperto, anche sotto il sole.

Irene non voleva saperni di Arturo. Lo trattava docile ma fredda, lo accompagnava nel giardino e al cancello, e quasi non si parlavano. Arturo era sempre lo stesso, aveva mangiato altri soldi a suo padre, strizzava l'occhio anche all'Emilia, ma si sapeva che fuori delle carte e del tirasegno non valeva un quattrino.

Fu l'Emilia che ci disse che Silvia era incinta. Lo seppe lei prima del padre e di tutti. La sera che il sor Matteo ebbe la nuova — glielo dissero Irene e la signora Elvira — invece di gridare si mise a ridere con un'aria maligna e si portò la mano sulla bocca. — Adesso, — ghignò tra le dita, — trovategli un padre —. Ma quando fece per alzarsi e entrare nella stanza di Silvia, gli girò la testa e andò giú. Da quel giorno restò mezzo secco,[3] con la bocca storta.

Quando il sor Matteo uscí dal letto e poté fare qualche passo, Silvia aveva già provveduto. Era andata da una levatrice di Costigliole e s'era fatta ripulire. Non disse niente a nessuno. Si seppe poi due giorni dopo dov'era stata perché le rimase in tasca il biglietto del treno. Tornò con gli occhi cerchiati e con la faccia di una morta — si mise a letto e lo riempí di sangue. Morí senza dire una parola né al prete né agli altri, chiamava soltanto «papà» a voce bassa.

Per il funerale tagliammo tutti i fiori del giardino e delle cascine intorno. Era giugno e ce n'erano molti. La seppellirono senza che suo padre lo sapesse, ma lui sentí la litania del prete nella stanza vicino e si spaventò e cercava di dire che non era ancora morto. Quando poi uscí sul terrazzo sorretto dalla signora Elvira e dal padre di Arturo, aveva un berrettino sugli occhi e stette al sole, senza parlare. Arturo e suo padre si davano il cambio, gli erano sempre intorno.

Chi adesso non vedeva piú di buon occhio Arturo era la madre

---

[3] *mezzo secco*   mezzo morto

di Santina. Con la malattia del vecchio non le conveniva piú che Irene si sposasse e portasse via la dote. Era meglio se restava zitella in casa a far la madrina a Santina, e cosí un giorno la piccola sarebbe rimasta la padrona di tutto. Il sor Matteo non diceva piú niente, era assai se si ficcava il cucchiaio in bocca. I conti col massaro e con noialtri li faceva la signora e ficcava il naso dappertutto.[4]

Ma Arturo fu in gamba e s'impose. Adesso, che Irene trovasse marito era un favore che lui le faceva, perché dopo la storia di Silvia tutti dicevano che le ragazze della Mora erano state puttane. Lui non lo disse, ma arrivava serio serio, teneva compagnia al vecchio, faceva le commissioni a Canelli col nostro cavallo, e alla domenica in chiesa dava l'acqua alla mano d'Irene. Era sempre intorno vestito di scuro, non portava piú gli stivali, e provvedeva le medicine. Prima ancora di sposarsi stava già in casa dal mattino alla sera e girava nei beni.

Irene lo accettò per andarsene, per non vedere piú il Nido sulla collina, per non sentire la matrigna brontolare e far scene. Lo sposò in novembre, l'anno dopo che Silvia era morta, e non fecero una gran festa per via del lutto e che il sor Matteo non parlava quasi piú. Partirono per Torino, e la signora Elvira si sfogò con la Serafina, con l'Emilia — non avrebbe mai creduto che una che lei teneva come figlia fosse tanto ingrata. Al matrimonio la piú bella e vestita di seta era Santina — non aveva che sei anni ma sembrava lei la sposa.

Io andavo soldato quella primavera e non m'importava piú molto della Mora. Arturo tornò e cominciò a comandare. Vendette il pianoforte, vendette il cavallo e diverse giornate di prato.[5] Irene, che aveva creduto di andare a vivere in una casa nuova, si rimise intorno al padre e gli faceva le flanelle. Arturo adesso era sempre fuori; riprese a giocare e andare a caccia e offrir cene agli amici. L'anno dopo, l'unica volta che venni in licenza da Genova, la dote — metà della Mora — era già liquidata, e Irene viveva a Nizza in una stanza dove Arturo la batteva.

---

[4] *ficcava il naso dappertutto* s'intrometteva in ogni cosa
[5] *diverse giornate di prato* Il ricavato di parecchie giornate di raccolto.

30

Ricordo una domenica d'estate — dei tempi che Silvia era viva
e Irene giovane. Dovevo avere diciassette diciotto anni e cominciavo a girare i paesi. Era la festa del Buon Consiglio, di primo
settembre. Con tutto il loro tè e le visite e gli amici, Silvia e
Irene non potevano andarci — per non so che questione di vestiti   5
e di dispetti non avevano voluto la compagnia solita, e adesso
stavano distese sugli sdrai a guardare il cielo sopra la colombaia.
Io quel mattino m'ero lavato bene il collo, cambiata la camicia
e le scarpe, e tornavo dal paese per mangiare un boccone e poi
saltare in bicicletta. Nuto era già al Buon Consiglio dal giorno   10
prima perché suonava sul ballo.

Dal terrazzo Silvia mi chiese dove andavo. Aveva l'aria di voler
chiacchierare. Di tanto in tanto lei mi parlava cosí, con un sorriso
da bella ragazza, e in quei momenti mi pareva di non essere piú
un servitore. Ma quel giorno avevo fretta e stavo sulle spine. Per-   15
ché non prendevo il biroccio? mi disse Silvia. Arrivavo prima. Poi
gridò a Irene: — Non vieni al Buon Consiglio anche tu? Anguilla
ci porta e guarda il cavallo.

Mi piacque poco ma dovetti starci. Scesero col cestino della
merenda, coi parasoli, con la coperta. Silvia era vestita di un abito   20
a fiori e Irene di bianco. Salirono con le loro scarpette dal tacco
alto e aprirono i parasoli.

Mi ero lavato bene il collo e la schiena, e Silvia mi stava vicino
sotto il parasole e sapeva di fiori.[1] Le vedevo l'orecchio piccolo e

---

[1] *sapeva di fiori*   emanava odore di fiori

rosa, forato per l'orecchino, la nuca bianca, e, dietro, la testa
bionda d'Irene. Parlavano tra loro di quei giovanotti che venivano
a trovarle, li criticavano e ridevano, e qualche volta, guardandomi,
mi dicevano che non ascoltassi; poi tra loro indovinavano chi
5   sarebbe venuto al Buon Consiglio. Quando attaccammo la salita,
io scesi a terra per non stancare il cavallo, e Silvia tenne lei le
briglie.

Andando mi chiedevano di chi era una casa, una cascina, un
campanile, e io conoscevo la qualità delle uve nei filari ma i pa-
10   droni non li sapevo. Ci voltammo a guardare il campanile di
Calosso, mostrai da che parte restava adesso la Mora.

Poi Irene mi chiese se proprio non conoscevo i miei. Io le risposi
che vivevo tranquillo lo stesso; e fu allora che Silvia mi guardò
dalla testa ai piedi e, tutta seria, disse a Irene ch'ero un bel giova-
15   notto, non sembravo neanche di qui. Irene, per non offendermi,
disse che dovevo avere delle belle mani, e io subito le nascosi.
Allora anche lei rise come Silvia.

Poi si rimisero a parlare dei loro dispetti e di vestiti, e arrivammo
al Buon Consiglio, sotto gli alberi.

20   C'era una confusione di banchi di torrone, di bandierine, di
carri e di bersagli e si sentivano di tanto in tanto gli schianti delle
fucilate. Portai il cavallo all'ombra dei platani, dove c'erano le
stanghe per legare, staccai il biroccio e allargai il fieno. Irene e
Silvia chiedevano «Dov'è la corsa, dov'è?», ma c'era tempo, e
25   allora si misero a cercare i loro amici. Io dovevo tener d'occhio il
cavallo e intanto vedere la festa.

Era presto, Nuto non suonava ancora, ma si sentivano nell'aria
gli strumenti strombettare, squittire, sbuffare, scherzare, ciascuno
per conto suo. Trovai Nuto che beveva la gasosa coi ragazzi dei
30   Seraudi. Stavano sullo spiazzo dietro la chiesa di dove si vedeva
tutta la collina in faccia e le vigne bianche, le rive, fin lontano,
le cascine dei boschi. La gente ch'era al Buon Consiglio veniva
di lassú, dalle aie piú sperdute, e da piú lontano ancora, dalle
chiesette, dai paesi oltre Mango, dove non c'erano che strade da
35   capre e non passava mai nessuno. Erano venuti in festa sui carri,
sulle vetture, in bicicletta e a piedi. Era pieno di ragazze, di donne
vecchie che entravano in chiesa, di uomini che guardavano in su.
I signori, le ragazze ben vestite, i bambini con la cravatta, aspet-

tavano anche loro la funzione sulla porta della chiesa. Dissi a
Nuto ch'ero venuto con Irene e Silvia e le vedemmo che ridevano
in mezzo ai loro amici. Quell'abito a fiori era proprio il piú bello.
- Con Nuto andammo a vedere i cavalli nelle stalle dell'osteria.
Il Bizzarro della Stazione ci fermò sulla porta e ci disse di fare la   5
guardia. Lui e gli altri sturarono una bottiglia che scappò mezza
per terra. Ma non era per bersela. Versarono il vino, che friggeva
ancora, in una scodella e lo fecero leccare a Laiolo ch'era nero
come una mora, e quando lui ebbe sorbito gli piantarono quattro
frustate col manico sulle gambe di dietro perché si svegliasse.   10
Laiolo prese a sparar calci chinando la coda come un gatto.—
Silenzio, — ci dissero, — vedrai che la bandiera è nostra.

In quel momento, sull'uscio arrivarono Silvia coi suoi giovanotti.
— Se bevete già adesso, — disse uno grasso che rideva sempre, —
invece dei cavalli correrete voi.   15

Il Bizzarro si mise a ridere e si asciugò il sudore col fazzoletto
rosso.— Dovrebbero correre queste signorine, — disse, — sono piú
leggere di noialtri.

Poi Nuto andò a suonare per la funzione della madonna. Si
misero in fila davanti alla chiesa, la madonna usciva allora. Nuto   20
ci strizzò l'occhio, sputò, si pulí con la mano e imboccò il clarino.
Suonarono un pezzo che lo sentirono dal Mango.

A me piaceva su quello spiazzo, in mezzo ai platani, sentire la
voce delle trombe e del clarino, vedere tutti che s'inginocchiavano,
correvano, e la madonna uscire dondolando dal portone sulle   25
spalle dei sacrestani. Poi uscirono i preti, i ragazzi col camiciolo,
le vecchie, i signori, l'incenso, tutte quelle candele sotto il sole, i
colori dei vestiti, le ragazze. Anche gli uomini e le donne dei
banchi, quelli del torrone, del tirasegno, della giostra, tutti stavano
a vedere, sotto i platani.   30

La madonna fece il giro dello spiazzo e qualcuno sparò i mortaretti. Vidi Irene bionda bionda che si turava le orecchie. Ero
contento di averle portate io sul biroccio, di essere in festa con
loro.

Andai un momento a raccogliere il fieno sotto il muso del   35
cavallo, e mi fermai a guardare la nostra coperta, le sciarpe, il
cestino.

Poi ci fu la corsa, e la musica suonò di nuovo mentre i cavalli scendevano sulla strada. Io con un occhio cercavo sempre il vestito a fiori e quello bianco, vedevo che parlavano e ridevano, cos'avrei dato per essere uno di quei giovanotti, e portarle anch'io a ballare.

5 La corsa passò due volte, in discesa e in salita, sotto i platani, e i cavalli facevano un rumore come la piena del Belbo; Laiolo lo portava un giovanotto che non conoscevo, stava chinato con la gobba e frustava da matto. Avevo vicino il Bizzarro che si mise a bestemmiare, poi gridò evviva quando un altro cavallo perse un

10 passo e andò giú di muso come un sacco, poi di nuovo bestemmiò quando Laiolo alzò la testa e fece un salto; si strappò il fazzoletto dal collo, mi disse «Bastardo che sei» e i Seraudi ballavano e si davano zuccate come le capre; poi la gente cominciò a vociare da un'altra parte, il Bizzarro si buttò sul prato e fece una giravolta

15 grosso com'era, picchiò in terra la testa; tutti urlavano ancora; aveva vinto un cavallo di Neive.

Dopo, Irene e Silvia le persi di vista.[2] Feci il mio giro al tirasegno e alle carte, andai a sentire all'osteria i padroni dei cavalli che litigavano e bevevano una bottiglia dopo l'altra, e il parroco

20 cercava di metterli d'accordo. Chi cantava, chi bestemmiava, chi mangiava già salame e formaggio. Di ragazze non ne venivano in quel cortile, sicuro.

A quest'ora Nuto e la musica eran già seduti sul ballo e attaccavano. Si sentiva suonare e ridere nel sereno, la sera era

25 fresca e chiara, io giravo dietro le baracche, vedevo alzarsi i paraventi di sacco, giovanotti scherzavano, bevevano, qualcuno rivoltava già le sottane alle donne dei banchi. I ragazzi si chiamavano, si rubavano il torrone, facevano chiasso.

Andai a veder ballare sul palchetto sotto il tendone. I Seraudi

30 ballavano già. C'erano anche le loro sorelle, ma io me ne stetti a guardare perché cercavo il vestito a fiori e quello bianco. Le vidi tutte e due nel chiaro dell'acetilene abbracciate coi loro giovanotti, le facce sulla spalla, e la musica suonava portandole. «Fossi Nuto», pensai. Andai sotto il banco di Nuto e lui fece riempire

35 il bicchiere anche a me, come ai suonatori.

Mi trovò poi Silvia disteso nel prato, vicino al muso del cavallo. Stavo disteso e contavo le stelle in mezzo ai platani. Vidi

---

[2] *le persi di vista*   non riuscii piú a vederle

di colpo la sua faccia allegra, il vestito a fiori, tra me e la volta del cielo.— È qui che dorme, — gridò.

Allora saltai su e i loro giovanotti facevano baccano e volevano che stessero ancora. Lontano, dietro la chiesa, delle ragazze cantavano. Uno si offrí di accompagnarle a piedi. Ma c'erano le altre signorine che dicevano: — E noi?

Partimmo al chiaro dell'acetilene, e poi nel buio della strada in discesa andai adagio, ascoltando gli zoccoli. Quel coro dietro la chiesa cantava sempre. Irene s'era fatta su[3] in una sciarpa, Silvia parlava parlava della gente, dei ballerini, dell'estate, criticava tutti e rideva. Mi chiesero se avevo anch'io la mia ragazza. Dissi ch'ero stato con Nuto, a guardar suonare.

Poi poco alla volta Silvia si calmò e un bel momento mi posò la testa sulla spalla, mi fece un sorriso e mi disse se la lasciavo stare cosí mentre guidavo. Io tenni le griglie, guardando le orecchie del cavallo.

[3] *s'era fatta su in una sciarpa* s'era avvolta (provincialismo)

31

Cinto se lo prese in casa Nuto, per fargli fare il falegname e insegnargli a suonare. Restammo d'accordo che, se il ragazzo metteva bene, a suo tempo gli avrei fatto io un posto a Genova. Un'altra cosa da decidere: portarlo in Alessandria all'ospedale, che il dottore gli vedesse la gamba. La moglie di Nuto protestò ch'erano già in troppi nella casa del Salto, tra garzoni e banchi a morsa, e poi non poteva stargli dietro.[1] Le dicemmo che Cinto era giudizioso. Ma io lo presi ancora da parte e gli spiegai di stare attento, qui non era come la strada di Gaminella — davanti alla bottega passavano macchine, autocarri, moto, che andavano e venivano da Canelli — guardasse sempre prima di traversare.

Cosí Cinto trovò una casa da viverci, e io dovevo ripartire l'indomani per Genova. Passai la mattinata al Salto, e Nuto mi stava dietro e mi diceva: — Allora te ne vai. Non ritorni per la vendemmia?

— Magari m'imbarco, — gli dissi, — ritorna per la festa un altr'anno.

Nuto allungava il labbro, come fa lui — Sei stato poco, — mi diceva, — non abbiamo neanche parlato.

Io ridevo. — Ti ho perfino trovato un altro figlio...

Levati da tavola, Nuto si decise. Pigliò al volo la giacca e guardò in su. — Andiamo attraverso, — borbottò, — questi sono i tuoi paesi.

[1] *stargli dietro* sorvegliarlo

Traversammo l'alberata, la passerella di Belbo, e riuscimmo sulla strada di Gaminella in mezzo alle gaggíe.

— Non guardiamo la casa? — dissi. — Anche il Valino era un cristiano.

Salimmo il sentiero. Era uno scheletro di muri neri, vuoti, e adesso sopra i filari si vedeva il noce, enorme.— Sono rimaste soltanto le piante, — dissi, — valeva la pena che il Valino roncasse... La riva ha vinto.

Nuto stava zitto e guardava il cortile tutto pieno di pietre e di cenere. Io girai tra quelle pietre, e neanche il buco della cantina si trovava — la maceria l'aveva turato. Nella riva, degli uccelli facevano baccano e qualcuno svolava in libertà sulle viti.— Un fico me lo mangio, — dissi, — non fa piú danno a nessuno —. Presi il fico, e riconobbi quel sapore.

— La madama della Villa, — dissi, — sarebbe capace di farcelo sputare.

Nuto stava zitto e guardava la collina.

— Anche questi sono morti, — disse.— Quanti ne sono morti da quando sei partito dalla Mora.

Allora mi sedetti sul trave, ch'era ancora lo stesso, e gli dissi che di tutti i morti non potevo levarmi di mente le figlie del sor Matteo.— Passi Silvia, è morta in casa. Ma Irene con quel vagabondo... stentando come ha stentato... E Santina, chi sa com'è morta Santina...

Nuto giocavva con delle pietruzze e guardò in su.— Non vuoi che andiamo a Gaminella in alto? Andiamoci, è presto.

Allora partimmo, e lui si mise avanti per i sentieri delle vigne. Riconoscevo la terra bianca, secca; l'erba schiacciata, scivolosa dei sentieri; e quell'odore rasposo di collina e di vigna, che sa già di vendemmia sotto il sole. C'erano in cielo delle lunghe strisce di vento, bave bianche, che parevano la colata che si vede di notte nel buio dietro le stelle. Io pensavo che domani sarei stato in viale Corsica e mi accorgevo in quel momento che anche il mare è venato con le righe delle correnti, e che da bambino guardando le nuvole e la strada delle stelle, senza saperlo avevo già cominciato i miei viaggi.

Nuto mi aspettò sul ciglione e disse: — Tu, Santa a vent'anni non l'hai vista. Valeva la pena, valeva. Era piú bella d'Irene, aveva gli occhi come il cuore del papavero... Ma una cagna, una cagna del boia...

— Possibile che abbia fatto quella fine...

Mi fermai a guardare in giú nella valle. Fin quassú non ero mai salito, da ragazzo. Si vedeva lontano fino alle casette di Canelli, e la stazione e il bosco nero di Calamandrana. Capivo che Nuto stava per dirmi qualcosa — e non so perchè, mi ricordai del Buon Consiglio.

— Ci sono andato una volta con Silvia e Irene, — chiacchierai, — sul biroccio. Ero ragazzo. Di lassú si vedevano i paesi piú lontani, le cascine, i cortili, fin le macchie di verderame sopra le finestre. C'era la corsa dei cavalli e sembravamo tutti matti... adesso non mi ricordo nemmeno piú chi l'ha vinta. Mi ricordo soltanto quelle cascine sui bricchi e il vestito di Silvia, rosa e viola, a fiori...

— Anche Santa, — disse Nuto, — una volta s'è fatta accompagnare in festa a Bubbio. C'è stato un anno che lei veniva a ballare soltanto quando suonavo io. Era viva sua madre... stavano ancora alla Mora...

Si voltò e disse: — Si va?

Riprese a condurmi su per quei pianori. Di tanto in tanto si guardava intorno, cercava una strada. Io pensavo com'è tutto lo stesso, tutto ritorna sempre uguale — vedevo Nuto su un biroccio condurre Santa per quei bricchi alla festa, come avevo fatto io con le sorelle. Nei tufi sopra le vigne vidi il primo grottino, una di quelle cavernette dove si tengono le zappe, oppure, se fanno sorgente, c'è nell'ombra, sull'acqua, il capelvenere. Traversammo una vigna magra, piena di felce e di quei piccoli fiori gialli dal tronco duro che sembrano di montagna — avevo sempre saputo che si masticano e poi si mettono sulle scorticature per chiuderle. E la collina saliva sempre: avevamo già passato diverse cascine, e adesso eravamo fuori.

— Tanto vale che te lo dica,[2] — fece Nuto d'improvviso senza levare gli occhi, — io so come l'hanno ammazzata. C'ero anch'io.

Si mise per la strada quasi piana che girava intorno a una cresta. Non disse niente e lo lasciai parlare. Guardavo la strada,

---

[2] *Tanto vale che te lo dica* Non fa differenza se te lo dico

giravo appena la testa quando un uccello o un calabrone mi piombava addosso.

C'era stato un tempo, raccontò Nuto, che, quando lui passava a Canelli per quella strada dietro il cinema, guardava in su se le tendine si muovevano. La gente ne dice tante. Alla Mora ci stava già Nicoletto, e Santa, che non poteva soffrirlo, appena morta la madre era scappata a Canelli, s'era presa una stanza, e aveva fatto la maestra. Ma col tipo che lei era, aveva subito trovato da impiegarsi alla Casa del fascio, e dicevano di un ufficiale della milizia, dicevano di un podestà, del segretario, dicevano di tutti i piú delinquenti là intorno. Cosí bionda, cosí fina, era il suo posto salire in automobile e girare la provincia, andare a cena nelle ville, nelle case dei signori, alle terme d'Acqui — non fosse stata quella compagnia. Nuto cercava di non vederla per le strade, ma passando sotto le sue finestre alzava gli occhi alle tendine.

Poi con l'estate del '43 la bella vita era finita anche per Santa. Nuto, ch'era sempre a Canelli a sentire notizie e a portarne, non aveva piú alzato gli occhi alle tendine. Dicevano che Santa era scappata col suo capomanipolo a Alessandria.

Poi era venuto settembre, tornati i tedeschi, tornata la guerra — i soldati arrivavano a casa per nascondersi, travestiti, affamati, scalzi, i fascisti sparavano fucilate tutta la notte, tutti dicevano: «Si sapeva che finiva cosí». Era cominciata la repubblica. Un bel giorno Nuto sentí dire che Santa era tornata a Canelli, che aveva ripreso l'impiego alla Casa del fascio, si ubriacava e andava a letto con le brigate nere.[3]

[3] *le brigate nere*   le brigate fasciste

32

Non ci aveva creduto. Fino alla fine non ci aveva creduto. La vide una volta traversare sul ponte, veniva dalla stazione, aveva indosso una pelliccia grigia e le scarpe felpate, gli occhi allegri dal freddo. Lei l'aveva fermato.

5 — Come va al Salto? suoni sempre?... Oh Nuto, avevo paura che fossi anche tu in Germania... Dev'essere brutto su di lí... Vi lasciano tranquilli?

A quei tempi traversare Canelli era sempre un azzardo. C'erano le pattuglie, i tedeschi. E una ragazza come Santa non avrebbe 10 parlato in strada con un Nuto, non fosse stata la guerra. Lui quel giorno non era tranquillo, le disse soltanto dei sí e dei no.

Poi l'aveva riveduta al caffè dello Sport, lei stessa ce l'aveva chiamato uscendo sulla porta. Nuto teneva d'occhio le facce che entravano, ma era un mattino tranquillo, una domenica di sole 15 che la gente va a messa.

— Tu m'hai vista quand'ero alta cosí, — diceva Santa, — mi credi. C'è della gente cattiva a Canelli. Se potessero mi darebbero fuoco... Non vogliono che una ragazza faccia una vita non da scema. Vorrebbero che facessi anch'io la finé d'Irene, che baciassi 20 la mano che mi dà uno schiaffo. Ma io la mordo la mano che mi dà uno schiaffo... gentetta che non sono nemmeno capaci di fare i mascalzoni...

Santa fumava sigarette che a Canelli non si trovavano, gliene aveva offerte. — Prendine, — aveva detto, — prendile tutte. Siete 25 in tanti a dover fumare, su di lí...

— Vedi com'è, — diceva Santa, — siccome una volta conoscevo

146

qualcuno e ho fatto la matta, anche tu ti voltavi nelle vetrine[1] quando passavo. Eppure hai conosciuto la mamma, sai come sono... mi portavi in festa... Credi che anch'io non ce l'abbia con quei vigliacchi di prima?... almeno questi si difendono... Adesso mi tocca vivere e mangiare il loro pane, perché il mio lavoro l'ho sempre fatto, nessuno mi ha mai mantenuta, ma se volessi dir la mia... se perdessi la pazienza...

Santa diceva queste cose al tavolino di marmo, guardando Nuto senza sorridere, con quella bocca delicata e sfacciata e gli occhi umidi offesi — come le sue sorelle. Nuto fece di tutto per capire se mentiva, le disse perfino che sono tempi che bisogna decidersi, o di là o di qua, e che lui s'era deciso, lui stava coi disertori, coi patrioti, coi comunisti. Avrebbe dovuto chiederle di fare per loro la spia nei comandi, ma non aveva osato — l'idea di mettere una donna in un pericolo cosí, e di metterci Santa, non poteva venirgli.

Invece a Santa l'idea venne e diede a Nuto molte notizie sui movimenti della truppa, sulle circolari del comando, sui discorsi che facevano i repubblichini. Un altro giorno gli mandò a dire che non venisse a Canelli perché c'era pericolo, e infatti in tedeschi razziarono le piazze e i caffè. Santa diceva che lei non rischiava nulla, ch'erano vecchie conoscenze vigliacche che venivano da lei a sfogarsi, e le avrebbero fatto schifo non fosse stato per le notizie che cosí poteva dare ai patrioti. Il mattino che i neri fucilarono i due ragazzi sotto il platano e ce li lasciarono come cani, Santa venne in bicicletta alla Mora e di là al Salto e parlò con la mamma di Nuto, le disse che se avevano un fucile o una pistola lo nascondessero nella riva. Due giorni dopo la brigata nera passò e buttò per aria la casa.

Venne il giorno che Santa prese Nuto a braccetto e gli disse che non ne poteva piú. Alla Mora non poteva tornare perché Nicoletto era insopportabile, e l'impiego di Canelli, dopo tutti quei morti, le scottava, le faceva perdere la ragione: se quella vita non finiva subito, lei dava di mano a una pistola e sparava a qualcuno — lei sapeva a chi — magari a se stessa.

— Andrei anch'io sulle colline, — gli disse, — ma non posso. Mi sparano appena mi vedono. Sono quella della Casa del fascio.

---

[1] *anche tu ti voltavi nelle vetrine* evitavi di vedermi

Allora Nuto la portò nella riva e la fece incontrare con Baracca. Disse a Baracca tutto quello che lei aveva già fatto. Baracca stette a sentire guardando in terra. Quando parlò disse soltanto: — Torna a Canelli.

5 — Ma no... — disse Santa.

— Torna a Canelli e aspetta gli ordini. Te ne daremo.

Due mesi dopo — la fine di maggio — Santa scappò da Canelli perché l'avevano avvertita che venivano a prenderla. Il padrone del cinema disse ch'era entrata una pattuglia di tedeschi a 10 perquisirle la casa. A Canelli ne parlavano tutti. Santa scappò sulle colline e si mise coi partigiani. Nuto sapeva adesso sue notizie a caso, da chi passava di notte a fargli una commissione, e tutti dicevano che girava armata anche lei e si faceva rispettare. Non fosse stato della mamma vecchia e della casa che potevano 15 bruciargli, Nuto sarebbe andato anche lui nelle bande per aiutarla.

Ma Santa non ne aveva bisogno. Quando ci fu il rastrellamento di giugno e per quei sentieri ne morirono tanti, Santa si difese tutta una notte con Baracca in una cascina dietro Superga e uscí lei sulla porta a gridare ai fascisti che li conosceva uno per uno 20 tutti e non le facevano paura. La mattina dopo, lei e Baracca scapparono.

Nuto diceva queste cose a voce bassa, si soffermava ogni tanto guardandosi intorno; guardava le stoppie, le vigne vuote, il versante che riprendeva a salire; disse « Passiamo di qua ». Il punto dov'- 25 eravamo arrivati adesso, nemmeno si vedeva dal Belbo; tutto era piccolo, annebbiato, lontano, ci stavano intorno soltanto costoni e grosse cime, a distanza.— Lo sapevi che Gaminella è cosí larga? — mi disse.

Ci fermammo in co' d'una vigna, in una conca riparata da 30 gaggíe. C'era una casa diroccata, nera. Nuto disse in fretta: — Ci sono stati i partigiani. La cascina l'hanno bruciata i tedeschi.

— Sono venuti due ragazzi a predermi al Salto una sera, armati, li conoscevo. Abbiamo fatta questa strada di oggi. Camminammo ch'era già notte, non sapevano dirmi che cosa Baracca volesse. 35 Passando sotto le cascine i cani abbaiavano, nessuno si muoveva, non c'erano lumi, sai come andava a quei tempi. Io non ero tranquillo.

Nuto aveva visto acceso sotto il portico. Vide una moto nel

cortile, delle coperte. Ragazzi, pochi — l'accampamento l'avevano in quei boschi laggiú.

Baracca gli disse che l'aveva fatto chiamare per dargli una notizia, brutta. C'erano le prove che la loro Santa faceva la spia, che i rastrellamenti di giugno li aveva diretti lei, che il comitato di Nizza l'aveva fatto cader lei, che perfino dei prigionieri tedeschi avevano portato i suoi biglietti e segnalato dei depositi alla Casa del fascio. Baracca era un ragioniere di Cuneo, uno in gamba ch'era stato anche in Africa e parlava poco — era poi morto con quelli delle Ca' Nere. Disse a Nuto che però non capiva perché Santa si fosse difesa con lui quella notte del rastrellamento.— Sarà perché gliele fai buone,[2] — disse Nuto, ma era disperato, gli tremava la voce.

Baracca gli disse che Santa la faceva buone lei a chi voleva. Anche questo era successo. Fiutando il pericolo, aveva fatto l'ultimo colpo e portato con sè due ragazzi dei migliori. Adesso si trattava di pigliarla a Canelli. C'era già l'ordine scritto.

— Baracca mi tenne tre giorni quassú, un po' per sfogarsi a parlarmi di Santa, un po' per esser certo che non mi mettevo in mezzo. Un mattino Santa tornò, accompagnata. Non aveva piú la giacca a vento e i pantaloni che aveva portato tutti quei mesi. Per uscire da Canelli s'era rimesso un vestito da donna, un vestito chiaro da estate, e quando i partigiani l'avevano fermata su per Gaminella era cascata dalle nuvole... Portava delle notizie di circolari repubblichine. Non serví a niente. Baracca in presenza nostra le fece il conto di quanti avevano disertato per istigazione sua, quanti depositi avevamo perduto, quanti ragazzi aveva fatto morire. Santa stava a sentire, disarmata, seduta su una sedia. Mi fissava con gli occhi offesi, cercando di cogliere i miei... Allora Baracca le lesse la sentenza e disse a due di condurla fuori. Erano piú stupiti i ragazzi che lei. L'avevano sempre veduta con la giacchetta e la cintura, e non si capacitavano adesso di averla in mano vestita di bianco. La condussero fuori. Lei sulla porta si voltò, mi guardò e fece una smorfia come i bambini... Ma fuori cercò di scappare. Sentimmo un urlo, sentimmo correre, e una scarica di mitra che non finiva piú. Uscimmo anche noi, era distesa in quell'erba davanti alle gaggíe.

[2] *Sarà perché gliele fai buone* Sarà perché la tratti bene (provincialismo)

Io piú che Nuto vedevo Baracca, quest'altro morto impiccato.
Guardai il muro rotto, nero, della cascina, guardai in giro, e gli
chiesi se Santa era sepolta lí.

— Non c'è caso che un giorno la trovino? hanno trovato quei
due...

Nuto s'era seduto sul muretto e mi guardò col suo occhio
testardo. Scosse il capo.— No, Santa no, — disse, — non la trovano.
Una donna come lei non si poteva coprirla di terra e lasciarla
cosí. Faceva ancora gola a troppi.[3] Ci pensò Baracca. Fece
tagliare tanto sarmento nella vigna e la comprimmo fin che bastò.
Poi ci versammo la benzina e demmo fuoco. A mezzogiorno era
tutta cenere. L'altr'anno c'era ancora il segno, come il letto di
un falò.[4]

---

[3] *Faceva ... troppi.*　Attirava ancora troppi.

[4] Un falò di erbe secche, non piú utili, anzi nocive, alla vita del resto.
Il falò chiude il racconto, che il protagonista fa della ricerca delle proprie
origini paesane, e superando parte dell'enigmaticità che lo avvolgeva quale
elemento mitico della vita di paese, sconcretizza quale fattore dinamico di
purificazione in contrasto con quella necessità della legge vitale, riconosciuta
dal paesano nei misteriosi influssi e legami della luna con la vita.

Sett.-nov. '49.

DOMANDE SUL TESTO

Capitolo 1

1. Dove è nato il protagonista?
2. Cosa significa la frase "tutte le carni sono buone"?
3. Che spiegazione dà per il suo desiderio di mettere radici?
4. Con chi è cresciuto il protagonista?
5. Quanti anni aveva quando seppe che non era il fratello di Angiolina?
6. Di che cosa si vantava con Giulia e che cosa chiedeva a Padrino?
7. Quando è che capí cosa vuole dire non essere nato in un posto?
8. A che allude la frase: "Chi adesso stava nel casotto, non era dunque piú cosí pezzente come noi"?
9. A che cosa gli faceva pensare il fischio del treno?
10. Cosa pensa ora che ha visto il mondo?
11. Chi è Nuto?
12. Perché ci vuole un paese?
13. Cosa è che si capisce col tempo e l'esperienza?
14. Perché la gente gli fa vedere le figlie?
15. Perché gli piace sapere che il mondo è rotondo?
16. Qual'è la diversità fra Nuto e il protagonista?
17. Cosa faceva Nuto da giovanotto?
18. In che senso sono le collinette di Canelli la porta del mondo?

Capitolo 2

1. Che mestiere faceva Nuto?
2. Che vuol dire il protagonista con quel: "C'era di nuovo che una volta. . . . C'era di nuovo che adesso lo sapevo. . . ."?
3. Perché per Nuto il mondo era stato una festa continua di dieci anni?
4. Qual'era l'odore della casa di Nuto e a che cosa gli faceva pensare?
5. Perché la casa di Nuto gli sembrava un altro mondo?
6. Cosa significa il fatto che il clarino di Nuto è appeso all'armadio?
7. Cosa vuole dire la frase: "In America c'è di bello che sono tutti bastardi"?

8. Secondo Nuto perché è riuscito a farsi una vita il protagonista?
9. Perché, ai tempi della Mora, Nuto era tanto ammirato dal protagonista?
10. In che senso si può parlare di tono celebrativo della vita paesana in rapporto al racconto che Nuto fa della sua vita di musicante?
11. Che spiegazione dà Nuto per aver smesso di suonare il clarino?
12. Secondo Nuto perché la musica è un cattivo padrone?
13. Perché Nuto preferisce la musica alle donne?
14. Perché non è ancora andato a vedere la Mora?
15. I due amici di solito dove facevano i loro discorsi?

Capitolo 3

1. Che mestiere fece a Oakland?
2. Che mestiere faceva la ragazza del protagonista?
3. Chi è l'uomo che veniva da Bubbio?
4. Come si spiega l'accostamento dell'assenza del vino da pasto alla luna nell'osservazione fatta dal protagonista alle parole dell'uomo di Bubbio sulla "tazza di whisky proibito" ("Non c'è niente, — gli dissi — è come la luna")?
5. Cosa sta facendo Nora mentre che i due parlano?
6. Perché "Le uova al lardo, le buone paghe, le arance grosse come angurie, non erano niente, somigliavano a quei grilli e a quei rospi"?
7. Qual'è la sensazione fondamentale del protagonista di fronte alla natura e agli uomini che lo circondano nel paese dove ha trovato rifugio?
8. A che cosa pensa mentre fuma una sigaretta sull'erba?
9. Cos'era che faceva paura dell'America?
10. Perché in America si trovano donne strangolate e si caricano gli ubriachi di botte?

Capitolo 4

1. Di che cosa discutono i due amici?
2. "Nuto che di tutto vuol darsi ragione..."; in che misura questa caratteristica attribuita a Nuto dall'autore s'invera nel dicorso tra Nuto e il protagonista?

3. In quale rapporto è l'osservazione di Nuto sulle bestie con quella forma di "ragione paesana" di cui s'intesse il suo discorso?
4. Nuto "vuotò il sacco" quella sera?
5. Chi è questa gente che fa piú male che bene?
6. Perché ha dovuto andar via il Ghigna?
7. Che cosa credeva di trovare tornando in Italia?
8. Cos'è che non ha chiesto a Nuto? e perché?
9. Come devono essere i comunisti secondo Nuto?
10. Cosa fece Nuto per un partigiano?

Capitolo 5

1. Che cosa sa e che cosa non sa la gente di lui?
2. Quali sensazioni oltre quelle puramente visive sono alla base della rappresentazione di paesaggi ed ambienti?
3. Perché gli piace il discorso sulla vita dei campi?
4. Chi è il vecchio Valino?
5. Come ha fatto a riconoscere il Valino?
6. Cosa disse il Valino a Nuto prima di andarsene?
7. Quando si ferma sul sentiero a che cosa pensa?
8. Sono simili in qualche modo il Valino e il protagonista?
9. Come viene descritto il ragazzo seduto per terra?
10. Che cosa gli fa ricordare questo ragazzo?
11. Chi sono queste persone che appaiono sull' uscio?
12. Perché gli vengono in mente Angiolina e Giulia?

Capitolo 6

1. Quale delle due donne somigliava al Valino? Perché?
2. Che cosa aveva detto il medico delle gambe di Cinto?
3. Chi era Mentina?
4. Perché sembrava che ridesse il ragazzo?
5. Di che cosa sono il frutto "la faccia scura del Valino," "…quelle donne inferocite, quel ragazzo storpio"?
6. Perché il protagonista si vergogna del suo vestito?
7. Chi è la madama della Villa?

8. Cosa significa la frase "Era strano come tutto fosse cambiato eppure uguale"?
9. Che cosa racconta a Cinto dei suoi tempi?
10. A Cinto piace ascoltare il protagonista?

Capitolo 7

1. In che modo spiega il protagonista il gioco che Cinto faceva con gli occhi?
2. Che cosa faceva il Valino?
3. Che spiegazione dà al Valino per la sua visita?
4. Di che cosa parlano il Valino e il protagonista?
5. Qual'è stato il significato della guerra agli occhi del Valino? e qual'è l'origine delle sue considerazioni impietose su quei morti lasciati da essa?
6. Se Nuto fosse stato presente che cosa avrebbe chiesto al Valino?
7. Come la pensa Nuto?
8. Perché il Valino s'arrabbia con Cinto?
9. Che cosa significa la frase "Io e Cinto ci guardammo ridendo, senza parlare"?
10. Che cosa racconta a Cinto intorno ai giocatori di carte?
11. Perché "è sempre la povera gente che raccoglie i bastardi"?

Capitolo 8

1. Secondo il protagonista cosa vuol dire "far fortuna"?
2. Ha fatto fortuna Nuto?
3. In che senso si può parlare in rapporto a questa vita paesana, che è alla radice della personalità del protagonista, di un carattere atemporale e di alcunché di ciclico che richiama l'avvicendarsi stesso delle stagioni?
4. Che significato ha il destino di cui parla e perché dice che chiudendo "gli occhi per provare se riaprendoli la collina era scomparsa," si preparava al suo destino?
5. Qual'è il "destino" di Nuto?
6. Che tipo è il figlio del vecchio Cavaliere?
7. In che senso era scappato il Cavaliere dal paese?
8. Che cosa racconta della vita del Cavaliere?

9. Perché il Cavaliere lo invita a fargli una visita?
10. Secondo il Cavaliere perché non può vendere la sua vigna?
11. Qual'è il rimorso piú grande del Cavaliere?
12. Perché voleva che la terra in cima alla collina fosse di suo figlio?

Capitolo 9

1. Perché Cinto si trovava sovente al ponte?
2. Cosa rappresenta il Piola per Cinto?
3. Secondo Cinto a che cosa servono i falò?
4. Il falò "lo si accende sempre fuori dai coltivi...," "...il letame lo metti nel buono...." Quale differenza queste due osservazioni mettono in luce tra il modo di agire dei falò e quello del letame, sulla vita dei campi?
5. Cosa pensa il protagonista di Cinto?
6. Secondo Nuto perché fa male il protagonista a mettere delle voglie in testa a Cinto?
7. Perché sarebbe inutile mandare Cinto in America?
8. Nuto crede veramente che i falò sveglino la terra?
9. E' capace Nuto di dare una spiegazione razionale all'effetto benefico prodotto dai falò sulla terra?
10. In che senso sono affini l'azione dei falò sui campi e quella della luna sulla vita agricola in genere?
11. Perché Nuto contrappone la credenza nella luna e i falò alla superstizione?
12. Perché bisogna credere nella luna "per forza"?
13. Che cosa rimuginava mentre camminava?
14. Che impressione ebbe la prima volta che camminò per le strade di Genova?
15. Quale particolare significato acquista il verbo *sapere* nella frase: "Anche la storia della luna e dei falò la sapevo"?

Capitolo 10

1. In che senso il protagonista aveva talvolta creduto di essersi fatto una sponda?
2. Che cosa significa *conoscere* quella valle dove lui è cresciuto?
3. Qual'è l'atteggiamento delle persone del paese di fronte a lui che ritorna con una posizione?

4. Potevano capire i paesani che quel che lui cercava era soltanto di vedere qualcosa che aveva già visto?
5. Da quali diversi punti di vista guardano alla vita paesana Nuto e il protagonista?
6. V'è una qualche relazione tra l'atemporalità della rotazione stagionale, ch'è alla radice della visione ch'egli ha della vita paesana, e il suo atteggiamento di ricerca d'un passato indagato come fondamento e spiegazione di sé?
7. Qual'era la causa delle *cose nere* che succedevano in casa del Valino?
8. Che cosa ha saputo di Padrino?
9. Che fine ha fatto Angiolina?
10. V'è alcun rapporto tra il fatto che Nuto non se ne fosse mai andato veramente, e il suo tentativo di capire quella vita di cui era parte e di operare su di essa, o perlomeno di riconoscere in essa alcunché di arcano che ne determinasse uno svolgimento?
11. Che cosa rappresentava Canelli per il protagonista da ragazzo? Che cosa significa la frase: "Canelli è tutto il mondo"?

Capitolo 11

1. Cosa gli succede una sera in aperta campagna?
2. Perché comincia a spaventarsi?
3. Dove gli capita questo incidente?
4. Qual'era l'unico segno di civiltà?
5. Che cosa gli veniva in mente durante quella sera?
6. Per far passare la paura a che cosa comincia a pensare?
7. In che modo sono simili la famiglia messicana e il protagonista?
8. Cosa fece per scaldarsi?
9. Come descrive l'arrivo del treno?
10. Perché crede che il Messico sia il paese per lui?
11. Cos'è che gli fa "davvero spavento"?

Capitolo 12

1. Perché furono "un guaio" quei due morti di Gaminella?
2. Perché nonostante la soluzione di continuità ch'è presente nella narrazione (tra il Capitolo 10 e il Capitolo 12), il discorso sui morti di Gaminella riprende con naturalezza?

3. Come ricordano i fatti della guerra quei paesani?
4. Che ragionamento fa il dottore?
5. Come fece il pretore a concludere che i due morti erano meridionali?
6. Perché ce l'aveva col parroco il Cavaliere?
7. In che senso "tirava l'acqua al suo mulino" il parroco?
8. Cosa fece la banda di ragazzi con i due zingari che avevano catturato?
9. Che tipo di discorso fa il parroco al funerale?
10. Perché al protagonista il discorso non dispiacque?
11. Perché "non bisogna invecchiare né conoscere il mondo"?
12. Perché non apprezzò il discorso Nuto?

Capitolo 13

1. Perché dice che "Quel parroco era in gamba"?
2. Chi è Comina? cosa sta facendo in casa?
3. Cos'è che tormenta Nuto?
4. Secondo il protagonista come si dovrebbe fare per cambiare la situazione?
5. Ha ragione quando dice che "In America fanno cosí"?
6. Nuto ha fatto il partigiano durante la guerra?
7. Perché il ragioniere Nicoletto ha fatto tagliare il pino?
8. Che fine ha fatto Santina?
9. Perché Irene e Silvia non volevano uscire con la matrigna?
10. Cosa dice Nuto della bellezza di Santina?

Capitolo 14

1. Perché dice "questa voglia non me la sarei cavata piú"?
2. "Quel che restava era come una piazza l'indomani della fiera,..." V'è in questa constatazione alcunché di affine alla delusione iniziale del protagonista di fronte alla scomparsa dei noccioli di Gaminella?
3. "...non ero piú di quella casa...il mondo mi aveva cambiato." Che consapevolezza accompagna tale constatazione?

4. Da ragazzo cosa credeva che volesse dire "crescere"?
5. Cosa faceva quando andava a giornata alla Mora?
6. Che significato hanno i "veri fiori, come quelli che c'erano in chiesa"? Sono coltivati nelle case simili a quella di Padrino dove lui è cresciuto?
7. Qual'era lo spavento del Padrino?
8. Come ha fatto capire "che quell'autunno era l'ultimo"?
9. Cosa fece il parroco per la famiglia?
10. Che ragionamento fa il parroco al ragazzo che piange?
11. Come descrive la sua prima notte alla Mora?
12. Si potrebbe dire che era felice alla Mora? Perché?

Capitolo 15

1. Che cosa imparò stando alla Mora?
2. Che nuove esperienze ha avuto?
3. Di solito come passava la giornata?
4. Chi è Cirino e che lavoro fa?
5. Che cosa faceva il padre di Nuto?
6. Che significa: "Il padre di Nuto leggeva il giornale"?
7. Che cosa raccontavano di sor Matteo in casa di Nuto?
8. Che tipo di persona è il sor Matteo?
9. Che cosa faceva Emilia in casa?

Capitolo 16

1. Dov'era che si vantava del suo soprannome di Anguilla?
2. Perché Nicoletto cominciò a chiamarlo "bastardo"?
3. In che senso è diversa la vita che fa Cinto?
4. Come viene raffigurato il Valino?
5. Perché l'autore dice che al cane la luna pareva la polenta?
6. Com'è descritta la vecchia seduta sul saccone?
7. Che cosa trova espressione in quel guardare di traverso e in quel "ci tocca a tutte" della Rosina?
8. Perché si tratteneva del regalare qualche lira a Cinto?
9. Cos'è che non riesce a capire Nuto?

Capitolo 17

1. Che cosa faceva Nuto la prima volta che si sono visti?
2. Perché a lui piaceva Nuto?
3. Quando cominciò a capire che "non si parla solamente per parlare"?
4. Com'era Nuto da giovane?
5. A quei tempi che effetto gli faceva essere amico di Nuto?
6. Di che cosa si vergognava in confronto a Nuto?
7. Che consigli dava Nuto al suo giovane amico?
8. Secondo Nuto perché Nicoletto è cosí "carogna"?
9. Che effetto produceva il suono del treno sul protagonista quando zappava?
10. Perché dice che la volta che trovò Nuto a Canelli "fu come se fosse la prima"?
11. Cos'era che non capiva sul conto delle donne?
12. Irene e Silvia erano diverse dalle altre donne?
13. In che cosa consiste l'humor della risposta di Nuto: "Fa peccato il venerdí…ma ci sono altri sei giorni"?
14. Com'è intesa questa luna che "c'è per tutti"?

Capitolo 18

1. Che significa "doveva aggiustarmi"?
2. Che cosa aveva imparato Anguilla?
3. Come vengono descritte Silvia e Irene?
4. V'è alcuna ironia o humor paesano nelle parole di sor Matteo?
5. Perché fu felice quella sera dopo aver parlato col sor Matteo?
6. Che cosa pensava di fare con quei soldi un giorno?
7. A che cosa servi il coltello che comprò con la paga dell'estate?
8. Perché Nuto poteva girare e scherzare come voleva senza essere segnato?
9. Che ragionamento fa Nuto a quelli che volevano "suonarle a qualcuno"?
10. A che cosa paragona la guerra del '18?
11. Che cosa voleva fare Anguilla ora che aveva i primi soldi?

Capitolo 19

1. Com'era vestito Cinto quando venne all'Angelo?
2. Perché Cinto ha scelto il coltello invece dei soldi?
3. Che tipo di coltellino scelse Cinto?
4. Perché sarebbe stato impossibile per Cinto andare in bicicletta?
5. Perché al protagonista sarebbe piaciuto "vedere ancora il mondo con gli occhi di Cinto"?
6. Cosa racconta del suo prim'anno alla Mora?
7. Perché invidiava "anche i mendicanti e gli storpi"?
8. Cos'era che gli "dava ancor piú rabbia e paura"?
9. Perché strappava le gambe delle cavallette?
10. Cosa fece con la bottiglia che trovò sul ripiano dell'armadio?
11. Di che cosa sognò quella sera?
12. Perché era felice quella sera?

Capitolo 20

1. Perché "L'inverno era la stagione di Nuto"?
2. Che significa la frase: "Il bello di quei tempi era che tutto si faceva a stagione"?
3. Che genere di humor è presente nelle storie che Nuto era solito raccontare alla Mora?
4. Qual'era il gioco preferito di Nuto?
5. Cosa c'era nella torretta della piccionaia?
6. Cosa dice Nuto riguardo ai libri?
7. Cosa faceva a volte quando sentiva il pianoforte?
8. A Nuto piaceva Irene? Perché?
9. Che cosa ha capito Anguilla della musica che suonava Irene?
10. Com'era la compagnia che frequentavano le due figlie del sor Matteo?
11. Cosa ha visto fare un giorno ad Irene?
12. Dov'era il protagonista quando vide la scena?

Capitolo 21

1. Cosa faceva il protagonista a Genova?
2. Perché Teresa, la cameriera, lo canzonava?

3. Perché stava attento a quel che diceva la gente?
4. Cosa sapeva Teresa sul conto del protagonista?
5. A quali cose pensava quando aveva in braccio una donna?
6. V'è nella concezione del protagonista alcuna possibilità di raffronto dei rapporti che esistono tra gli americani e le loro famiglie d'origine e gli stessi e la terra che lavorano?
7. In che senso Rosanne era simile al protagonista?
8. Cos'era la sola cosa che contava per Rosanne?
9. Che tipo di ragazza era Rosanne?
10. Secondo Rosanne cosa significa essere un americano?
11. Quale era l'unico modo per sapere chi fossero?
12. Cosa fecero "certe domeniche della bella stagione"?
13. Perché non si sono sposati?
14. Che fine ha fatto Rosanne?

Capitolo 22

1. A quale livello sociale appartenevano Irene e Silvia e quali sono le considerazioni del protagonista in proposito?
2. In che occasione lui aveva cominciato a presentire, già quand'era loro servo, la debolezza della posizione sociale delle padrone?
3. Che cosa dicevano Tommasino e certi servitori?
4. Cosa dicevano i vecchi sul conto dei signori del Nido?
5. Quand'era che il Nido era "sempre in festa"?
6. In che modo sono simili i desideri di Irene e Silvia a quelli del protagonista giovane?

Capitolo 23

1. Quali sono i giorni piú belli dell'anno?
2. Che cosa si fa durante questa stagione?
3. Che mentalità trova espressione nelle considerazioni di Cirino e Serafina a proposito del temporale?
4. Perché veniva spesso in casa il figlio del medico?
5. Perché Arturo non piaceva a Irene?
6. Cosa diceva il sor Matteo di Arturo?
7. Chi è l'amico di Arturo e cosa fa?

8. Cosa facevano tutt'e quattro sul terrazzo nella neve?
9. Cosa disse il sor Matteo a Arturo?
10. Che scherzo fecero una sera Cirino e Nuto ai due ufficiali?
11. Cosa facevano le due ragazze nelle sere d'estate?
12. In che misura contribuiscono le sensazioni dell'olfatto a ricreare paesaggi ed ambienti?

Capitolo 24

1. A chi somigliava la piccola Santa?
2. Che cosa aveva capito l'ultimo anno alla Mora?
3. Come vien descritto il Nido dal protagonista?
4. Che termine di paragone adopera nell'elogiare la bellezza della sala del Nido?
5. Perché la chiesa è da lui assunta come termine di paragone estetico?
6. Secondo il protagonista perché "Irene doveva averci un uomo nella palazzina"?
7. Come guardano a lui Irene e Silvia?
8. Di che cosa parlano le due sorelle sotto la magnolia?
9. Con chi si era messa Silvia? Sapeva niente di questo il sor Matteo?
10. Cosa pensava il protagonista di Silvia e Matteo?
11. Che genere di ironia è presente nei commenti su Matteo di Crevalcuore e Silvia?
12. Irene si sarebbe comportata come sua sorella?

Capitolo 25

1. Perché il protagonista chiama Cesarino "quel morto in piedi"?
2. Come mai "Irene non suonava quasi piú"?
3. Cosa portava Irene alla vecchia del Nido?
4. Secondo la Serafina e l'Emilia che speranze aveva Irene?
5. Perché al protagonista piaceva di piú l'idea che Cesarino parlasse a Irene "per metter lui le mani sulla sua dote"?
6. Perché ci soffriva anche Irene?
7. Di che cosa discorreva a tavola la signora Elvira?
8. Perché Silvia voleva imparare a montare il cavallo?

9. Cosa sperava "di cogliere sulla faccia di Silvia"?
10. Perché "Quella vendemmia fu per la Mora l'ultima allegria dell'anno"?
11. Come vien descritta la malattia di Irene?

Capitolo 26

1. Cos'è che pensa sempre il protagonista?
2. "Magari è meglio cosí, meglio che tutto se ne vada in un falò d'erbe secche e che la gente ricominci." E' implicito nel falò quale è inteso in questa frase, un significato rigeneratore?
3. Come può essere che "la vita è la stessa" se tutto cambia?
4. Cos'è che si faceva "cosí" in America?
5. Perché qualcuno gli dava del voi?
6. Cosa faceva Nuto ogni sera?
7. Che cosa chiede Nuto al protagonista?
8. Perché si ricorda dei discorsi che facevano con il padre di Nuto nella bottega?
9. Cosa fece Teresa a Genova per aiutare il protagonista?
10. Hanno qualche parte i rumori nelle descrizioni di paesaggi fatte dall'autore?
11. Che cosa dice Cinto ai due uomini?
12. Perché Nuto non crede subito in ciò che dice Cinto?
13. Come serví il coltello a Cinto?

Capitolo 27

1. Come fecero a capire che qualcosa era successo?
2. Che odore c'era nell'aria?
3. Perché era venuta la madama della villa con suo figlio?
4. Dov'era Cinto mentre il Valino frustava Rosina?
5. Com'è morta Rosina?
6. A che punto scappò Cinto?
7. Cosa fece il padre di Cinto dopo la morte di Rosina?
8. Che fine ha fatto il Valino?
9. Cosa sentí dire in paese riguardo alla madama?

10. In che senso "Il prete la fece piú bella"?
11. Perché il prete non venne al camposanto?
12. Si possono considerare i fatti violenti della casa di Gaminella, soluzione e quasi purificazione d'una vicenda di miseria e di abbrutimento?
13. Sono le considerazioni del protagonista sulla distruzione causata dalla guerra (vedi p. 122, Capitolo 26), un preannuncio di quella tragedia, che, non solo figuratamente, s'affaccia come fuoco purificatore al termine dello stesso capitolo?

Capitolo 28

1. Cosa cercava di fare Anguilla per aiutare Irene?
2. V'è alcuna soluzione di continuità nella narrazione delle vicende della Mora, o riprende questa con naturalezza il filo interrotto dai fatti di Gaminella?
3. Qual'è il rapporto nella visione prospettica che ne ha l'autore, tra la storia delle vicende della famiglia di sor Matteo e quelle di Gaminella?
4. Perché la possibile morte di Irene, prospettata al termine del Capitolo 25, non assume intonazioni tragiche simili a quelle dei fatti di Gaminella?
5. Perché Silvia era state via in questo periodo?
6. Come vien descritta Irene?
7. Com'è Santina?
8. Che significato ha per il protagonista essere diventato un uomo?
9. Chi è il nuovo fidanzato della Silvia?
10. Chi è Lugli?
11. Che significa la frase: "Credo che Lugli fosse per lei quello che lei e sua sorella sarebbero potute essere per me — quello che poi fu per me Genova o l'America"?
12. Cosa fece un giorno il sor Matteo?
13. Quale fu la conclusione della sfuriata che fece il sor Matteo?
14. Come finí la storia di Lugli?
15. Perché andò a Genova Silvia?
16. Come riuscí a calmarla il sor Matteo?
17. Che cosa fu di Silvia a Genova?

Capitolo 29

1. Perché "si sarebbe presto veduto che uomo era" Cesarino?
2. Cosa diceva la gente riguardo alla morte della vecchia del Nido?
3. A chi aveva lasciati i beni la vecchia del Nido?
4. Cesarino tornò al Nido come sperava Irene?
5. Come ha preso le notizie del Nido Irene?
6. Cosa fece il protagonista per imparare?
7. Di che cosa si accorse leggendo quei romanzi?
8. Cosa vuol dire "vivere in un buco o in un palazzo è lo stesso"?
9. Chi è Bianchetta?
10. Perché non pensava piú quella sera a saltare sul treno?
11. Com'è Irene nei confronti di Arturo?
12. Com'è descritta dall'autore la reazione di sor Matteo alla notizia che Silvia era incinta?
13. Come muore Silvia?
14. Perché la madre di Santina "non vedeva piú di buon occhio Arturo"?
15. Cosa diceva la gente delle ragazze della Mora?
16. Per quale ragione Irene si sposò con Arturo?
17. Com'è descritto il matrimonio di Irene e Arturo?
18. Perché l'autore dice che Santina sembrava la sposa?
19. Dove vanno a abitare gli sposi?
20. Che vita fa Arturo? Che fine fa Irene?
21. V'è alcun rapporto tra lo scemare dell'interesse e ammirazione quasi gelosa del protagonista per la vita delle persone della Mora, e la graduale comprensione della loro interna debolezza?

Capitolo 30

1. Di che cosa si ricorda il protagonista?
2. Come descrive Silvia ch'era seduta vicino a lui sul biroccio?
3. Che cosa chiede Irene al protagonista? Come risponde?
4. Dove stanno andando Silvia, Irene e Anguilla?
5. Com'è descritta la festa del Buon Consiglio?
6. Cosa pensa Anguilla vedendo le ragazze che parlano e ridono con i loro amici?
7. Cosa fece dopo la corsa il protagonista?

8. Cosa faceva Anguilla quando Silvia lo trovò?
9. Cosa gli chiesero mentre tornavano alla Mora?
10. Che cosa fece Silvia un bel momento? Come si sente Anguilla?
11. Come si potrebbe interpretare l'ultima frase del capitolo: "Io tenni le briglie, guardando le orecchie del cavallo"?

Capitolo 31

1. Cosa fece Nuto per Cinto?
2. Può l'avvenire che si prospetta ora a Cinto, esser considerato un risultato positivo della tragedia di Gaminella?
3. Riguardo a Cinto come restarono d'accordo Nuto e il protagonista?
4. Perché si fermano Nuto e il protagonista?
5. Dove vanno i due uomini?
6. Secondo Nuto com'era Santa quando aveva vent'anni?
7. A che cosa pensava il protagonista mentre camminavano?
8. Che significato ha questa riflessione insistente sul carattere uguale e quasi ciclico, a somiglianza del ritmo delle stagioni, che contrassegna la vita paesana cui il protagonista si rifà nella sua ricerca di se stesso?
9. Cosa fece Santa appena morta la madre?
10. Cos'è successo a Santa durante l'estate del '43?
11. Cosa sentí dire Nuto di Santa in settembre?

Capitolo 32

1. Cosa dice Santa a proposito della gente di Canelli?
2. Quale fu l'idea che venne a Santa?
3. Cosa fece Santa il mattino "che i neri fucilarono i due ragazzi sotto il platano"?
4. Perché Nuto portò Santa nella riva?
5. Cosa fece Santa dopo che scappò da Canelli?
6. Cosa avrebbe fatto Nuto se non fosse stato per la mamma vecchia e la casa "che potevano bruciargli"?
7. Perché Baracca fece chiamare Nuto al Salto una sera?
8. Chi era Baracca e che fine fece?

9. Perché Baracca tenne Nuto con lui per tre giorni?
10. Cosa fece Baracca in presenza di Nuto e dei partigiani?
11. Com'era vestita Santa questa volta? Di solito com'era vestita?
12. Che domanda fa il protagonista a Nuto?
13. Perché non seppellirono Santa? Di chi fu l'idea?
14. Che cosa fecero del corpo di Santa?
15. In quale senso l'autore accosta il fuoco che distrugge il corpo di Santa all'immagine del falò?
16. Si può ricercare nella non perfettamente equilibrata posizione sociale della famiglia della Mora, la radice della sua interna debolezza?
17. E' possibile dire che mentre in Irene e Silvia questa debolezza porta solo a sfortunate vicende individuali, in Santa acquista implicazioni di carattere sociale che la definiscono in quei termini drammatici che sono condizione della sua stessa fine?
18. In quale duplice significato di purificazione l'immagine del falò si adatta alla fine di Santa?
19. Quale contrasto e rapporto sembra intercorrere tra l'immagine della luna e quella dei falò nel corso dell'opera?

VOCABOLARIO

Only those English definitions pertaining to the text are listed here.

The grave accent indicates stress when it does not fall on the penultimate syllable. A dash indicates repetition of the key word. Parentheses are used to enclose the principal parts of irregular verbs.

Unless otherwise indicated, nouns ending in -o are masculine, those in -a are feminine. The plural of irregular nouns is given in parentheses.

Abbreviations:

adj.	adjective		*indecl.*	indeclinable
adv.	adverb		*m.*	masculine
(agric.)	agriculture		*(mil.)*	military
(archit.)	architecture		*(mus.)*	music
(bot.)	botany		*(naut.)*	nautical
conj.	conjunction		*neol.*	neologism
dim.	diminutive		*(orn.)*	ornithology
euph.	euphemism		*pejor.*	pejorative
excl.	exclamation		*pl.*	plural
f.	feminine		*prep.*	preposition
fam.	familiar		*(scient.)*	scientific
fig.	figurative		*sing.*	singular
(geog.)	geography		*(zool.)*	zoology

abbaiare to bark
abbastanza *adv.* sufficiently; plenty; enough
abbàttere to knock down; to cut down
abbeverare to water
abbondanza abundance; plenty
abbracciato embraced, hugged
àbito suit
abolire to abolish
accampamento camp
accèndere (accesi, acceso) to switch on; to light; to kindle
accennare to allude to; to mention
accettare to accept
acchiappare to catch
acciacco ailment; burden

accidenti *excl.* the devil! the deuce! damn!
accoglienza welcome
accompagnare to accompany
accontentarsi to be satisfied with
accoppiato matched
accòrgersi (mi accorsi, accortomi) to notice
accovacciato crouched
accudire to take care of; to mind
accusare to accuse; to blame
acetilene *f.* acetylene (fuel for lamps)
aceto vinegar
acuto piercing; shrill
adagio *adv.* slowly; gently
adattarsi to manage

addirittura *adv.* even; directly; quite
addossarsi to lean against
addosso *adv.* on
adesso *adv.* now; at present
adombrare to hide
afa sultriness
affamato hungry, famished
affare *m.* affair, matter, business
affrettare to quicken
agghiacciare to freeze
aggiustare to correct; aggiustato *adj.* settled
aggiustarsi to manage, to arrange
aggobbito hunchbacked
aggredire to attack
agitarsi to get excited
àglio garlic
aia yard
aiuola flowerbee
aizzare to incite, to provoke
ala (*pl.* ali) wing
alba dawn, daybreak
alberetto (*naut.*) yard, spar
albergo hotel, inn
àlbero tree
albicocco apricot tree
allargare to spread out, to extend
allegòrico allegorical
allegrìa gaiety, merriment
allevare to bring up, to rear
allocco simpleton
allòggio lodging
allungarsi to lengthen
almanacco calendar
altalena swing, see-saw
altrimenti *adv.* otherwise
altro *conj.* in short; tutt'— on the contrary; —chè *excl.* and how! certainly!
alzare to raise
amaro resentful
ammasso mass, bulk
ammattire to go mad
ammattito driven mad
ammazzare to kill
ammucchiare to pile up

amo fish-hook
anello ring
àngolo corner, angle
anguilla eel
angùria watermelon
animarsi to become cheered up
annebbiato obscured, dim, foggy
annerire to turn black
annoiarsi to be bored
annusare to sniff, to smell
ansare to pant; to breathe heavily
antico ancient, old
appena *adv.* scarcely, hardly
appetito appetite
appoggiarsi to lean against
apposta *adv.* on purpose
appostare to keep an eye on
apprezzare to appreciate
appunto *adv.* precisely
aprire (aperto) to open
arare to plow
ardito bold, courageous, impertinent
arietta breeze
armàdio wardrobe, cupboard
armato armed
armeno Armenian
arrabbiato rabid
arrampicarsi to climb
arrancare to limp, to drag oneself along
arricchire to enrich
artista *m.* artist
asciugamano towel
asciutto *adj.* hard, sharp; *adv.* drily, brusquely
asse *f.* board, plank
assolo (*mus.*) solo passage
attaccare to attach
attaccabrighe *m. or f.* quarrelsome person
attendente *m.* orderly
attento attentive, heedful
atteso expected
àttimo moment, instant
attirare to attract
attraversare to cross

autocarro truck
avèrcela to have a grudge against
avvelenamento poisoning
avventarsi to rush out
avventore *m.* customer
avvertire to inform, to advise, to warn
avvezzo accustomed
avvicendarsi to alternate
avvocato lawyer
avvòlgersi (mi avvolsi, avvoltomi) to wrap oneself up
azzardo hazard, risk, peril

baccano noise, din
baciare to kiss
badile *m.* shovel
baffi *m.pl.* moustache
bagnare to water
bagno bathroom
balbettare to stammer
balena whale
balla bale
ballàbile *m.* dance music
ballo dance, ball
banca bank
banco bench
banda gang
bandiera flag
barbaramente *adv.* barbarously
basso low, low-lying
bastardo bastard
bastare to be sufficient
bastimento ship
bastone walking-stick; —cino rod, stick
bàttere to beat
battèsimo baptism
battezzare to baptize, to christen
battitrice *f.* threshing machine
benedire to bless
beni *m.pl.* property, wealth
benzina gasoline
berretto cap; —ino child's cap
bersàglio target

bestèmmia swearing, curse
bestemmiare to curse
bèstia animal; —ola small animal
bèttola tavern
beverone *m.* bran mash (for horses)
bìbita soft drink
bicicletta bicycle
bìglia marbles
bigòncia vat
bilància scales
biondino blonde, fair person
biròccio wagon, cart; —ino barrow, hand-cart
bisbigliare to whisper
bobina coil
bocca mouth; one mouthful
bocce Italian game resembling bowling
boia *m.indecl.* executioner, hangman
bombardino baritone saxophone
borbottare to mutter
bordura border, edge
borsa purse
bosco (*pl.* —chi) wood, forest; —chetto grove; —aiolo woodcutter
boscoso wooded
botte *f.* cask, barrel
braccio (*pl.* —a) arm; a —etto arm in arm
bracciata armful
brace *f.* embers
bramire to bellow
bretella suspender
brigata company
brìglia bridle; rein
brontolare to mutter; to grumble
bruciare to burn
brullo bare, stripped of foliage
brusìo buzzing
buco hole; —ato *adj.* pierced
bue *m.* (*pl.* buoi) ox
buio darkness
burlare to joke about
buttarsi to throw oneself down

cacciare (**di** casa) to turn out (of the house)

cacciatore *m.* hunter

cacciavite *m.* screwdriver

caffettiere *m.* café proprietor

cagna bitch; —etta puppy

cagnara barking of dogs, uproar

calabrone *m.* hornet

calare to lower, to throw down

càlcio kick

calcolare to calculate; to compute

calma calm; con — calmly

calore *m.* vehemence; warmth

calvo bald

calzonacci *m.pl., pejor.* old trousers

calzoni trousers

cambiare to change

cambio change, exchange

cameriera housemaid

camìcia shirt, chemise

camicino dicky (false shirt front)

camino chimney

càmion truck

camioncino pick-up truck

camionista *m.* truck driver

camminata walk, stroll

campagna field

campagnolo farmer

campanile *m.* bell tower

camposanto cemetery

cancello gate

candela candle

canìcola the dog days (of summer); heat wave

canna cane

canneto cane-break, reeds

canònica rectory

canterellare to hum, to sing to oneself

cantiere shipyard

cantina cellar

cantoniere *m.* road keeper

canzonare to make fun of

capace *adj.* able, capable

capacitarsi to figure out

capelvènere (*bot.*) maidenhair fern

capitare to happen

capitozzo pollard tree

capo head

capomanìpolo (*mil.*) squad leader, lieutenant in the Fascist militia

capostazione *m.* station master

cappelletta little chapel

capra she-goat; —etto kid

caprìccio whim

caprone *m.* billy-goat

carabiniere *m.* Italian policeman

cardo thistle

caricare to load

caricarsi to overburden oneself with

càrico load

càrico *adj.* loaded

carne *f.* flesh, meat

carogna *fig.* louse

carrata wagon load

carretto hand-cart

carriola wheelbarrow

carro wagon

carrozza carriage

carrùggio narrow alley-way

carta paper; playing card; map

cartello large public notice

cartolina postcard

casacca jacket, coat

cascina farm

caserma barracks

casotto hut

cassa chest, cup-board; — da morto coffin

casseruola pan

cassiere *m.* treasurer, cashier

castagna chestnut; — d'India horse chestnut

castello castle

catena chain; —ella chain or wire line

catino sink

cattivèria maliciousness, spite

catturare to capture

cava mine; quarry

cavagno (**da** vendemmia) basket (for gathering grapes)

cavaliere *m.*   member of the nobility
cavalletta   grasshopper
cavare   to obtain, to wrest
cavatappi *m.*   corkscrew
cavernetta   little cavity
cece *m.*   chickpea
celeste   sky-blue, azure
cemento   concrete
cencioso   ragged, tattered
cenno   sign
cenone *m.*   banquet
centro   bull's-eye
cercare   to look for
cerchiato   enclosed; ringed round
cervello   brain, brains
cesta   hamper; **a ceste**   plenty
cesto   basket; **—ino**   small basket
chiàcchiera   gossip, chatter; **—iccio**
   chatter, confused babble of voices
chiamare   to call
chiasso   shrill noise, din
chiave inglese *f.*   monkey-wrench
chiesa   church
chinare   to bend
chiodo   nail
chitarra   guitar
chiùdere (chiusi, chiuso)   to shut,
   to close
ciance *f.pl.*   nonsense
cianciare   to mumble
cicca   stub of a cigar or cigarette end
ciclista *m.*   cyclist
cicòria   chicory
cìglio   eyelash
ciglione *m.*   bank, hillside
ciliègio   cherry tree
cima   top
cimentare   to provoke, to rouse
cìnghia   strap; belt
cintato   enclosed
cintura   belt
ciondolare   to loaf around
ciòttolo   pebble
cipolla   onion
circolare   to travel
circolare *f.*   circular

circospetto   wary, cautious
ciuffo   clump
clacson *m.*   horn
clandestino   clandestine
clarino   clarinet
cliente *m.*   client, customer
co'   head; end; foot; **in — di**   at
   the foot of
coda   tail
cògliere (colsi, colto)   to grasp
cognata   sister-in-law; **cognato**
   brother-in-law
colata   flowing; pouring
collinetta   hillock
colombaia   loft, pigeon house
colonnello   colonel
colorito   colored
colpa   fault
colpo   blow, hit
coltellata   cut, stab (with knife)
coltivo   cultivated land
coltura   cultivation; raising
comandare   to command; to be in
   charge
comando (*mil.*)   headquarters; order
combinare   to do, to be up to
   (something)
cominciare   to begin
comitato   committee
comìzio   meeting, assembly
commissione *f.*   errand; order
comodità   convenience
còmodo   convenience, leisure
comparire (comparso)   to appear
compassione *f.*   pity, compassion
comperare   to buy
comunista *m.*   communist
conca (*geog.*)   hollow
concime *m.*   fertilizer
conclùdere (conclusi, concluso)   to
   bring to a conclusion
conclusione *f.*   conclusion
conducente *m.*   bus driver
condurre (condussi, condotto)   to
   lead, to guide, to conduct
confidenza   confidence

confine *m.* border

confòndersi (mi confusi, confusomi)
to be confused

confronto comparison

confusione *f.* confusion

congedato discharged

conìglio rabbit

conòscere (conobbi, conosciuto)
to know; conoscente *m.*
acquaintance

conserva canned food

contadina peasant girl, woman

contare to count; to matter

contèa county

contentarsi to be satisfied

contessa countess; contino *dim.*
little count

conto account, reckoning

contratto contract, agreement

convenire (covengo, convenni,
convenuto) to be useful

convento convent; religious house

convìncere (convinsi, convinto) to
convince

convocare to call together

coppia a pair

coppo earthenware jar

coràggio courage

corda rope

coricarsi to go to bed, to lie down

cornata butt or blow with horns

corrèggere (corressi, corretto) to
correct

corrente *adj.* current; al —
well-informed

còrrere (corsi, corso) to run

corriera bus

corrugare to wrinkle; — la fronte
to knit one's brow

corsa run; — nei sacchi sack-race

cortile *m.* farmyard

costa side; hillside; a mezza —
halfway up a hill

costeggiare to skirt

costo cost; a tutti i costi at all
costs

còstola rib

costone *m.* branch of a mountain
chain

cotto baked

covone *m.* sheaf, shock (of corn)

cravatta tie

creanza politeness

crèdere (credetti) to believe

crepa crack

crepare *fam.* to die

crèscere (crebbi, cresciuto) to
grow; cresciuto grown, adult

cresta mountain ridge

crine *m.* horsehair for stuffing
mattresses

criticare to criticize

crivello sieve

croce *f.* cross

crollare to collapse, to tumble down

crosta rind; scab

cruscotto dashboard

cùccia bed

culla cot

cullare to quiet, to rock (the cradle)

cuòio leather

curioso curious

cuscino cushion

dàlia (*bot.*) dahlia

dannati *m.pl.* damned people

danno loss, harm, damage

dappertutto *adv.* everywhere, on all
sides

darsi (mi diedi) to give to, to devote
oneself to; dare su to look out
onto

dèbito debt

debolezza weakness

decìdersi (mi decisi, decisomi) to
make up one's mind

decrèpito worn out; decrepit

deficiente *m.* mentally retarded
person

degnarsi to condescend

delicato delicate

delinquente *m.* delinquent
delitto crime
delusione *f.* disappointment, delusion
depòsito warehouse
derubare to rob
diàmine *excl.* (*euph.* for diavolo); che — what the dickens
diàvolo devil
dibàttersi to struggle, to writhe
difatti *adv.* in fact
difèndere (difesi, difeso) to prevent; to defend; —si to get along pretty well
differenza difference
diga dam
digradare to descend gradually
dilùvio downpour; abundance
dimenticare to forget
dire (dissi, detto) to say, to tell; — la sua to speak one's mind; — tra i denti to mutter
dirìgere (diressi, diretto) to direct, to lead, to guide
diroccato demolished
disarmare to disarm; to dismantle
discesa descent
discòrrere (discorsi, discorso) to hold forth; to talk; discorso talk
discùtere (discussi, discusso) to discuss; to argue
disegno design
disertare to lay waste; to destroy
disfare (disfeci, disfatto) to undo
disgrazia misfortune, accident
disgraziato unlucky; wretched
disparte *adv.* aside; in — on one side
disperato desperate
dispetto annoying or spiteful action; per — to annoy
disponìbile vacant
disprezzo contempt
dissotterrare to unearth
distanza distance
distesa expanse

disteso spread out
disturbo trouble
dito (*pl.* dita) finger
divaricare to spread apart
divìdere (divisi, diviso) to divide; to share
dòcile docile, amenable
dolore *m.* pain, grief
domèstico servant
dominare to master; to control completely
dondolare to rock, to swing; to dangle
donnetta little woman; *pejor.* woman of the people
dote *f.* dowry
drizzare to raise; to straighten
dunque *adv.* therefore
duomo cathedral
duro hard, difficult

ebbene *adv.* well, then
effetto effect; fare l'— to have the effect
elefante *m.* elephant
empire to fill
eppure *conj.* and yet
equivalersi (mi equivalsi, equivalsomi) to be equal
erba grass
erède *m.* heir
ereditiera heiress
èrnia hernia, rupture
erta alert; stare all'— to be on the alert
esclamare to cry out
esòtico exotic
esporsi (mi esposi, espostomi) to run risk
estremo last, farthest
etichetta label
evviva *excl.* long life! hurrah!

fàbbrica factory
fabbricare to build, to make
fàccia face

fagioli *m.pl.* string beans
fagotto bundle; —ino small bundle
faìna (*zool.*) martin
falce *f.* sickle, scythe
falegname *m.* carpenter
falò bonfire
falso false, hypocritical
fame *f.* hunger
famoso famous
fanale *m.* headlight
fango mud
fannullone *m.* lazybones, idle person
farcire to stuff
fare fuoco to light a fire
fàrmene to do with it
faro headlight
fascina stick; bundle of sticks; faggot
fascista *m.* Fascist
fastello bundle of sticks
fatica toil, hard work; a— with
   difficulty
fatto *adj.* grown
fatto fact
fava bean
favilla spark
fazzolettone *m.* big handkerchief
febbre *f.* fever
felce *f.* fern
felpato plush-covered
ferita wound
fermàglio buckle
fermo steady
ferràccio scrap-iron
ferrata railroad tracks
ferro iron
ferroviere *m.* railroad man
festone *m.* festoon, garland
fetta sliver
fiamma flame
fianco thigh; di — sideways
ficcare to thrust; to drive in, to poke
fico fig tree
fidanzata fiancée, girl friend
fidarsi to trust, to have confidence in
fienagione *f.* hay harvest
fienile *m.* hayloft

fieno hay
fiera fair, market
figurare to appear; figurarsi! just
   imagine!
fila line, row
filare to go off
filare *m.* row
fildiferro wire
filo leash, string, row
fina fine, pure, noble
finché non *conj.* until
fine *f.* end, conclusion
finestretta small window
fingere (finsi, finto) to make
   believe
finimento harness
finimondo chaos, rumpus
finto fake, artificial
fiocco (*pl.* —chi) tuft; —chetto
   tassel
fiorame *m.* material of floral design
fischiare to whistle
fischiettare to whistle softly
fischio whistle
fisico physique
fitto thick
fiutare to suspect, to detect
flanella flannel
foderato lined
fòglia leaf
fogliolina little leaf
forato pierced
forca gallows
forcata forkful (of hay)
forchetta fork
forestiero foreign
formàggio cheese
formica ant
fornire to supply, to furnish
forno oven
foro hole
forza strength, might, fortitude;
   per — of course; a — di by
   dint of
fosso (—ato) ditch
fotografare to photograph

fracasso noise, uproar
franare to sink (of land), to slide down
franchezza assurance, frankness
frate *m.* friar, brother
freddolina (*bot.*) autumn crocus
fregare to take in, to cheat
frenètico *adj.* frantic
fresco coolness; *adj.* fresh, new;
sul — in the early morning;
prendere il — to enjoy the cool
(of the evening)
frìggere (frissi, fritto) to fry
fringuello (*orn.*) chaffinch
frustare to whip; frusta whip;
frustino stick, rod
frustata lash
frusto worn out
fruttare to pay, to be profitable
fucilare to shoot; fucilata shot
fucile *m.* rifle
fuga flight, escape
fùlmine *m.* lightning
fumante steaming, smoking
fumata cloud of smoke
funerale *m.* funeral
fungo mushroom
funzione *f.* function
fuochi fireworks
furbo shrewd, cunning man
furente furious
fusto trunk

gabbiano seagull
gaggía acacia
galaverna sleet; icicles
galera jail
gallo rooster
gamba leg; in — on the ball
gara contest
garòfano carnation
garzone *m.* youth, boy
gasosa soda water
gelato ice cream
gelone *m.* cold sore

geloso jealous
gèmere to weep
gente *f.* people; gentetta lowly people
gentilmente *adv.* kindly, politely
geòmetra (*pl.* —i) *m.* land surveyor
gerànio geranium
gèrbido infertile soil
gesto act
gettare to lay the foundation of; to throw
ghiacciare to freeze
ghiàccio ice
ghiaietta fine gravel
ghignare to laugh sardonically; to grin
giacca coat, jacket; — a vento windbreaker
giallo yellow
gigantesco like a giant
gìglio lily
gilè *m.* waistcoat
ginòcchio knee
giocare (al pallone) to play (soccer);
— a carte to play cards
giocarsi to gamble away
gioco gambling
giostra merry-go-round
giovanotto young man
girare to travel, to go round
giravolta turn round
giro turn; in — in a circle;
pigliare in — to make fun of
guidizioso wise, considerate
giunta addition; per — in addition
giuntura joint
giusto exact, proper
gobba hump
gòccia drop
godere to enjoy; —sela to enjoy oneself; to enjoy life
goffo awkward person, dolt
gola throat, longing
gòmito bend (in the road)
gònfio swollen
governo government

gradino step
graffiare to scratch
gràndine *f.* hail
grano wheat
gràppolo a bunch (of grapes)
grasso abundant; —ttello on the fatty side
grattare to scratch
grattuggiare to grate (cheese)
grembiale *m.* apron; —ino pretty little apron or pinafore
gridare to shout, to call
grìgio gray; — di capelli gray haired; — verde gray-green
grìglia grill, iron grating
grillàia barren ground
grillo cricket
grìnfia claw
grinta grim face; — dura shamelessly, with impudence
grondàia rainpipe
grosso tall (story); big
grossolano crude, coarse
grottino a little cavern
guadagnare to earn
guadagno benefit, profit
guàio trouble, problem
guaire to squeal; to howl
guàrdia guard
guardingo wary, cautious
guastare to spoil
guidare to drive
guscio shell
gusto taste

idèa idea
ignorante *m.* ignorant person
imbacuccarsi to wrap oneself up
imbarcarsi to embark
imbestiare to brutalize
imboccare to put (a wind instrument) to one's mouth
imbronciato sulky
impannare to break down
impastare to knead dough

impazzire to go mad, to become frantic
impegnarsi to pledge oneself
impettito stiff
impiantare to set up, to install
impiccare to hang
impiccolito reduced in size, made smaller
impiegarsi to be employed
impiegato clerk
impiego employment; job
impomatare to apply pomade to the hair
imporre (impongo, imposi, imposto) to impose
improvviso sudden; d'— all at once
incagnito raging mad
incamminarsi to set out, to start walking
incendiare to set on fire
incèndio house on fire; fire
incenso incense
incespicare to trip, to stumble
incinta pregnant
incocciare to meet, to run into
incolto uncultivated
incrociare to come across (on the road)
indomani the next day
indosso *adv.* on
indovinare to guess
industriale *m.* manufacturer
infangato muddy
inferocire to become fierce
infreddolito chilled to the bone
inginocchiarsi to kneel
ingrassare to enrich
ingrato ungrateful, thankless; unpleasant
ingravidare to make pregnant
ingraziarsi to gain someone's favor
ingrosso (all' —) wholesale
innestare to graft
innesto graft
inoltrarsi to go forward

inquieto   fidgety, agitated
insegnare   to teach
inseguire   to pursue, to chase
insensato   stupid, lifeless individual
insensìbile   imperceptible
inserire   to graft
insolazione *f.*   sunstroke
insonnolito   sleepy
insopportàbile   unbearable
intanto *adv.*   meanwhile, anyway
intèndersi (mi intesi, intesomi)   to know about, to be a good judge of
interesse *m.*   interest, advantage
internamento   internment
internare   to imprison
internato   boarder
intirizzire   to chill, to benumb with cold
intravedere   to see dimly
intrico   tangle, knot
inùtile   useless
invadente   pushing (of a person); intrusive
invecchiare   to grow old
inventàrio   inventory; fare l' —   to take stock
investire   to run into
invìdia   envy
invidiare   to envy
invitato   guest
invito   invitation
inzaccherare   to splash with mud
istigazione *f.*   incitement, instigation
istinto   instinct

ladro   thief, robber
laggiù *adv.*   down below, yonder
lama   blade
lamentarsi   to complain
làmpada   lamp; oil lamp
lampione *m.*   street light
lampo   lightening
lana   wool
làpide *f.*   tombstone
lasciare   to leave; to allow, let

lassú *adv.*   up there
lattàio   milkman
lea   avenue of trees
leandro   oleander
leccare   to lick, to lap
lega   league
legare   to tie up
legge *f.*   law
leggero   agile, nimble
legname *m.*   timber
lenza   fishing line
leone *m.*   lion
lepre *f.*   hare
letame *m.*   manure
leva   conscription, levy, call-up
levare   to remove
levatrice *f.*   midwife
lí per lí *adv.*   immediately
libertà   liberty, freedom
licenza   leave; permission
lieto   glad, happy
liquidare   to liquidate
liquore *m.*   liquor
lisciare   to smooth
lìscio   smooth
litanìa   litany (prayers)
litigare   to quarrel
livello   level
lìvido   bruise
locale *m.*   place; inn
lontano *adv.*   far away
luccicare   to shine
luccichìo   sparkle
lùcciola   firefly
lume *m.*   lamp, light
lungo   long
lutto   mourning, grief

màcchia   thicket; stain
macchiare   to mark
macinare   to grind
madrìna   godmother
maèstra   schoolteacher
magari *excl.*   even if, I wish it were so, my God

maggiorenne *adj.* of age (adult)
màglia stitch in knitting; fare la —
to knit
magnòlia magnolia
magro poor, unfertile, thin
malamente *adv.* wretchedly
malattía sickness
maledire (maledissi, maledetto) to
curse
malefatta misdeed
maligno malicious
malizioso mischievous
maltrattato mistreated
mancare to be missing
mandare to send
màndorlo almond tree
maneggiare to handle
manía mania; aver la — di to be
crazy about
mànico handle
manifesto poster
mano hand; fuori — out of the
way
mantenere (mantenni) to support
manzo steer
màrcio rotten
marengo d'oro a gold coin
maresciallo (*mil.*) marshal
margherita daisy
marinàio sailor
marmo marble
martinicca wagon brake
màrtire martyr
mascalzone *m.* rascal, rogue
mascella jaw
massacro massacre, slaughter
massaro farmer
massicciata roadbed
masticare to chew
màstice *m.* cement
matrigna stepmother
matrimònio marriage
mattino dawn, early morning;
— ata duration of the morning
matto *m.* madman, lunatic; *adj.*
mad, insane

mattone *m.* brick, tile
mazzetto bouquet
mazzo pack
medaglietta small medal
medaglione *m.* medallion
mèdica (*bot.*) lucerne
mèdico doctor
mela apple
mèliga a type of corn
meligacce corn cobs
menare to take; to lead
mendicante *m.* beggar
mendicare to beg
menta mint
mente *f.* mind
mentire to lie
mento chin
mercato marketplace
merenda snack
meschino wretched, poor individual
messa mass
messicano Mexican
mestiere *m.* trade, occupation
metà half
mèttersi (mi misi, messomi) to
start out; — a to begin
mezzadro sharecropper
mica not at all
miètere to reap
mìgnolo pinky, little finger
milionàrio millionaire; *fig.* wealthy
man
militare *m.* soldier
milìzia warfare
mimetizzare to camouflage
minacciare to threaten; to menace
minestra soup
minore *adj.* younger
minuto fine, tiny
mìria ten kilograms
misèria poverty
mitra submachine gun
mòbile *m.* piece of furniture
molla spring
molle soft
molo wharf, quay

mònaca nun
monticello mound
mora mulberry
mòrdere (morsi, morso) to bite
morire (morto) to die
moro Moor, Negro
mortale *adj.* mortal
mortaretto firecracker
morto dead man
mosca fly; — one *fig.* admirer
mostrare to show, to point out
motivo motive, reason, cause
moto motorcycle
movimento movement
mùcchio pile
muffa mold, must
muggire to moo
mugolare to yelp, to whine
mulino mill
mùngere (munsi, munto) to milk
municìpio town hall
muòversi (mi mossi, mossomi) to
    move, to stir
muretto low wall
museruola muzzle
muso face, snout

nascere (nacqui, nato) to be born
nascondere (nascosi, nascosto) to
    hide
nascosto hidden; di — on the sly,
    secretly
neanche *adv.* not even
nèbbia fog, mist
negoziante *m.* tradesman
negòzio store, shop
nemico enemy
neri *m.pl.* the blackshirts (Fascists)
nervoso nervous
nèspola medlar
nidiata nestful
nido nest
nipote *m. or f.* grandchild
nocca knuckle
nocciolo hazel tree

noce *m.* walnut tree
nodo knot
nonna grandmother
notàio notary
notìzia *f.sing.* news
nozze *f.pl.* marriage
nuca neck
nuora daughter-in-law
nuova *f.sing.* news
nuovo new; di — again
nutrito nourished

oca goose
ocarina (*music.*) ocarina
occasione *f.* opportunity, occasion;
    cogliere l' — to seize the
    opportunity
occhiali *m.pl.* eyeglasses
occhiata glance, look
òdio hatred
odore *m.* smell
offèndere (offesi, offeso) to offend;
    — si to take offense
offesa insult
offrire (offerto) to offer
oltre a *prep.* besides
ombra shadow; shade
omone *m.* big guy
operàio workman
opporre (oppongo, opposi, opposto)
    to oppose, to set against
oppure *conj.* or even
oràrio timetable
òrdine *m.* order; command
orècchio ear; —ino earring
orina urine
orlo border, edge
osare to dare
osceno obscene
ospedale *m.* hospital
osso (*pl.* ossa *f.*) bone
ossuto bony
ostentare to exhibit, to make a
    show of

osteria tavern
ottone *m.* brass

padroni *m.pl.* owners
paesàccio poor, miserable land or parts
pagare to pay
pàglia straw
palazzina villa
palazzo country mansion
palazzotto country house
palchetto bandstand
pallone *m.* Italian game of football
palmo palm's length
palo pole
pàlpebra eyelid
panchina stone bench; railway station platform
pància belly, paunch
pannòcchia corn cob
papàvero poppy
pappa pap
paracarro stone at the side of the road
paramento vestment
parare to dress
parasole *m.* parasol
paravento screen
parco yard, park
parente *m. or f.* relative
parete *f.* wall
parlottare to converse very quietly
parròcchia parish church
pàrroco parish priest
partigiano partisan (*Italian guerrilla who fought against the Fascist regime*)
partita game
partito (political) party
pascolare to feed animals
passàggio passage, crossing
passare to occur
passare to overcome
passeggiata drive; fare una — to take a ride

pàssera sparrow
passerella gangway; footbridge
passerotto fledgling sparrow
passo step
pasticciare to bungle, to make a mess out of
pastìccio mess, muddle
patire to suffer
patriota *m.* patriot
pattùglia (*mil.*) patrol
paùra fear
pazienza patience
pazzo crazy, wild
peccato sin
pedalare to cycle
pelandrone *m.* shirker, slacker
pelle *f.* skin
pellìccia fur coat
pelo hair
penare to suffer
pèndere to hang down; to dangle
pendio slope
pensione *f.* boardinghouse
peperone *m.* green pepper
percòrrere (percorsi, percorso) to go through
perdigiorno idler
pèrdita loss; a — d'occhio as far as the eye can see
perdonare to forgive, to excuse
perduto lost
pèrgola vine trellis
perìcolo danger
pericoloso dangerous
pernice *f.* partridge
perquisire to search, to rummage
persiana shutter with slats
perverso corrupt, wicked
pietra stone
pietruzza small stone
pigliare to snatch; pigliàrsela to get angry about
pila buttress, pile
pino pine
piombare adosso to pounce on, to rush on

pipetta little pipe
pipistrello (*zool.*) bat
pisciare to piss
pisciatòio urinal
piscina swimming pool
pistola pistol
pittura painting
piuma feather
placca plaque
plàtano planetree
poco *adv.* short while; un bel — a good deal
podestà *m.* mayor
poggiare to lean
poggiolo balcony
polenta a pudding made chiefly of corn flour
polìtica *f.sing.* politics
poliziotto policeman
pòlvere *f.* dust
polverone *m.* cloud of dust
polveroso dusty
pomo knob
pompieri *m.pl.* fire brigade
ponte *m.* bridge; —icello little bridge
pesante heavy, close (air)
pesca peach
pescare to fish
pesco peach tree
peso weight
pestare to pound, to trample on, to stamp
petròlio oil
pezzente wretched, poor
pezzo bit, piece; un — di terra a patch of land; da un — for a long while
piagnucolare to whimper
pialla (carpenter's) plane
piallare to plane
piana plain
pianeròttolo landing (at top of stairs)
piàngere (piansi, pianto) to cry, to weep

piano piano
piano smooth
pianoro plateau
piantare to abandon, to quit; to plant; to place, to put
pianura plain
piazza market place
picche *f.pl.* spades (cards)
picchiare to hit
picchiarsi to fight, to scuffle
piega curve
piegare to tuck
piena flood, spate
pietà pity
popolarsi to become populated
pòrtico arcade (*covered porch with columns*)
porto harbor
portone *m.* front door
posto job
potare to prune
pozza puddle
pozzo well
pranzo dinner
pràtica papers, documents
prato meadow
predellino folding carriage step
prèdica sermon
prèndersela to worry about, to get annoyed
prèndersi a pugni to get into a fight
prepotente *adj.* overbearing
presentato presented, introduced
prete *m.* priest
pretore *m.* judge
prevedere (previdi, previsto) to anticipate
prigione *f.* prison
prima *adv.* before, at first
priorato priory
processo trial
proda edge, side
profilare to outline
profilo outline, contour
profondo deep
proprietà property

pròprio *adv.* just
protestare to protest
prova proof
provare to try
provìncia province
provvedere (provvidi, provvisto)
to supply, to furnish
provvisòrio temporary
prùdere to itch, to smart
prugna plum
punta sourness (of wine); tip
puntare to point
puntata stake, bet
puntìglio spite
pure *adv.* also, likewise
puttana whore
puzza stink, stench
puzzolente stinking, filthy

quadrare to agree, to fit
quadrettoni big checks (on fabric)
quaggiù *adv.* down here
quanto *adv.* as far as
quasi quasi *adv.* very nearly
questione *f.* question, issue
questura police station

ràbbia anger
rabbioso furious
raccògliere (raccolsi, raccolto) to
pick up
raccògliersi to collect
raccolto harvest; raccolti *pl.* crops
raccontare to tell, to relate
rachìtico suffering from rickets,
stunted
radici *f.pl.* roots
rado infrequent; rare; di — seldom
ragazzotto big kid
raggiùngere (raggiunsi, raggiunto)
to rejoin
ragionare to reason, to argue
ragioniere *m.* accountant
ragnatela cobweb

rallentare to slow down
ramo branch
rampino hook
ramulivo olive branch
rannicchiato crouching
rantolare to breathe heavily; to
groan
rassegnarsi to resign oneself
rastrello (*agric.*) rake; —amento
searching
rauco harsh, hoarse
razza race, breed, sort
razziare *neol.* to raid, to plunder
regalare to make a present of
regalo present
reggimento (*mil.*) regiment
rèndere (resi, reso) to pay back;
—si conto to understand
renitente reluctant; — alla leva *m.*
draft dodger
repùbblica the republic, the state
repubblichino one who swore al-
legiance to the Fascist republic
requisire to requisition
resa giving back
resistenza resistance, endurance
resto remainder, del — *adv.* besides
riacchiappare to catch again
rialto embankment
ribaltare to capsize, to overturn
ribellarsi to revolt against
ricamare to embroider
ricàmbio spare, replacement
rìccio (*zool.*) hedgehog
rìccio curly
riccone *m.* a very wealthy man
ricerca inquiry
ricomparire (ricomparso) to reap-
pear
riconòscere (riconobbi, riconosciuto)
recognize
rìdere (risi, riso) to smile
rìdersene to make fun of
ridìcolo ridiculous, funny
ridotto reduced
riempire to fill

rientrare to go in again, to go home
riflesso reflected
riflesso reflection
riga row
rigoglioso luxuriant
rimandare to postpone
rimorso remorse
rimpiàngere (rimpiansi, rimpanto) to regret, to lament
rimpròvero reproach
rimuginare to search for; to muse, to turn over in one's mind
rincalzare to prop up
ringhiera railing
riparare to make amends, to repair
ripassare to go back
ripiano landing; level space
rìpido steep
riprèndere (ripresi, ripreso) to resume; —si to resume
ripresentarsi to present oneself again
ripulire to purge, to clean
risarcire to make good; to repair
risata laugh, burst of laughter
rischiarare to illuminate
rischiare to risk
rispettare to respect
rispòndere (risposi, risposto) per le rime to give as good as one gets
risucchiare to swirl, to suck back
riuscire to succeed in
riva terrace (artificial slope) facing south
rivedere (rividi, rivisto) to see again
rivèrbero reflection
rivoltare to turn; —si to rebel
rivoluzione f. (scient.) revolution, cycle; confusion, disturbance
roba things
robiola a cheese of Lombardy
romanzo novel
rompicollo a — at breakneck speed
roncare to hoe
ròncola pruning knife
ronzare to buzz, to hum

ronzío buzzing
rosàrio (rel.) rosary
rosicchiare to nibble
rosmarino rosemary
rospo toad
rossastro reddish
rotolare to roll
rotolío the sound of wheels
rotto broken
rovente red-hot
rovesciare to throw down
rovina ruin
rovistare to rummage
rovo (bot.) bramble
rubare to steal
ruga wrinkle
rùggine f. rust
rumore m. noise
ruota wheel
rùstico cottage

sàbbia sand
saccheggiare to pillage, to plunder
sacco sack, bag
saccone m. straw mattress
sacrestano (rel.) sacristan
salame m. sausage, salami
salato saline
sàlice m. willow
salire to ascend
salita upward slope
saltare to hop
saltello: a — by leaps and bounds
saltimbanco charlatan
salto jump
salutare to greet
salute f. health, well-being
salvare to save
salvarsi to save oneself
salvo prep. except
sambuco eldertree
sàndalo sandal
sangue m. blood
sano healthy
sapore m. taste

sarmento twig
sarta seamstress
sassata blow from a stone; prèndere a — to stone
sasso rock
sassolino pebble
sàtira mocking remarks
sbagliarsi m. to make a mistake
sbagliato mistaken, wrong
sbalordito stunned, dumbfounded
sbandato straggler
sbarcare to disembark
sbatacchiare to bang
sbàttere to bang; —la porta to slam the door
sbirciare to look at closely, to glance at
sbòrnia drunkenness
sbrigarsi to hurry
sbronzo drunk
sbucare to come out, to emerge
sbuffare to snort
scaletta small ladder
scalino step
scalpello chisel
scalpitare to stamp (the ground)
scalzo barefoot
scandalizzato shocked
scandire to scan
scannare to slaughter
scantonare to cut corners, to avoid
scàpolo bachelor
scappare to run away
scàrica discharge
scarpetta little shoe
scassare to dig, to break up ground
scassato disheveled
scasso (agric.) trenching
scatenare to unchain
scatto sudden movement, jerk; release; click
scavezzacollo daredevil
scemo half-witted, foolish, imbecile
scendere (scesi, sceso) to get down from, to descend; to put up at a hotel

schèletro skeleton
scherzare to joke
scherzo joke
schiacciare to crush, to squash
schiaffegiare to slap (in the face)
schiaffo slap (in the face)
schianto crack, burst
schiena back
schifo disgust, loathing
schiocco snap
sciarpa scarf
sciocchezza foolishness, silly thing
scioppettata gunshot
scivoloso slippery
scodella bowl
scombinato upset
scommèttere (scommisi, scommesso) to bet
scomparire (scomparso) to disappear
sconfitto defeated, beaten
sconosciuto stranger
scontrarsi to collide
scoperchiare to remove the lid from
scoperto out in the open
scoprire (scoperto) to expose
scoraggiarsi to get discouraged, to be disheartened
scòrrere (scorsi, scorso) to glide
scorticare to fleece, to skin, to flay
scorticatura abrasion, scratch
scostare to move to the side
scottare to burn; to scorch
scricchiolare to creak
scrostato stripped
scrutare to peer at
scudo d'argento (the Biblical) piece of silver
scuòtere (scossi, scosso) to shake
scuro dark, gloomy
sdentato toothless
seccarsi to be bored
sècchio pail
secco dry
sediata row of seats

sega saw
segare to saw, to cut
seghería sawmill
segnare to mark
segnalare to point out
segno sign, trace
segretàrio secretary, confidential clerk
seguitare to continue
selciato paved street
sella saddle
selvaggina game (bird)
selvàtico wild
seme *m.* seed
sentenza opinion, judgment
sentiero path
sepoltura burial
seppellire to bury
sequestro confiscation
serale evening; scuola — night
  school
sereno clear sky
sèrio serious; sul — seriously
serra greenhouse
serrare to close
servetta maidservant
sete *f.* thirst, drought
sfaccendato loafer
sfacciato impudent; shameless
sfamare to satisfy hunger, to feed
sfiancare to overwork, to wear out
sfiatare to exhale
sfigurare to make a bad impression
sfogarsi to let off steam
sfogliare to strip
sfogliatura shedding of leaves
sfogo outlet, release
sfollato evacuee
sfondato in ruins
sforzo attempt, effort, exertion
sfruttare to exploit, to abuse
sfuggire di mano to slip from one's
  hands
sfuriata outburst of anger or passion;
  scolding
sghignazzare to laugh scornfully, to
  guffaw

siccome *conj.* since
sìgaro cigar
simile such; like; similar
sìndaco mayor
sito place, spot
slogare to dislocate, to displace
smacco failure, humiliation
smània desire
smerdare to slander
smesso out of practice; cast-off
  (clothes)
smèttere (smisi, smesso) to stop
smòrfia grimace
smorto bleak
sobbalzo jerk
sòcio associate
soddisfazione *f.* consolation, pleasure
sofà couch
soffermarsi to stop a while
soffitta garret, attic
soffocare to smother
sòglia doorstep
sogno dream
solco streak
soldo penny
sòlito usual
somigliare to resemble
sommare to amount to; tutto sommato all things considered
sonnecchiare to doze
sonno sleep
sopraffiato out of breath
soprassalto start, jolt; di — sud-
  denly
sor (*colloq.*) Mister
sorbire to sip
sordo muffled, stifled
sorellastra step sister
sorgente *f.* spring, fountain
sornione foxy, sly
sorprèndere (sorpresi, sorpreso) to
  take unawares, to take advantage
sorretto supported; sustained
sorrisetto slight smile
sorriso smile
sorvegliare to watch over

sospiro high
sostanzioso substantial
sostegno support
sostenuto stiff, distant, reserved
sottana skirt
sottile acute, sharp, thin, fine (hair)
sovente *adv.* often
sovversivo agitator; *adj.* subversive
spaccare to cleave; —si to cut open
  (one's face)
spalancato wide open
spalla shoulder
spalletta embankment
spalliera grassy bank, espalier
sparare to shoot
spàrgere (sparsi, sparso) to spread,
  to scatter
sparire to disappear
spartire to divide up; to share
spasso recreation; andare a — to
  go for a walk
spaventarsi to become frightened
spavento fright
spaziare to wander far
spazzino road sweeper
spècchio mirror
speciale special, particular
spedire to send
spedito prompt; beyond hope
spedizione *f.* dispatch, shipment
spègnere (spensi, spento) to switch
  off
sperduto scattered
sperone *m.* spur
spesa expenses
spesso thick
spia spy
spiantato ruined
spiazzo open space
spilungone tall and lanky person
spina thorn
spinoso prickly
spinta shove, stimulus
spiritoso funny
spogliare to shed
spòglio bare, barren

sponda bank
sporcaccione *m.* loathsome creature
sporco dirty
spòrgere (sporsi, sporto) to lean
  out, to extend, to jut, to protrude
sportivo athletic
sposa spouse, wife
sposare, to marry; to give in
  marriage
sprecare to waste, to squander
spreco dissipation
sprigionare to release, to give off
sprofondare to sink; to go to the
  bottom
spruzzo spray
spumante *m.* sparkling wine
spuntare to sprout; to come into
  view
sputare to spit
squadra group, team
squittire to yelp, to squeak
staccare to take down, to pull off
staffile *m.* stirrup strap
stagionare to ripen, to mature
stagione *f.* season
stalla stable
stallare to be stabled, to be in a stall
stallàtico dung
stampato printed
stanare to drive out
stancarsi to grow weary
stanga pole, shaft
stantío stale
stare a to be waiting to
stare attento to be careful
starnuto sneeze
stare (stetti, stato) to remain, to be,
  to stand
star zitto to be quiet
statale *adj.* state, of the state
stato state
stavolta *adv.* this time
steccato fence rails
stellina pretty little star; — odorosa
  woodruff
stèndere (stesi, steso) to spread out

stentare   to be in need
stesso   same
stirato   ironed, pressed
stivale *m.*   boot
stoffa   cloth, material
stòmaco   stomach
stòppia   stubble
stòrcere (storsi, storto)   to twist;
— la bocca   to make a wry face
stòrpio   crippled
storto   twisted, distorted
stracciato   torn
stracco   fatigue
stradetta   lane
stradone *m.*   main road
stradùccia   lane
stralunare   to open the eyes wide
strambo   crooked
strame *m.*   hay, fodder
stranito   strange
straparlare   to rave
strapazzare   to scold
strapiombare   to jut out, to overhang
strapiombo   overhang, projection
strappare   to tear
strattone *m.*   a violent pull; wrench
stràzio   torment, torture
strigliare   to currycomb
strillare   to scream
strìngere (strinsi, stretto)   to squeeze;
— le spalle   to shrug one's
shoulders
strìscia   strip, streak
strisciare   to drag
strizzare l'occhio   to wink
strombettare   to play (badly) on the
trumpet
strozzare   to strangle, to choke
strumento   instrument; tool
stùdio   office, study
stufa   stove
stufo   fed up
stupirsi   to be surprised
sturare   to uncork
succèdere (successi, successo)   to
happen

succoso   juicy
sudore *m.*   sweat
sugo   juice
suonare   to play, to ring
superare   to pass
susurrare   to whisper
svegliare   to arouse; —si   to wake
up
svèglio   clever, "all there"
svelto   slender
sventolare   to flutter, to flap
sventrare   to disembowel
svolare   to fly; to flutter
svolta   bend, curve

tacchetti   low heels
tacchino   turkey
tacco   heel
tacere (tacqui, taciuto)   to be silent
tagliare   to cut; — corto   to cut
short
tale *adj.* such; *m.* so-and-so
talpa   mole
tana   cave
tànghero   dumbbell, bumpkin
tanto *adv.*   so much, even, so
tanto che *conj.*   so that
tapino   poor wretch
tappa   halting place, stop
tappeto   mat, rug
tarocchi   Italian card game of tarot
tartufo   truffle
tasca   pocket
tastiera   keyboard
tatuàggio   tattoo
tedesco   German
telo   cloth
tèmpia   temple
temporale *m.*   thunderstorm
tendina   curtain
tendone *m.*   large tent
tenère (tenni, tenuto)   to keep, to
hold; — conto   to take into
account
tenuta   farm property

tenuto bound

terme hot springs, hot baths

terrazzo balcony

teso *adj.* alert

testamento will, testament

testardo stubborn, obstinate

tetto roof

tettòia shed

tifo typhus

tìglio linden tree

tina small vat

tinello hall (for servants)

tintinnío continuous screeching

tipo type, kind, sort

tirare to pull; to draw; — via to go straight ahead; — a to shoot

tirarsi su to stand up

tiro a segno shooting gallery

tiro dòppio double team (of horses)

toccare to befall; to affect; to touch, to hit

tògliere (tolsi, tolto) to take off

tono tone

tonto stupid, dense

tòrbido *adj.* hazy, disturbed

tòrcere (torsi, torto) to turn, to twist

torchiare to press

tòrchio wine press

torneo tournament

torretta turret, small tower

torrone *m.* sweetmeat made with roasted almonds

torso di càvolo cabbage stalk

toscano type of cheap and very strong cigar

tossire to cough

trabìccolo rickety vehicle

tràlcio vine shoot

trangugiare to swallow

tranquillo calm

trapianto graft

trasferirsi to go

traslocare to change address

trasparente transparent

trattare to handle; —si di to be a question of

trattenersi to restrain oneself

trave *f.* beam

traversare to cross

traversine *f.* railroad tie

traverso *adj.* aslant; di — askance

travestito disguised

travolto overturned, upside-down

trebbiatrice *f.* threshing machine

trecce *f.pl.* pigtails, braids

tremare to shake

treno train

trifòglio name of various clovers

troncare to cut off

tronco tree trunk

trottare to walk fast

tròttola spinning top

trucidare to murder

trùcioli wood chips

truppa troop, band, group

tufo tufa (soft, porous rock found in stream)

tuono thunder

turare to stop up, to cork

tutti quanti everybody

ubicazione *f.* location

ubriaco drunk

uccello bird

ufficiale *m.* official

ufficio office

ùltimo last

ululare to yelp

umore *m.* sap

ùnghia fingernail

urlare to yell, to howl

urlo yell

urto impact

usanza custom

ùscio door; sull'— in the doorway

uvapàssera raisins

vagabondo vagrant, tramp

vago indistinct

vagone *m.* truck; railway car
valere (valgo, valsi, valso) to be worth
vallata plain, vale
vampa blaze
vantarsi to boast
vàri several
vèdovo widower
vèglia party
vegliare to watch; to be watchful; to stay up late
veleno poison
velo veil
venare to vein
vendèmmia vintage time
vendemmiare to take part in the grape harvest
vèndere to sell
venir su to grow up
vento wind; venticello breeze, gentle wind
ventre *m.* belly, abdomen
venturino bum
verderame *m.* greenish patina on copper; verdigris
vèrgine *f.* untouched
vergognarsi to be ashamed
verità truth
verme *m.* worm
verniciato varnished
versante *m.* slope
versare to pour, to spill; to pay
verso peculiar sound; fare i — to mimic
vèscovo bishop
vespa wasp
vestirsi to dress
vetrata glass door, large window; vetrina shop window
vettovaglia provisions
vettura conveyance
viale *m.* avenue

vìcolo alley
vigliacco coward; bully
vigna vineyard
villano peasant
villetta country cottage
vinàccia dregs of pressed grapes
vìncere (vinsi, vinto) to win, to conquer
viola *adj.* violet
vìpera viper
vite *f.* vine
vitto board, food
viuzza alley, narrow street
vivace flourishing; thriving
vivàio (*bot.*) nursery
vìvere (vissi, vissuto) to live
vìzio vice; bad habit
voce *f.* voice; a bassa — in a low voice
vociare to shout, to bawl
vòglia wish; aver — to wish
volentieri *adv.* willingly
volo flight
volta turn, time; (*archit.*) vault
voltare to turn
vòmere *m.* plowshare
vuotare il sacco to lay cards on the table, to get it off one's chest
vuoto *m.* void; *adj.* empty

zappa hoe
zappare to till the soil
zìngaro gypsy
zìnnia zinnia
zitella spinster, old maid
zitto quiet, silent
zòccolo wooden shoe
zoppicare to limp
zoppo lame
zucca pumpkin; squash